天生不是做官的命

下

目次

壹之章

不解風情解君憂

自從郯王被立為太子後，果然如林清所想的那樣，皇上親自將他帶在身邊教導。

正在張望的眾人見到這種情形，便明白皇上確實是中意郯王殿下的，那些本來想搞小動作的人，不得不先按捺衝動，而與此相反，一直比較沉默的朝中重臣、皇上的心腹們，此時卻興奮了起來。

陛下終於立太子了，大家終於不用再跟著折騰了！

可能是這麼多年被皇上拖怕了，眾大臣生怕其中又有什麼變故，於是不約而同想到了同一個辦法，那就是把郯王當太子的事立刻坐實。

素來喜歡引經據典、為細節爭論不休的禮部，一改往日拖拖拉拉的速度，三天之內就挑出了一個吉時，還特地把吉時選在最近的二月初一，然後呈報給皇上。皇上點頭後，就動作迅速地用半個月準備好冊封大典，以保證出了正月便能順利進行冊封太子的儀式。

天天在外面遊蕩的工部，也終於回來了。在工部尚書的帶領下，全都回到了工部，然後工部尚書大手一揮，眾人即刻手腳麻利地翻修已經空置了三十多年的東宮，以保證太子在冊封後可以馬上搬進東宮。

連原來是三王勢力的吏部，這次也積極為東宮的選官而忙碌。吏部尚書本來被皇上逼得兩方押寶，如今三王一死，反倒掙脫了出來，誰讓他的女兒一個是繼妃，一個是側妃。雖然兩人生了子嗣，可一個非長一個非嫡，兩個王爺的世子之位尚且輪不到他外孫，更不用說皇位，所以張尚書果斷地與兩個王府直接斷了來往，反正兩個王府如今沒了王爺，張尚書一個堂堂吏部尚書也不用再顧慮，至於女兒，只要有他在，自然無人敢欺。

張尚書忙著為郯王，也就是新太子，選東宮屬官，這既是因為這是他的本職工作，也是為了順便向郯王示好。

可能是知道當初為郯王選的長史不怎麼樣，這次東宮選屬官時，張尚書除了詢問皇上的要求外，還特地走了郯王府一趟，請示郯王的意見。

郯王對於未來的東宮屬臣還是非常重視的，這相當於是他自己的班底，故而與張尚書商談了許久，才放他離開。

在舉行太子冊封大典前夕，東宮屬臣的任命終於下來，而令林清吃驚的是，他居然被任命為太子詹士。

太子詹士可是正三品！

他一個月前還是正五品的郯王太傅，一個月後竟成了太子詹士，直接跳到了正三品。

難怪從古至今，有那麼多人喜歡從龍之功。

林清此時才明白，為什麼當初三王選太傅時，翰林院那些人打破頭想競爭了，實在是這個一步登天的機會太誘人了，哪怕有風險，可對於許多一輩子都跨不過四品這個坎的人，這無疑是一個巨大的誘惑。

隨著吏部任命的下達，林清終於意識到了太子和皇子根本是天壤之別。

對於皇子來說，皇子開府就藩，不過是配備皇子太傅一位、長史一位、藩王屬臣若干，哪怕是最高的皇子太傅和長史，也不過才正五品。

可是，對於太子來說，一旦開府，就是整個朝廷的大事。

太子太傅、太子太師、太子太保，都是從一品的重臣。雖然多數是皇上對有功之臣的加封，例如當初還沒有太子時，陳國公隨皇上南征北戰，後來陳國公就被加贈太子太傅。不會真正教導太子，但也算是太子的勢力。

太子府內設有詹士府，置詹事一人（正三品）、少詹事兩人（正四品）、府丞兩人（正六品）。下面還有主簿廳、左春坊、右春坊。詹事掌統府、坊、局之政事，以輔導太子。

太子開府，相當於在東宮置一個小朝廷。

麻雀雖小五臟俱全，難怪當初皇上不願意立太子。

林清接了任令後，就到正院找郯王謝恩，當然明天他還得親自進宮去謝恩，凡是越過從四品的大員，升官之後都要先去謝恩，至於皇上見不見就不一定了。

看到太子，林清剛要行禮，郯王就扶住他說：「先生不必客氣。」

「臣可是特地來謝恩的，殿下不讓臣拜，殿下舉薦臣豈不是虧了？」

「先生說笑了。先生本就是太傅，如今孤成了太子，先生一個太子詹士還是當得的。」

「太子詹士掌內外庶務，糾彈非違，總判府事，職比尚書令，若非殿下力薦，皇上不會讓臣一個毫無背景的正五品官員升任的，哪怕之前臣是皇子太傅也沒用。」

「先生不必客氣，詹事府本來就是東宮的重中之重，交給別人，孤也放心不下。」

林清笑了，「以臣的性子，殿下才更應該不放心才是。」

「先生雖然性子懶了些，可在大事上還是明白的，再說，詹事下面不是還有兩個少詹事嗎？正好給先生打下手用。」郯王說道。

林清覺得好笑，吏部還沒定出兩個少詹事，他家殿下已經想著怎麼剝削人家了。

第二日一大早，林清穿上三品官員的官服，坐馬車去了宮裡向皇上謝恩。

林清雖然昨天下午就向宮裡的內侍報備，卻沒指望皇上會親自見他。哪怕今天不是三天一次的早朝，皇上日理萬機，只怕也沒空見他一個太子詹士，所以林清就打算像別的官員那樣，在宮門口外磕個頭，把流程走完就好。

到了宮門外，讓內侍通傳，林清就等在外面，想著待會兒內侍便會來告知皇上沒空，然後他在宮門口行個三跪九叩大禮，就可以回去，正好還能不耽誤回去用午膳。

結果，他等了片刻，看到不是剛才那個小太監，而是一個穿朱色太監服的大太監匆匆趕來，看到他便說：「快跟咱家進入，皇上宣你進殿覲見！」

林清：……

說好的皇上不見從二品以下的官員呢？

林清跟著大太監一邊往裡走，一邊尋思著萬一皇上問起什麼事應該怎麼措辭。

想了半天，他放棄了，因為他壓根兒想不出皇上突然宣他覲見會問什麼問題。雖然他教導了郯王十多年，與皇上見過幾次面，可每次見面他都是跟在郯王後面，皇上幾乎沒與他說過什麼話，唯一一次還是十多年前郯王第一次背詩的時候，皇上一時高興，賜他一套四書五經。除此之外，他再也沒單獨和皇上說過話。

既然想不出來，林清索性不想了，打算臨場發揮。

雖然他馬上要見的是一個能夠掌握旁人生死大權的皇帝，可他如今已是三品官員，即便他的回答不符合皇上的心思，想必皇上也不會因為幾句話就要他的命，最多不喜他罷了。

想到這裡，林清輕鬆不少，他快步跟上前面的大太監，準備見見從他當老師以來遇到過的身分最強悍的家長。

到了大殿外，大太監說道：「咱家先進去，等會兒宣你，大人再進入。」

林清忙伸手在袖子裡摸了個荷包，趁旁邊的人不注意，塞到大太監手裡，「剛才太過震驚，險些忘了，這點心意給公公喝茶，還望公公不要嫌棄。」

大太監摸了摸荷包，臉色好看了不少。雖然身為大太監，天天有的是人孝敬，並不缺這點，可大冷的天，從大殿到宮門口，也不能讓他白跑一趟不是嗎？

大太監又想到林清原來是郯王的太傅，如今是太子詹事，想必也是太子心腹，有心賣個好，便笑著說：「陛下今日心情不錯，詹事大人等會兒進入覲見就是。」

林清忙道謝：「多謝公公提點。」

大太監說完，一甩拂塵，進入通報。

林清在外面候了一會兒，大太監從裡面走出來，站在大殿門口大聲喊道：「宣，太子詹事林清，進殿覲見。」

林清整了整衣冠，深吸一口氣，順著臺階往上走去。

進了大殿，林清沒敢抬頭，直接行了叩拜大禮，然後跪在地上等著皇帝發話。

皇帝剛好處理完一份摺子，倒是沒有晾他，直接說：「平身。」

林清朗聲說道：「謝陛下！」接著麻溜地爬起來，站在大殿上。

皇上看了林清一眼，好像有點驚訝他居然這麼年輕，於是問道：「愛卿是哪年的進士？今年多大了？」

林清心道：我都教了你兒子十二年了，當年郯王還沒就藩的時候，還跟著你兒子後面在你眼皮子底下晃了十年，你這是第一次瞅著我嗎？

心裡吐槽歸吐槽，林清還是打起精神，萬分恭敬地說：「臣是歸元十七年的進士，今年三十有六。」

「倒是年輕。」皇帝感嘆了一句，又問道：「聽說你當初是自薦去做郯王太傅的？」

「是，確實如此！」

「你當年中進士才二十出頭吧？朕聽說你還是庶起士，怎麼會想到要自薦去郯王府做太傅呢？」皇上突然問道。

林清心中一緊，知道這八成才是皇上今天想問的，畢竟一個庶起士，又是非常年輕，明明前途似錦，卻自薦跟了一個本來沒有半點上位希望的皇子，即便是常人，只怕也會懷疑，更何況是天天處在陰謀詭計之中的皇帝。

林清想了想，覺得還是實話實說比較好，反正他也想不出什麼其他說得過去的理由。

「臣年紀輕輕就入了翰林，翰林的眾位前輩對臣關愛有佳，可惜臣天資愚鈍，又生性懶散，並不十分適於仕途。臣自覺有愧，曾想辭官，又覺得愧對十年寒窗苦讀，所以聽到翰林院選郯王太傅時，便毛遂自薦，一方面希望自己所學能有一點用武之地，另一方面也是覺得郯王封地離臣的老家很近，方便臣回去侍奉父母。」

皇帝聽了，嘴角抽了一下。

因為你不適合做官，所以跑去教我兒子？

雖然聽著應該是大實話，可為什麼讓人不爽？

皇帝此時也看出自己兒子身上那點實誠來自於誰了，肯定是受眼前這個人的影響。

好在實誠比心術不正強，起碼兒子沒被教歪，皇帝懶得計較這些，不過還是打算回頭好好提點兒子，做藩王老實沒錯，可做儲君，該有的帝王心術還是得撿起來。

「這些年你都教導太子什麼了？」皇帝問道。

「《孝經》、《禮記》……臣都教授過了。」

皇帝又問了一些事，林清逐一據實回答。

等皇帝問完，林清才行了一個大禮，跟著來時的大太監退下。

皇帝拿起旁邊的摺子，一邊批，一邊對旁邊伺候的司禮太監說：「李大伴，剛才郯兒的那個先生，你覺得怎麼樣？」

李大伴忙說：「林大人是朝中大臣，哪是老奴可以議論的？」

「讓你說你就說，又沒讓你議論朝政。」

李大伴這才想了一下，答道：「老奴之前雖然見過這位林大人，卻不曾聽他說過話，今兒也算頭一次見。聽林大人的應對，倒不像是那種心思不正的。」

「太子將要開府，吏部為太子府選官，本來朕想讓吏部左侍郎去太子府做詹事，侍奉太子，卻不想郯兒希望讓自己原來的太傅出任，朕不好逆了這孩子的意就許了。如今看來，這人心性還行，可能力只怕撐不起太子府。」皇帝嘆了口氣。

「陛下要是不滿意，再換一個就是了。」李大伴說道。

皇帝搖了搖頭，「剛剛才任命就換掉，還是太子府詹事，難免引起別人胡亂猜測，對太子的威望不利。」說道這裡，皇帝下令道：「你去吏部找張尚書傳個口諭，讓他挑幾個能幹的少詹事人選，這次朕親自過目。」

……

林清出了宮，看著天色不早，就匆匆回到郯王府自己的院子裡。用完午膳，本來打算歇歇，就聽到外面的小太監來找他，說郯王有事叫他。

林清來到正院，看到郯王閒著沒事拿著一本書在那擺棋譜，當下笑著說：「殿下今日倒是悠閒，我可是起了個大早去向皇上謝恩，才剛回來吃了點飯，就被殿下叫來了。」

「今日又不用早朝，」郯王看著林清，「父皇召見先生了？」

林清點點頭，「原本還以為只要在宮外磕個頭就行了呢！」

「父皇可有說什麼？」郯王忙問道。

林清聽了，就把自己和皇上的談話複述了一遍。

郯王用手敲了敲棋盤，想了想，問道：「父皇可有說你什麼？」

「陛下問了幾句就讓臣退下了，殿下，是不是臣回答得很差勁？」

「差勁倒不至於，不過比父皇身邊的那些人肯定是大有不足，只怕父皇有些……」郯王沒好意思說下去，擔心打擊到自家先生。

其實不用郯王說，林清自己也知道自己的狀況。別說與皇上身邊那些重臣比，就是與六部那些官員比，他也有很大的短板。平時不了解他的人還看不出來，可是在皇上這種天天看人的眼裡，只怕不用三句話就能把他摸透。

「皇上會罷了我的官嗎？」林清問道。雖然剛到手的官還沒捂熱就丟了頗為可惜，但是林清知道自己能力不足，怨不得別人。

郯王搖頭，「這倒不至於。要是任令沒下來，依父皇那凡事要求最好的性子，恐怕八成會換人。如今任令已經下來，父皇那人素來顧忌臉面，吏部任令時他點頭應許了，肯定不會再換人了，倒是按著父皇往常的行事作風，多半會選兩個厲害的少詹事來架空你，或者選個重臣來東宮鎮著。」

林清鬆了一口氣，「我還以為沒上任就要被擼下來，這樣臉可就丟大了，原來只是架空啊，那就沒事了，反正我也懶得管事，有幾個能幹的來更好。等他們來了，我就把手中的活兒都分出去，正好我可以歇歇。」

郯王：……

頭一次看到被架空的人這麼開心！

過了幾日，太子詹事府眾成員的任令陸續下來，林清打開吏部送過來花名冊一看，果然發現兩個少詹事是硬點子。

一個是吏部郎中，一個是大理寺少卿，這兩人本來就是正四品官員，還是實權官員，想不到會被吏部選來做正四品的少詹事，看來那天他的奏對真的很不讓皇上滿意，皇上應該很怕他扶不起他兒子。

既然皇上沒有罷他官的念頭，他就放心了。

哪怕他不在意做這個官，但剛任命就被罷黜，也實在是太丟臉。

吏部的選官結束後，禮部的冊封太子大典也隨之到來。由於是本朝第二次立太子，第一次是當今聖上，所以就算時間倉促，還是辦得非常隆重。

皇帝帶郯王祭拜天地、太廟、社稷，接著回太和殿，拿出太子的金質冊、寶，眾人行三叩九拜大禮。郯王走上玉階，親手接過太子的冊、寶，眾人對太子行大禮，最後皇帝頒詔天下，並令天下大慶三日。

林清身為太子詹士，一路跟隨郯王看完整個大典，看到郯王被正式稱為太子時，哪怕之前已經知道，甚至許多人開始叫了，還是興奮不已，甚至有種「吾家有子初長成」的感覺。當然這種感覺他只敢自己想想，可沒膽子去給皇帝戴綠帽。

郯王被冊封為太子後，就從郯王府搬到了東宮。東宮的上一任主人是當今聖上，哪怕皇上早已登基，東宮空置多年，仍是不時有人清掃，所以工部才能迅速把東宮修整出來。

太子入主東宮，住的自然是正殿，而郯王妃，即如今的太子妃，自然掌管了太子後院。楊雲則從郯王府大總管，變成太子府大總管。至於林清，他也跟著搬到了東宮裡的詹事府，他現在是詹事府的老大，有獨立的院落。

林清在進東宮之前，還以為東宮只是比郯王府大一些，等進了東宮才發現，豈止是大一些，東宮簡直是個袖珍的皇宮，裡面的格局與皇城的內城相似，只不過小了很多。

東宮不僅包括許多宮殿，還有像詹事府，以及詹事府下面的左右春坊、司經局、主簿廳等地方，也就是說，東宮其實就是小朝廷。

林清這時候也終於明白東宮的真實用途，東宮就是為了給太子練手用的，以便等日後繼承大統，不至於不會治理國家。

難怪當初三王打破頭想要入主東宮，入了東宮就與一般皇子有了本質的區別。

林清用了幾天時間先把詹事府的事情理清楚，了解了詹事府具體工作和每天的任務，便把兩個少詹事叫過來。

兩個少詹事，一個姓王，一個姓趙，聽到林清這位頂頭上司的相召，立刻放下手邊的事前來聽候命令。

林清直接開門見山地問：「王詹事，聽說你以前是吏部郎中，善於打理人事？趙詹事，聽說你以前是大理寺少卿，善於打理事務？」

王詹事和趙詹事聽了，頓時心中一緊。

當初吏部尚書找他們談話的時候，就隱晦說過太子詹事能力可能有些不行，讓他們多輔佐。他們在朝堂上混久了，當然明白這話意味什麼，不就是讓他們能者多勞，最好架空詹事嗎？當然，他們自己肯定也是願意的，畢竟誰不想多點權力，而且他們還是在詹事府，是東宮，現在做好了，在太子殿下那裡也能留個好印象，以後對仕途絕對是非常有利，所以兩名詹事一進詹事府，就開始謀劃這件事。

如今林清一問，兩人不由緊張起來，擔心是不是吏部尚書當初跟他們說的話洩露出去，現在林清來給他們穿小鞋了。

林清問話，兩位少詹士不好不回答，兩人先是對視一眼，王詹事小心翼翼地答道：「回大人的話，下官確實在吏部幾年。善於打理算不上，只能算熟悉罷了。」

趙詹事忙跟著說：「下官也是。下官在大理寺多年，可資質愚鈍，當不上善於二字。」

林清看著眼前一個比一個謙虛的下屬，疑惑地問：「你們真的不擅長嗎？」

王詹事和趙詹事唯恐林清不信，使勁兒點頭。

林清不禁小聲嘀咕：「吏部尚書怎麼回事，怎麼又送來兩個不能幹活的？」

王詹事和趙詹事聽了，更覺得林清是個妒賢嫉能。看吧，原來的官員為了不被林大人嫉妒，也在拚命藏拙！

兩人又對視一眼，為自己剛才的謹慎鬆了一口氣。

林清拿起兩份冊子，一個人遞一份，「既然你們已經是詹事府的少詹事，那就得擔起這個責任。如果不懂，就找人學。這樣吧，王詹事，你畢竟在吏部待了那麼久，想必多少也耳濡目染，以後詹事府的人事歸你管。趙詹事，你也一樣，在大理寺那麼多年，應該大體知道怎麼理事，以後詹事府的事務就由你來處理。」

王詹事和趙詹事嚇住了，這可是詹事的活兒，也是詹事權力當中最大的一部分，尤其是人事方面，哪個當官的不牢牢抓在手裡，怎麼可能這麼輕易放手給他們？

這是試探！

對，一定是試探！

兩位少詹事拚命想法子以解決眼前的困境。

王詹事率先伏低做小地說：「大人對下官的信任讓下官感動得無以為報，可下官實在是才疏學淺，擔不起此等重任。這等重擔，非大人無人可擔待。」

趙詹事聽了王詹事的話，隨即也信誓旦旦地說：「王大人剛才說的，正是下官的肺腑之言。下官才疏學淺，確實擔不起此等重任。此等重任，非大人莫屬。」

林清：……

他什麼時候這麼厲害了，他怎麼不知道？

林清簡直服了自己手下兩個少詹事了，這才剛開始幹活就學會推諉，他要是把事情都攬著，還要這兩名副手幹什麼？難道讓他們兩人當門神，擺在詹事府門口當擺設？

真是豈有此理！

林清氣得直接把兩份冊子甩到兩名少詹事身上，指著他倆說：「不會就去給我學，直到學會為止！以後每個月月末把記錄的冊子拿來給本官看，誰做不好就捲鋪蓋回去，省得在這裡丟人現眼！」

林清說完，摔門出去。

林清一邊想著，一邊匆匆往正殿趕去。

丫的，今天太子還請他喝酒呢，時間都被這兩個傢伙耽擱了，也不知太子喝完了沒有，西域進貢的葡萄酒啊！

王詹事和趙詹事看著手上的冊子，原本是他們努力想得到的東西，如今輕而易舉拿到，卻成了燙手山芋。

王詹事和趙詹事相對苦笑。

王詹事說道：「咱這位上峰可真是厲害，一招先發制人，弄得咱們是灰頭土臉啊！」

趙詹事同病相憐地點點頭，「可不是？難怪以前那位郯王長史被排擠得抑鬱而終。」

「那咱們現在怎麼辦？他已經說了，每月月末拿冊子來給他查看，要是不好就讓我們捲鋪蓋走人。雖然咱們是正四品少詹事，他肯定攆不了咱們，可他畢竟是太子殿下的先生，太子殿下素來信任他，要是咱們真被抓到了把柄，他在太子殿下那裡說兩句，只怕咱們再努力也無用啊！」王詹事說。

趙詹事皺眉，「還能怎麼辦？先幹活兒，別讓他抓到把柄，然後再慢慢取得太子殿下的信任唄！只要咱們做好了，哪怕他看得再不順眼，也只敢耍些小動作。要是他真敢不管不顧地胡攪蠻纏，鬧到太子殿下跟前，那也是他沒臉。」

王詹事點點頭，「趙兄說的有道理，不過是被穿小鞋，咱們這些從六部出來的，哪個年輕的時候沒被整過，可不也都熬出來了嗎？」

趙詹事和王詹事兩人互相拍了拍對方，揣著冊子鬥志昂揚地各自回去了。

……

林清匆匆趕到正院，就看到太子正坐在殿內一個人自斟自酌，他趕忙過去，拿起桌上剩下的一瓶，抱怨道：「殿下也太不夠意思了，明明是請臣喝酒，卻在這裡自己偷喝！」

太子笑著說：「叫你來喝酒，你一直磨磨蹭蹭的不來，如今還來怪孤？」

林清為自己倒了一杯，喝了一口，滿足地瞇了瞇眼，這才說：「這次可真不能怨臣，要怪就怪殿下的兩個少詹事，要不是他們兩個想的太多，一直囉囉嗦嗦，臣早就過來了。」

林清說完，拿起碟子裡的點心品嘗，讚道：「這是太子妃送來的吧？味道真不錯！」

「是太子妃剛才特意送來的。」太子問道：「怎麼回事？那兩個少詹事怎麼了？」

林清把剛才的事複述一遍，然後憤憤地說：「你說這兩人是不是在六部待久了，勾心鬥角久了，什麼事都得轉十八個彎？現在我一想到以後要這兩人幫我做事，我就頭疼！」

太子聽了，樂得直笑。

「你找人幫自己幹活，還嫌棄人家。」

「可是，他們腦子裡的彎彎繞繞太多了，想到以後我安排他們做事，他們都會時刻想著我是不是又要出主意整治他們，我就替他們累得慌。」林清又給自己倒了一杯酒。

「下屬嘛，能用就行，何必計較這麼多？他們這些六部的人，都是從給事做起的，打從做官開始，就是在這種情況下努力往上爬，所以凡事遇到事，他們都會從這上面想，也就不足為奇了。」太子解釋道。

林清端起酒杯敬太子，由衷地說：「殿下跟著陛下一段日子，真是大有長進，看事也明白多了，如今臣反而不如殿下看事明白了。」

太子端起酒杯回敬，「雖然有些不夠謙遜，不過確實如你所言，孤跟著父皇學了很多，尤其是為人處事。現在想想，孤以前著實稚嫩。」

「是臣教得不好。」林清覺得這個鍋得他背，太子那樣，很大程度上是被他帶的。

太子搖搖頭，「這個豈能怪先生？先生要不是這性子，只怕當年還當不了太傅，孤也許不會遇到先生。要是換個人，說不定孤還沒有如今好。」

林清瞬間開心了，雖然他缺點一大把，但學生不嫌棄。

哈哈，他果然還是個好老師！

林清自信心大為膨脹，吃著點心喝起了西域進貢的葡萄酒，然後……喝醉了。

太子無奈地看著喝葡萄酒都能喝醉的林清，揮了揮手，讓兩個小太監將林清送回去。

他家先生雖然從他做了太子，面上就對他恭敬起來，甚至連稱呼都改得合規矩，對他也不再稱「我」，而是稱「臣」了，可對他的心由始至終都沒有變過。

他在他家先生眼裡，還是他的弟子吧！

只有先生才會希望自己的弟子不斷進步。

第二天，林清早晨醒了，雖然酒醒了，頭卻疼了起來。

用大拇指按著太陽穴，林清不由有些後悔一時高興喝高了。他向來不能喝太多，一喝多了第二天就頭疼欲裂。

林清想著東宮配備了太醫，就叫來小林，「你拿著紅封去東宮那兩個太醫住的院子，討些管酒後頭疼的藥丸來。你老爺我昨晚喝多了，有些頭疼。」

太醫住的院子離林清的詹事府不遠，小林很快拿著一瓶藥匆匆回來，說道：「是許太醫在，聽老爺說酒後頭疼，就拿了這個給小的，說是用溫水服兩粒，再睡上一個時辰，醒了保證頭一點都不疼了。」

「是，老爺！」小林忙說。

許太醫就是林清中會試那年拉肚子把他救回來的那位太醫，因為有救命之恩，他一直與許太醫有聯繫。太子入主東宮後，太醫署撥了兩名太醫過來，其中一人就是許太醫。

聽到是許太醫的藥，林清拔開瓶塞倒了兩粒出來，「果然是許老自己做的。」

小林端來溫水，林清服完藥，想到許太醫說最好睡上一個時辰，不禁看看天色，心道，要是再睡上一個時辰，等起來再去詹事府辦公就晚了，可要是不睡，只怕頭得多疼半天。

林清正糾結著，突然想到自己昨天不是把差事都分給兩個少詹事了嗎？那他還需要糾結些什麼？想到這裡，他直接躺下，心安理得繼續睡覺了。

王詹事和趙詹事以為昨天林清把冊子給了他們，今天想必會過來找麻煩，便打起精神，萬分小心，就怕不小心鬆懈被林清抓到把柄。

結果，一等不來，二等還不來，直到上午兩人把事情都處理完，林清依然沒有出現。

就在兩人納罕林清到底去哪裡了，林清悠哉地出現了。

看到站在門口張望的兩個人，林清絲毫沒有蹺班蹺了一上午的自覺，皺著眉說：「杵在這裡幹什麼，還不去做事？」

王詹事和趙詹事：……

大人果然是故意躲起來的！

林清坐在屋裡，悠閒地喝茶，看著對面王詹事和趙詹事屋裡進進出出的官員，忍不住暗暗感嘆道：果然當長官就是好！

想當初他在郯王府的時候，雖是郯王太傅，可實際上他手下連一個正式的兵都沒有，無論是起草奏章，還是幹點什麼，都得親力親為，哪像現在，他是詹事府的詹事，身為詹事府的一把手，遇到什麼事只要動動嘴，就有一大群人搶著做，還怕做不好。

難怪人人都想當一把手，確真舒坦！

林清正喝著茶，就看到趙詹事從屋裡出來，穿過迴廊，走到他的門口叫道：「大人？」

林清放下茶，整了整衣袖，開口道：「進來。」

趙詹事捧著一疊文書進來，稟道：「這是上午處理完的，需要您用印才能發下去。」

「放在桌上吧，等會兒我看完再用印，到時讓僕役送回去給你。」

林清站起來，拿出鑰匙打開旁邊鎖著的櫃子，從裡面取出詹事府詹事的官印，然後把文書拿過來開始審閱，確認無誤的就在上面蓋上官印。

林清審完一份，見趙詹事居然還沒走，便不解地問：「你怎麼不退下？」

趙詹事小心翼翼地答道：「不知今天中午散值後大人可有事情？」

林清看他一眼，「無事。」

趙詹事立刻說道：「大人上任，下官和王詹事還不曾給大人接風。大人既然有空，不如讓下官和王詹事盡盡心意可好？」

原來是打算請他吃飯啊！

林清想了想，反正他也沒什麼事，也沒想好要吃什麼，就點頭說：「那便依你們。」

趙詹事道：「那下官去和王詹事說。」

林清隨意地點頭，繼續在文書上蓋章。

趙詹事去了王詹事的屋裡，看著現在正好沒人，就低聲說道：「大人答應了。」

王詹事放下手中的筆，「那我讓下人去雲夢樓訂甲字間。」

「訂這麼貴的地方？」趙詹事感到詫異。

雲夢樓雖然不是京城最有名的酒樓，卻一定是最貴的酒樓，尤其是上等的雅間甲字房，吃上一頓，沒二百兩銀子扛不住，當然這要是公款吃喝肯定不覺得，甚至別人請他們吃他們也一定吃得心安理得，只是今天這頓是他們倆自己掏荷包吃的，趙詹事難免就肉疼了。這一頓，哪怕是他和王詹事平攤，一個月的俸祿也還不夠。

「他現在看咱兩個不順眼，咱們不討好他，伏低做小，端茶賠罪，又該怎麼辦？要不，過些日子他再像今天這樣當著整個詹事府的人訓咱們兩個，咱倆的面子往哪擱？今天請他，就當藉財消災了。」王詹事說道。

趙詹事一聽也是，同時埋怨自己，沒事幹麼站在門口張望。這一看，正好讓人抓了個正著，眼下還得請客賠罪，希望上峰能放他們一馬。

轉而又想到他這些年撈的油水不少，趙詹事才不再在乎那點錢，「那好，就依你，選雲夢樓吧！聽說林大人家中販鹽，想必很是富有，一般的地方只怕他看不上眼。」

到了中午，林清讓雜役將一疊文書送還給各屋，然後就看到趙詹事和王詹事聯袂來了。

「你們來得倒快，正好本官也忙完了，走吧！」

「下官也是看大人忙完了，這才敢過來。」趙詹事陪著笑。

「去哪兒？」林清隨口問道，接著轉身去裡間脫下官服，換了一身錦衣出來，又順手從旁邊拿了一把摺扇，瞬間搖身一變，從官員變成了一個富家公子哥兒。

「去雲夢樓，下官訂了甲字間。」王詹事忙說。

林清笑著說：「吃個便飯而已，訂這麼貴的地方幹什麼？」

「這是下官們的一點心意。」趙詹事和王詹事齊聲說道。

「行，就去那裡！」

到了雲夢樓，林清輕車熟路地率先走進去，門口的小二看到林清，忙跑過來點頭哈腰地說：「林大人，您來了。」

「今天又是你當值啊！」林清說著，扔了一個銀豆過去。

小二俐落地接住，笑著說：「大人還要原來的雅間？」

「不了，這次是別人請。」林清說完，看向後面的兩個人。

王詹事忙說：「甲字間貳號。」

小二一聽，在前面引路說：「三位大人這邊走。」

三個人跟著小二穿過大堂，走過迴廊，到了後面雅致的院子。

小二推開門，恭敬地說：「三位大人裡面請。」

雲夢樓的雅間，說是雅間，其實一個個獨立的院子。

院中的閣樓裡早已擺好席面，三人謙讓了一下，林清坐在主位，王詹事坐在主陪，趙詹事坐在副陪。

王詹事問道：「看大人的樣子，是這裡的常客？」

林清說：「倒也算不上什麼常客，只不過本官平素沒什麼愛好，唯獨對吃有些研究，雲夢樓的菜色在京城也是數得上的，怎能不過來嘗嘗？」

王詹事和趙詹事一聽，心中大呼僥倖，幸虧他們訂了這裡，要是訂的檔次低一些，豈不是不但討不了好，反而更沒面子？

既然林清常來，此次又是特地請林清的，所以趙詹事和王詹事一致讓林清先點菜。林清推脫不過，就點了自己喜歡的幾個招牌菜，王詹事和趙詹事才分別又點了兩道菜。

他們訂的是甲字間，上菜很快，沒一會兒菜就上齊了。

王詹事起身拿起酒壺給林清倒上，這才給自己和趙詹事滿上，接著端起酒杯，客氣地對林清說：「下官和趙詹事初來乍到，要是有無意冒犯大人的地方，還請大人見諒。」

林清輕鬆地說：「兩位大人來幫本官，本官高興還來不及，哪有什麼冒犯不冒犯的？」

王詹事見林清嘴上說的好聽，卻沒端酒，不由心中一沉。

林清發現王詹事看著自己的酒杯，便實話實說：「昨天下午散值後，我和太子殿下喝了酒，不小心喝醉了，今天起來就頭疼，服了藥丸才舒坦些，今天中午可是不能再喝了。」

王詹事和趙詹事對視一眼，這是拿太子殿下壓他們？

與太子殿下喝酒能喝醉，誰信？

誰和殿下喝酒不是戰戰兢兢的，難道還能放開喝得大醉不成？

林清見王詹事和趙詹事尷尬，覺得自己出來吃飯不喝酒過意不去，就端起杯子沾沾唇，意思了一下，這才招呼道：「雲夢樓的招牌菜在外面可吃不到，來這裡光喝酒豈不浪費？來來，吃菜吃菜！」

趙詹事看王詹事出師不利，林清也沒接受他們端酒賠罪，又生一計，對旁邊的小二招招手，問道：「你們樓裡的如夢姑娘可在？」

小二說：「在，只不過如夢姑娘不常出來。」

趙詹事拿了個銀子扔過去，「讓如夢姑娘有空來撫個琴。」

小二收了銀子，立刻改口說：「小的這就去請姑娘。」說完，屁顛屁顛地跑出去。

林清皺了皺眉，「朝廷可是有規定，官員不可……」

林清還沒說完，趙詹事忙說：「如夢姑娘是樓裡的琴師，不在賤籍。」

林清這才點點頭，繼續吃菜。

不久，外面傳來一陣環佩輕響，一個絕色麗人抱著琴，蓮步輕移地從外面款款進來，對裡面的三個人屈膝行禮，說：「如夢見過三位大人。」然後微微抬起頭，一張美麗的容顏頓時映入三人眼中。

趙詹事看著如夢，有些失神，不過他很快回過神來，想著今天的目的。今天可是來賠罪的，當然，要是能夠拿點林清的把柄更好，便對如夢說：「這位是林大人，聽聞姑娘琴技絕佳，特來聽琴。」

如夢知道眼前這位應該是今日的主客，就對林清又行了一禮，接著走到琴桌旁，將琴放下，試了試音，開始撫琴。

林清眼中閃過一絲興味，不是對如夢，而是對她的琴技。

林清雖然從沒在雲夢樓裡聽過琴，可以前曾聽別人提過樓裡有位琴師，琴技非常了得，如今看來，想必是眼前這位如夢姑娘了。

林清連飯都不吃了，放下筷子，打算聆聽絕世名曲。

趙詹事和王詹事見了，以為林清看上了如夢，頓時一喜。

然而，聽著聽著，林清臉上浮現出了失望之色。

等到一曲終了，趙詹事面帶笑意地詢問林清：「大人，如夢姑娘彈得可好？」

趙詹事打算等林清一說好，就讓如夢來陪林清。到時美人在懷，什麼話都好說了。

不料，林清失望地搖頭，「她剛才有兩個音沒彈準，還沒有我夫人彈的好聽。」

趙詹事和王詹事：……

誰讓你聽琴了？人家彈的是美色啊！

其實林清前兩世都不懂古琴，第一世他只在音樂老師的辦公室見過，連摸都沒敢摸，生怕給人家碰壞了。第二世，他天天忙著頭懸樑錐刺股地寒窗苦讀，雖然家族中有人教導，可他實在沒有時間學習。

至於第三世，在林家的時候，他也沒學過琴，棋倒是閒著沒事涉獵了一些。他真正接觸到琴棋書畫，還是因為郯王，也就是現在的太子。

郯王當初雖然身為王爺，沒有人要求他非得學富五車，可畢竟是皇室子弟，皇帝還是希望皇子能有些才學，因此宮裡還是按照慣例派了琴師、棋師、畫師到郯王府，教郯王彈琴、下棋和作畫。

郯王學得怎麼樣先不提，林清這個陪學的，卻被熏陶得很好。宮裡派來的無論琴師、畫師，還是棋師，都是頂尖的，林清當時閒著沒事，跟著幾個人，倒把琴棋畫都完整地學了一遍。至於書法，他能中進士，書法自然過得去。

林清最後雖然沒學成大家，但教他的都是最頂尖的專業人士，故而他的眼界還是有的。如夢那琴技，糊弄別人沒問題，要想糊弄他，卻遠遠不夠。

林清真的很失望，他本來以為能聽到名家演奏，沒想到不過爾爾，連音都彈不準。正所謂期望越高失望越大，林清難得毒舌一次，當著人家姑娘的面把實話說出來了。

林清的話一出，不僅如夢的臉色有一瞬間的僵硬，連王詹事和趙詹事都頗為尷尬。不過，如夢畢竟是在雲夢樓裡混的，能在沒有過人琴技的情況下還能坐上首席琴師的位置，除了臉，手段當然是不缺的。

如夢很快收起不自然的臉色，換上楚楚可憐的表情，然後站起來走到林清旁邊，為他倒了一杯酒，雙手捧著酒杯，柔聲說道：「奴家彈得不好，讓大人見笑了。奴家親自為大人斟酒，還望大人見諒。」

人家姑娘都這麼說了，林清不好不給面子，再者說，他們只是花錢聽琴，也沒規定琴師必須是名家，於是林清笑著說：「姑娘不必在意，我這個人比較實在，不太會說話。」

如夢的臉又是一僵。

比較實在？這不還是說她彈得不好嗎？

她的琴技確實到不了大家的水準，可也不差，在琴師之中算得上是中上程度，再加上她容貌不俗，哪個客人聽她彈琴不誇一句好？

想到這裡，如夢被激起了一絲性子，巧笑倩兮地說：「想不到大人居然是行家，小女子有眼不識泰山了。」

「算不上，」林清笑道：「不過是平時聽多了，難免挑剔些。」

如夢不服氣地問：「不知大人平時都聽哪位姑娘彈琴，奴家也好去請教一下。」

「我聽的那位可不是姑娘，而是宮裡的俞琴師。」

「莫非是俞大家？」如夢一驚，脫口而出。

「應該是他，我聽別人都這麼稱呼他。」林清輕描淡寫地說道。

如夢瞬間沒了脾氣，那可是俞大家啊，天下最有名的三大琴師之一，而且還是宮裡的御用琴師。她一個雲夢樓的琴師，哪怕是首席，也不敢與宮裡的御用琴師相比。人家聽慣了俞大家的琴，再聽她的，能入眼才怪。

如夢端著酒杯說：「是奴家失言。大人聽慣了俞大家的琴，再聽奴家的，確實委屈大人了。不如大人滿飲此杯，算是如夢賠罪，如何？」

林清頭疼地看著眼前的酒，怎麼一個個都喜歡勸酒呢？昨天他剛醉，今天又吃了藥，再喝肯定會傷胃，當下接過酒杯，略沾了下唇便放下了，「姑娘的心意我領了，只不過昨日我才喝醉，今日服了藥，實在不宜飲酒。」

「可是奴家得罪大人了？大人這才不願給奴家面子。」如夢說著，露出委屈的神色。

王詹事和趙詹事知道如夢是裝的，可看到美人眉頭一皺，也忍不住想上前安慰，甚至有衝動想替林清把那杯酒喝了。

林清安然不動，「姑娘想多了，是我真的不能喝酒，並非不給姑娘面子。」

如夢聽了林清的話，簡直想把桌上的酒倒到林清頭上。她從來沒見過這種榆木疙瘩，她一個美人站在這裡勸酒，即使不會喝酒的都會喝上兩杯，怎麼到他就勸不動了？

趙詹事和王詹事也很無奈，他們倆本來想著找個美人來，讓美人來勸酒，想著林清總不能不給美人面子，肯定得喝兩杯，之後他們繼續勸酒，林清不好再以不能喝的理由拒絕，誰能想得到，一個嬌滴滴的大美人相勸，居然也勸不動。

趙詹事和王詹事心中同時有一個疑問：他家大人是男人嗎？

柳下惠！

如夢心中暗罵，不過林清的無視激起了她的好勝心，她拿起一雙沒用過的筷子，試探般的問道：「既然大人不能喝酒，不如讓奴家給大人夾菜怎麼樣？」

這次林清倒是沒有拒絕，反正他在家吃飯也是有丫鬟在旁邊伺候，在這裡他們既然花了錢，只當多個丫鬟就是，他便從善如流地說：「有勞如夢姑娘了。」

王詹事和趙詹事大喜，連忙陪著林清用飯。

如夢說是夾菜，其實不過是給盛個湯什麼的，畢竟林清手中有筷子，還是自己來方便。

如夢舀了兩次湯，就發現自己又被無視了，而且更鬱悶的是，她發現眼前這人竟然真的拿她當丫鬟使，不禁越發氣憤。

如夢突然想到林清在點評她的琴技時的另外一句話，當下輕聲問道：「剛剛大人說奴家的琴技比不上令夫人，想必令夫人必定琴技十分了得吧？」

提起王嫣，林清面色變得溫柔許多，「她原本不懂琴，是我後來學會，看她想學就教她了，她學得極好。」

如夢聽了，差點嘔血。

敢情你不是誇你夫人，而是在誇你自己？

如夢覺得自己的臉快要維持不住得體的笑容了，就問道：「不知大人有幾房妻妾，可都教成琴師大家了？」

「我並無妾室。」

「什麼？」如夢不太相信自己的耳朵。

林清拿起旁邊的帕子擦了擦嘴，起身說道：「夫人一個就夠了，要那麼多幹什麼？」然後對王詹事和趙詹事問道：「可曾吃好了？」

林清都吃飽了，王詹事和趙詹事又怎敢說吃不好，連忙站起來說：「吃好了。」

「那咱們就回去吧，時間不早了，不要耽誤下午的坐堂。」林清說完，邁步出門。

王詹事趕忙結了帳，與趙詹事匆匆跟上林清。

林清突然轉身，看著後面的王詹事和趙詹事，認真地說：「以後不必如此，你們倆只要好好做事，本官沒有閒著無事找人麻煩的愛好。」

沒再看面面相覷的兩人，林清直接走了。

可不能再讓這兩個傢伙腦補下去，這次用了美人計，誰知下次他們會弄出什麼來。

回到詹事府，林清嘆了一口氣，下屬心眼太多也是麻煩事。

不過，這次的事給林清提了個醒，有些事還是早說出來的好，省得誤會來誤會去。

想到今天飯桌上的美人計，林清走到桌邊提起筆，準備寫一封家書給王嫣。

他原本打算等林桓鄉試過後，再讓妻子帶孩子們一起來，如今還是讓林桓自己在家備考吧，妻子先帶著三個小的來，他實在是急需要夫人來鎮宅啊！

林清寫完信用紅泥封好，準備散值回去後讓小林寄出去。

他這邊處理好了後宅的隱患，放心地接著幹活，太子那邊卻也正在為後宅的事犯愁。

眾人見皇上對太子很重視，再加上太子已經正式冊封，除非太子失德，或者幹了什麼天怒人怨的事，否則肯定是下一任帝王。一時間，不少人打破頭想往太子身邊靠。

太子對靠過來的人也不反感，本來就是人往高處走水往低處流，別人認為跟著他有利，自然會往他身邊靠，而他有人擁戴也會地位更穩，所以這實際上是兩方都有利的事。

讓他糾結的是，有些人靠過來的方法。這些人不是想著靠才能和才幹來投靠，而是打著用聯姻的方法來投靠，也就是希望他能納這些家族的女兒，充實東宮。

太子頗為猶豫，就把林清叫過來。
林清聽到太子突然找他，還以為發生什麼大事，連忙放下手中的活兒，匆匆趕到正殿，結果看到太子正自己一個人在擺弄棋譜。
林清問道：「殿下這麼急著叫臣來，不會是叫臣陪著下棋吧？」
「先生快坐。」太子指了指對面，「正好你來了，先陪孤下一局。」
林清心裡嘀咕，叫他來不會真只是為了下棋吧？
他坐在棋盤的另一邊，太子把棋子都撿回籠裡，兩人一人執白一人執黑。
下到一半，太子嘆了一口氣，「叫先生來，其實是有件事想和先生商量。」
林清點點頭，他就知道太子這麼忙，不可能只找他下一盤棋，「殿下請說。」
「先生也知道，最近父皇很是看重孤，再加上父皇年紀大了，朝中有不少大臣甚至重臣紛紛向孤示好。身為太子，孤不應該擅自結交大臣，不過孤也大多以禮相待，所以和大臣們處得也還不錯，只是最近有不少大臣經常在孤耳邊提及家中有適齡女兒或孫女，孤本想不接的，可其中不乏朝中重臣……」太子說到這裡，看著林清。
林清皺了下眉，「他們是打算送家族中的女子進殿下的後院？」
「不錯，正是如此。孤後院按規矩有太子妃一人、良娣二人、良媛六人、承徽十人、昭訓十六人、奉儀二十四人，如今孤後院只有太子妃，所以不少家中有適齡女兒或是孫女的大臣，難免動了心思。」
林清驚得手中的棋子差點沒夾住，脫口而出：「這麼多？」
太子看著林清的表情，覺得好笑，「先生這就驚訝了？這些還只是有位分的，孤還沒說沒有位分的呢！」

林清聽了咋舌，這麼多，難怪不少大臣盯著。

「想不到太子殿下如今竟是香餑餑了，這麼多大臣趕著想做殿下的岳父大人。」

「好了，先生莫要取笑！」太子連忙說：「先生快幫孤想想，孤正糾結這事呢！」

「這種事有什麼好糾結的？」

「說句實話，孤想了想，無論納不納都有利有弊，才一直糾結不定。如果不納，可能會斷了許多家族的念頭，等到用人的時候，只怕他們不盡心。可如果納了，確實能得到這些家族的擁護，勢力必然大增，可同時麻煩也會隨之增多，畢竟聯姻就是為了利益往來，有來必然就有往。現在孤還有一點擔心的就是太子妃，晨兒還小，孤怕那些家族的女子進了東宮，會對晨兒不利。」

「聯姻這種事本來就有利有弊，殿下能不光看到好的一面，還能看出其中的弊端，這樣就很好。不過，殿下只是從自己這裡考慮，還忘了一旦殿下納了，只怕還有兩位會受影響，殿下不打算先去問問他們的意見嗎？」

「兩個？」太子困惑地說：「除了太子妃，難道還有別人？」

「殿下難道忘了當初代王和張尚書之間的事了？」

太子心中一驚。

「殿下要是只是納一個側妃，哪怕是良娣也不打緊，畢竟一個家族的勢力終究有限，可殿下只要開了這個口，只怕以後就收不住。殿下的後院按規矩位分不下有六十，殿下想想，這六十位側妃要都是朝中大臣家的女兒，殿下覺得，陛下會不會受影響？」

太子手中夾著的棋子一頓，放到棋盤上，把林清的棋子吃掉兩個，「先生說的是。」

「殿下！」林清看到自己的棋子被吃掉大半，趕忙護著棋盤。

太子好笑地說：「那先生覺得，孤不該納？」

林清看了棋盤一會兒，落下一子，才說：「這個臣也不能替殿下做決定，不過臣覺得殿下最好把這事和皇上和太子妃說一下，說不定殿下就不用糾結了。」

「這種事說了會不會不妥當？」太子皺眉。

林清搖搖頭，「有些事開誠布公反而比遮遮掩掩的更好。」

林清走後，太子想了想，還是往太子妃的院子走去。

太子進了門，聽到一片請安聲，然後就看到太子妃從裡面匆匆出來，行禮說：「殿下來了，臣妾不曾遠迎，還望恕罪。」

太子拉起太子妃，溫和地說：「是孤突然想晨兒，便直接過來了，也沒讓人通報。」

太子妃說：「晨兒正好剛醒，正在屋裡玩呢！」

太子聽到兒子醒了，立刻拉著太子妃進屋，從奶娘懷裡接過自家兒子。

太子逗了兒子片刻，見兒子打了個哈欠，不禁笑說：「這小子剛醒就又睏了。」

太子妃說：「晨兒還小，正是愛睏覺的時候。」

太子見兒子用小手揉了揉眼睛，知道他是真想睡了，便把兒子遞給旁邊的奶娘，讓她下去哄小殿下睡覺。

太子又對屋裡的太監宮女揮了揮手，眾人有眼色地都退了出去。

太子妃問道：「殿下可是有什麼事？」

太子頓了一下，還是把這些日子的事說了一遍。

太子妃聽了，表情有一絲僵硬，卻還是溫婉地說：「是臣妾的不是，這些年殿下後宅空虛，臣妾卻未想到替殿下選幾個侍奉的人。殿下如若看到有合適的，吩咐臣妾一聲，臣妾替殿下納回來，也好替殿下開枝散葉。」

太子知道她雖然這麼說，心裡肯定委屈，就伸手拉著她的手，拍了拍，「孤倒是更希望妳多生幾個。」

太子妃臉一紅，心中的難受少了三分。

太子說：「先生以前常說，後院的女人越多，麻煩越多，稍有不慎還會影響子嗣，所以先生這麼多年，除了師娘外，連個通房丫頭都沒有。孤也不想後宅天天勾心鬥角的，所以在妳之前，不曾寵幸過王府任何一個宮女，就希望妳能安穩地生下嫡長子。」

太子妃這才明白當初嫁進郯王府的時候，為什麼她的夫君一個侍妾都沒有，心中忍不住對林清產生了一絲感激之情，也對王嫣有幾分豔羨。

太子接著說：「如果孤還是當初的郯王，咱們倆一起一輩子也就過去了，可如今孤是太子，哪怕孤願意，父皇和母妃也看不慣孤的後宅只有妳一個。」

太子妃心裡苦澀，點頭應道：「臣妾明白。」

太子又說道：「不過，晨兒還小，如果有世家貴女進門，只怕會亂動心思，孤已經打算把這件事跟父皇說，由父皇來安排好了。」

太子說完，見時間還不晚，便說：「孤先去宮裡一趟，看看父皇和母妃。」

太子妃趕忙起身幫太子換衣服，送太子出去。

望著太子離去的身影，太子妃突然掉下一滴眼淚。

忽見陌頭楊柳色，悔教夫婿覓封侯！

太子進了宮，見時辰尚早，想必父皇還不會去後宮，就直接去了處理政事的太和殿。

見父皇正在處理奏章，太子直接行禮道：「兒臣拜見父皇。」

「起來吧，這個時辰了，怎麼想著過來？」皇帝將奏摺合上，抬起頭問道。
「兒臣有些事想與父皇說，所以就過來了。」太子恭敬地答道。
「什麼事？」
「近來有不少大臣詢問兒臣側妃之事，兒臣拿不定主意，想著父皇是過來人，就想來討討經驗。」太子答道。
「有人問你側妃的事？」
「是。」
「那你看上了哪家？」皇帝不露喜怒地問。
「兒臣覺得晨兒還小，這時納側妃，萬一不小心納個心大的，只怕對晨兒不利，所以兒臣暫時還不想納側妃。」太子老實說道。
「你後宅只有太子妃一個，確實有些不像話，這樣吧，這件事朕會和你母妃商量。」
「是，兒臣知道了。」

……

過了幾日，皇上賜了兩個宮女給太子。兩個宮女出身不高，僅是封了最低等的奉儀。
皇帝不但賜了兩個宮女給太子，還特地嘉獎了太子妃一番，讚太子妃生育皇孫有功，皇帝和慧貴妃都賜了不少物件給太子妃。
林清來找太子，笑著說：「殿下這下不用再糾結了，皇上賜了兩名身世普通的宮女給殿下，又嘉獎了太子妃，外面那些大臣應該也明白了，知道皇上還不欲讓殿下娶高門貴女，想必那些人不會再自討沒趣。」
「確實如此，自從父皇發話之後，的確不曾再有人提納側之事。」

「不過，殿下得了兩個美人，只怕太子妃心中難免失落，殿下還是好好撫慰的是，小心後宅不寧。」林清提醒道。

「先生放心，孤心中有數，其實太子妃這幾日心情還不錯。」

「不錯？」林清有些不敢相信，他見過太子妃幾次，看著太子妃應該很喜歡太子。

太子點點頭，「這還要多虧了先生，幸虧先生和孤說，讓孤去找太子妃談談，孤把那事跟她說了，她原以為這次要進的是高門貴女，正悶悶不樂，結果父皇賜下兩個宮女，再加上孤也沒怎麼寵那兩個奉儀，所以她現在覺得還不錯。」

林清：……

這難道就是所謂的沒有比較就沒有傷害的反例？

◆　◆　◆

王嫣接到林清的家書，安排妥當家裡的事後，就帶著三個小的上京來找林清。

林清已經從回信中知道王嫣坐船的時間，大體上算了算，就在官船到的那一日，他特地在詹事府的點卯冊上請假，然後自己給自己准假，親自去碼頭接妻兒。

雖然蹺班也可以，可是蹺班哪裡比得上有光明正大的理由請假舒爽。

接家眷，這個理由絕對夠充分。

林清心裡喜孜孜地想著，把差事往兩個少詹事那邊扔，就屁顛屁顛地去接妻小了。

王詹事和趙詹事無奈地對視一眼，時至今日，他們兩個要是再看不出自己的頂頭上司到底是什麼人，那麼他們這些年就白混了，可知道後，他們反而更崩潰，他們真沒想到居然真能遇到這種「淡泊名利」的人，雖然他淡薄的原因是因為他懶。

然而，就是懶，更讓人無奈。

雖然下屬都不喜歡上峰專權，可也同樣不喜歡上峰天天把差事推給自己。王詹事和趙詹事想到當初自己主動爭權的事，恨不得甩自己兩巴掌，他們這跟送上門去有什麼差別？

不過，誰讓林清是他們上峰呢？

趙詹事和王詹事還是老老實實地埋頭幹活了。

自己種的苦果，跪著也得吃完。

……

林清帶著小林和一眾僕人到了碼頭，發現今天的官船還沒到，便派小林去打聽。小林去打聽回來說官船是今天到，只不過怕是要到下午了。

離下午還有幾個時辰，林清就帶著一眾人去了旁邊一個乾淨的茶館歇腳。這個茶館正對著碼頭，坐在二樓，可以清楚地看到碼頭上來往的船隻。

林清進了茶樓，丟了一個銀豆給小二，要了一個二樓的雅間。

由於是靠近碼頭的茶館，因此魚龍混雜，哪怕是在二樓，一樓的喧譁聲仍不斷傳來。

小林提議道：「老爺，不如您先回去，小的帶人在這裡等著就行。」

林清搖搖頭，「沒事，夫人大老遠帶著孩子趕來，我不親自來接哪能行？」

小林見林清一直沒動桌上的茶水，知道林清肯定是喝不慣，便要讓小廝回去拿。

林清擺了擺手，說：「讓小二上些清水即可，不用如此麻煩。」

小林趕忙去找小二要了些清水。

林清一邊喝著白開水，一邊看著遠處的碼頭，等著王嫣坐的官船到來，接著就聽到下面有幾個人在大聲議論。

「成王殿下真是仁慈，如今正是春天青黃不接的時候，成王殿下憐憫窮苦百姓，用自己的俸銀在城外天天施粥，唉，成王殿下真是心慈之人啊！」

「是啊，每天都是熬濃粥，不像有些富戶，施個粥都加糠，還是成王殿下實在！」

「聽說成王殿下是先成王的嫡長子，也就是世子，皇上在冊封了太子後，就讓成王世子和代王世子襲了先成王和先代王兩位殿下的爵位，現在看到成王殿下小小年紀就如此仁厚，可見皇上聖明。」

「咦，聽你這麼一說，這位成王殿下豈不是皇上的嫡長孫？」

「可不是？人家成王殿下不僅是嫡孫，還是皇上所有孫子中最年長的，聽說比當今太子還大上幾歲。」

「原來是嫡長孫啊，難怪！」

……

林清聽了一會兒，對旁邊的小林招招手。

「老爺，您有什麼吩咐。」

「派幾個機靈的人去各大茶館、酒樓轉轉，看看有多少人說這樣的話，再派兩個人去城外看看成王殿下平日在哪施粥。」林清吩咐道。

「是，老爺。」小林應下，轉頭派了幾個人出去打聽。

過了好半天，去茶樓打聽的三個小廝先回來，其中一人回稟道：「老爺，小的們去附近的茶樓和酒樓轉了一圈，聽到那些地方都有這樣的議論。說的，與剛才聽到的差不多。」

林清點點頭，每人打賞了一個銀豆。

又等了半個時辰，去城外探查的兩個小廝才匆匆趕回來，行禮說：「老爺，小的查到，成王府在西城門口外的空地上施粥，很多人都在那裡排隊。」

林清想了一下，對小林說：「留下幾個人在這裡等夫人，你跟我去看看。」

小林留下幾個人照看，然後帶著其他人跟著林清去西城門外。

林清坐著馬車還沒靠近，就遠遠看著排成長隊的人群，皺了皺眉，對身後的人說：「你們在車上等著，我下去看看。」

小林忙說：「老爺，這裡人多雜亂，小的跟著您一塊去吧！」

林清想了一下，就說：「那你跟著，其他人從另一個城門進城，在裡面等我。」

林清想要親自過去看看，卻沒打算靠得太近。他雖然不是多大的官，可畢竟天天跟在太子後面，難保成王府有人會認出他。

所幸這個地方是城門口，天天人來人往的，林清裝作富家公子，倒也不引人注意。

林清帶著小林，一邊裝作要進城，一邊偷偷觀察不遠處施粥的粥棚。

看了幾眼，他小聲問旁邊的小林：「成王世子，哦不，現在是成王了，施粥的時候真的是用全白米嗎？」

小林點點頭，「小的打聽過了，確實是白米，不摻半點糠。」

林清看了看排隊等著領粥的所謂「窮苦百姓」，搖搖頭說：「進城吧！」

回到馬車上，林清對小林說：「我先回東宮一趟，你去碼頭接夫人，夫人要是問起，你就說我有些事突然要去見太子。」

林清回到東宮，直接去正殿找太子。

太子看到林清，有些驚訝，「先生不是去接夫人了嗎？這麼快就回來了？」

「她的船還沒到，臣在路上聽到一些事，就先回來了。」

「什麼事？」

「殿下最近可聽說成王的事？」

太子皺眉，「先生說的是大哥的長子？前些日子剛襲了大哥爵位的那個？」

「就是他，原來的成王世子。」

「他現在不是在家裡守孝嗎？怎麼，他弄出什麼么蛾子了？」

林清將剛才在茶樓聽到的及自己打聽到的說了一遍。

太子笑了，「想用施粥收買人心？呵，他這樣豈不是顯得父皇無能，京城附近都需要施粥？那出了京城，百姓不都要餓死了？」

林清說：「還是殿下看得明白。如果現在是荒年，那施粥確實是為了百姓，不過去年京城風調雨順，如今成王施粥，還大肆宣揚，明眼人一看就心知肚明。不止如此，成王施粥還是施白粥，不摻半點糠的。」

「他施粥沒摻糠？」太子詫異。

「不僅如此，成王殿下還對此很是得意，特地找人在外面說出來。」

太子嘴角抽了抽，「我大哥當初是怎麼生出這個棒槌的？」

施粥，無論是朝廷施粥，還是富戶施粥，必須做一件事，那就是在粥裡摻糠，甚至還有人在粥出鍋的時候，故意當著眾人的面撒上一把土。這不是故意欺負難民，也不是使壞，而是為了讓粥能夠真正進到窮苦百姓肚子裡。因為對於窮苦百姓來說，他們才不會在意粥裡的那些糠和沙子。在意的，只有那些打著不吃白不吃來占便宜的人的。

林清聽了太子對成王的評價，說道：「臣特地偷偷去看了排隊等著領粥的那些人，果然其中不少人雖然穿著破舊，臉上卻一點菜色也沒有，甚至不少人還身強力壯，想必應該是城中原來的那些潑皮。」

「他施粥不摻糠，人家不拿他當冤大頭才怪。」

「雖然成王做了件蠢事，不過從這件事也可以看出成王現在還不死心，臣來就是想提醒殿下要小心，有時候，不聰明的人，反而比聰明的人更容易壞事。」

「孤會讓人注意的。」

林清和太子說完，便匆匆告辭離開，他夫人還扔在碼頭呢！

貳之章

新帝繼位雞犬升

林清騎馬去了碼頭，看到官船已經抵達，小林正讓人將王嫣帶的行李往馬車上裝。

林清下了馬，穿過熙熙攘攘的人群，到了王嫣的身邊，說：「我來晚了。」

王嫣還以為林清不來了，看到林清，驚喜地說：「二郎來了，可是忙完了？」

林清點頭，王嫣身邊的幾個孩子看到林清，立刻圍了上來，「爹爹、爹爹」叫個不停。

林清挨個孩子抱了抱，這才與妻子接著說話。

「一路上走得可順當？」林清抱著幼子，又把兩個大的拉到身邊。

王嫣說：「孩子他大伯親自把我們送到徐州上船，妾身又帶了不少僕從，極是順當。」

林清放下心來，又問道：「桓兒在家可好？」

王嫣笑了，「他在家倒是很好，只不過看到我們都進京了，他就有些不樂意了，說就把他一個人留在老家。」

「他不是要考鄉試嗎？」林清笑說：「等他考完讓他自己過來，反正他都這麼大了。」

「你這個當爹的，還真是不心疼。」王嫣斜睨了他一眼。

「那個臭小子膽子大著呢！」林清道。

王嫣見旁邊沒人注意，便將林清拉到馬車旁，小聲說：「自從郯王被立為太子後，老家就有不少人上門送禮，還有上門求辦事的，妾身都以你不在家，妾身一個婦道人家不方便見外客給拒了，至於那些禮，不太貴重的都收了，貴重的，妾身都回了差不多的禮。」

林清點點頭，「嗯，夫人處理得不錯，那些地方官員的禮，不收難免得罪人，收了，等他們家裡有喜事，咱們再回給他們就是。」

林清帶著王嫣和孩子上了馬車，拉回了他們原來的住處。

林清現在雖然住的是詹事府，也有獨立的院子，可畢竟不大，再加上那是東宮，讓他妻兒住進去不合適，林清就和王嫣又回到原來他們自己買的宅子。

「想不到十多年過了，咱們又回來了。」看著空了多年的房子，王嫣感慨道。

「當初本來還打算任它閒置，留給咱們兒子來京城考科舉用，想不到咱又回來了。」林清再回來，也有些感慨時間過得如此之快。

「幸好咱們有留人打掃，要不，這房子肯定住不得。」王嫣說道。

林清知道王嫣要上京，就派人把宅子重新打掃一遍，壞的地方也找人重新修葺，如今看來，倒是煥然一新。

林橋、林樺、林楠三個孩子都好奇地轉頭四處張望，林樺拽了拽林清的衣袖，問：「爹爹，這是誰的家啊？」

林清頓時笑了，對林樺說：「這裡就是咱們的家，以前就是，不過你們出生之前，爹和娘搬到了郯王府，這裡才空出來，所以你們才不知道。」

林橋和林樺兩個孩子瞪大眼睛，驚奇地說：「這裡也是我們家？」

林清點頭，「是啊，這裡也是咱們家。」

林橋和林樺一聽，興奮地叫了一聲，跑去院子裡「探險」了。

林清哈哈大笑，對王嫣說：「這兩個孩子剛才八成以為是來做客呢，我說這兩個皮小子怎麼這麼老實。」

王嫣捂嘴笑道：「妾身剛才也還好奇這兩個孩子鬧騰了一路怎麼突然不鬧騰了。」

林清抱起還懵懂的林楠，親了親他的小臉，「孩子還是小的時候最可愛。」

林楠見父親陪他玩，開心地說他剛剛吃了什麼，兩人一大一小說起話來。

過了一會兒，林清將林楠放到裡屋的炕上，問道：「對了，妳上次回信時，樺兒已經開始考府試了，家裡這次考得怎麼樣？」

如今已經是五月初，王嫣之所以到現在才來，還有一個原因，就是為了等林樺考府試，至於林橋的院試，得等明年再回去考，誰叫院試是三年兩次，也就是隔一年才能考。

「樺兒過了，府試第七名。不單樺兒過了，柱哥兒府試也過了，第三十二名。學堂還有個孩子過了縣試，只不過沒有過府試的。」王嫣說道。

林清忙問是哪個孩子過了，得知是大哥家的林楓，點點頭說：「這孩子平時學得還算刻苦，大哥管教又嚴，能過縣試不奇怪。」

其實林清心裡也明白，當初族學的那一批孩子，大概也就出這幾個了，畢竟其他的不是年紀大了，就是對學習沒什麼興趣，過兩年也就回去鹽號幫忙了。當然，有這些人通過，林清已經很滿足了，再說，下面不是還有一群孩子嗎？

十年樹木，百年樹人，慢慢來！

得知林樺過了，林清放下心來，就與王嫣聊起京城最近發生的事。

雖然別人家裡丈夫很少和妻子聊外面的事，覺得男主外女主內，女人只要打理好家務就可以了，但林清仍是經常與王嫣說外面的事，尤其是官場的事。他覺得哪怕妻子天天打理內務，也最好多了解一些，畢竟人情往來得知道分寸。

林清和王嫣正說著話，外面來了一個小太監，說太子殿下有急事找他。

林清納罕，他不是中午剛見過太子嗎？

林清匆匆回了東宮，太子遞過來調查到的關於成王的卷宗，林清恨不得給自己一巴掌。叫你烏鴉嘴！

俗話說：寧要神一般的對手，不要豬一般的隊友。

其實應該加一句，千萬別碰到豬一般的對手。因為聰明的人你可以根據常理去判斷他下一步要做什麼，而愚蠢的人，你會發現你根本想不到他要做什麼。

林清此時就是這樣的感覺。

林清看完卷宗，問道：「成王做這些，他身後的那些人知道嗎？」

太子知道林清問的是原來擁護先成王的那些人。

「先生忘了，當初擁護大哥的那些人都是什麼人？那些人之所以擁護大哥，是因為大哥是嫡長子，也就是說，那些人擁護的不是大哥，而是正統。如今父皇已經立孤為太子，孤才是正統，你覺得那些人還會去管成王？」

林清想到朝堂上那些老頑固，頓時牙疼。那就是一群蒸不熟煮不爛，視規矩如天的人，偏偏那群人還大多非常有才，屢次頂撞皇上，皇上都不能怎麼著他們。當初他們之所以支持成王，就因為成王是嫡長子，在皇上沒立太子前，在他們眼中是正統。依這些人的性子，一旦皇上確立了正統，他們肯定不用想轉頭就去擁立太子。

「難怪成王最近做的事這麼沒水準，不過，成王的外公傅大人好像也是朝中重臣吧，聽說他原來是先成王的心腹，他怎麼也不知道勸著自己的這位外孫？」林清不解地問。

「前些日子傅大人做欽差大臣出京了，現在還沒回來。」太子無奈地說。

「所以他就自己作死？」林清總結道。

林清思索著成王最近做的事，他說成王作死還是輕的，應該說是吃飽了撐的找事。

按照一般人的想法，要是成王看太子不順眼，想取而代之，那肯定是先要蟄伏，再找機會狠狠咬太子一口，可成王不是，人家大張旗鼓地搞事，先是努力在外面為自己刷好名聲，接著在背地裡使勁抹黑太子，打算把太子的名聲搞臭。

林清甚至懷疑，成王到底是想奪太子之位，還是想發洩一下，搞臭太子。名聲雖然重要，可太子是皇帝決定的，就是在民間把太子抹黑得再嚴重，朝廷也不會因為流言廢太子啊！

「殿下，其實成王做的這些事不足為慮。」

「孤知道不足為慮，可孤覺得噁心啊！你看看，他在背後找人把孤傳成什麼樣了，真是豈有此理！」太子憤憤不平。

林清見太子被氣成這樣，嘆了一口氣，這就是為什麼他覺得豬對手可怕了，成王做的這些，確實動搖不了太子的地位，可噁心人啊！他成功地噁心到了太子，噁心得太子現在氣到吃不下飯了。

偏偏太子還無可奈何，畢竟謠言這種東西是越描越黑。如果現在太子去澄清，別人反而還會覺得是太子心虛。

林清提醒道：「殿下，這天底下的謠言，向來是越解釋越說不清楚。」

太子氣得拍桌子，「孤也知道這個道理，可你看看他派人編排孤什麼！貪戀女色？孤總共就三個女人，兩個還沒怎麼碰，天天守著太子妃，這還叫好色，那什麼叫不好色？不知孝道？孤天天在宮裡陪父皇和母妃，怎麼就不知孝道了，還有……」

「本來就是謠言，殿下難道還得讓它有根據不成？」

「真是欺人太甚！」太子惱怒地斥道：「只會用這種下三濫的手段！」

「雖然這種手段很低，但不得不說很有效，起碼氣到殿下了，不是嗎？」

「豈止是被氣到，簡直是被氣死！雖然明知道謠言止於智者，可還是氣得慌，而且主要是，孤還拿他沒辦法！」
林清點點頭，確實如此。如果成王想要謀反，或者想要逼宮，那只要抓到他的把柄，就能扳倒他，可成王只是派人造謠，別說沒證據，就算有證據，告到皇上那裡，成王最多也就被罰閉門思過，被罰抄幾天書而已。
流言只要不涉及自己，誰都不會覺得是大事，而且一旦計較，別人還會覺得你是心虛。
林清問道：「殿下打算怎麼辦？」
太子鬱悶地想了想，說：「孤現在就想讓京城的流言快點消退，然後讓成王倒楣，可孤想不出來該怎麼辦，這才急急找先生來商量。」
「要想讓流言消退，也不是沒有辦法。」
「什麼辦法？」
「流言雖然容易動搖人心，可其實大家也就隨口說說，忘得也快，只要現在有一個更讓人感興趣的流言，前面的流言很快就會被忘記。」
「更感興趣的流言？」太子喃喃地說。
「例如成王的流言。」
太子眼睛一亮，「孤懂了！」
林清又提醒道：「殿下造一次謠出出氣就好了，可別過火了，那畢竟是下三濫的手段，成王破罐子破摔不嫌丟人，殿下是儲君，真要和成王掐得流言滿天飛，丟臉的是殿下。」
「孤曉得。」
林清又說：「臣覺得殿下還是把這件事再查查為好，雖然卷宗上寫的都是成王做的，可臣總感覺不太對勁。」

「你是不是覺得成王可能被別人當槍使了？」太子突然問道。

「殿下也有這樣的感覺？」

「依成王的性子，他做這些事情不難理解，偏偏做得恰好讓孤無法追究，孤可不相信他有這個能奈。」

「確實如此。不過，咱們只知道這麼多，也沒辦法，看來殿下以後要注意一些了。」

太子點點頭，「孤會注意，也會讓人再去查查。」

林清看著沒什麼事了，就起身告辭回家。

王嫣已經把家裡又重新收拾了一遍，連屏風都擺上了。

林清轉了一圈，笑著說：「夫人這一收拾，果然好看了許多。」

「這有什麼，不過是添些擺設罷了，要不屋裡空蕩蕩的，來了人看著也不像樣。」王嫣笑著說，過來將林清的外袍脫下來，遞給他一件家常的衣裳。

林清去內室換衣，出來沒見著幾個孩子，便問道：「那兩個皮小子呢？」

「回去睡覺了，在船上就鬧騰，回來又在院子玩了一圈，可不是累了。」王嫣說道。

「楠兒也睡了？」

王嫣點頭，「我剛剛哄他睡了。」

林清看了看外面的天色，離吃晚膳還有一個多時辰，就拉著王嫣的手，問道：「咱們也去歇一會兒？」

王嫣臉微紅，有些羞澀地說：「大白天的，多不好意思。」

林清：……

咳咳，他夫人這是暗示他要小別勝新婚嗎？

正當林清這邊小別勝新婚，太子那邊磨刀霍霍向成王的時候，宮裡發生了一件大事，那就是：皇上病了！

皇帝不小心染了風寒，正在太和殿休養。

太子聽聞此事，也沒空去弄成王，連夜趕到宮裡，衣不解帶地侍奉皇上。

林清知道這事的時候，已經是第二天了。只是他沒太在意，皇帝這兩年逢春秋，時不時染個風寒，大家開始還緊張兮兮的，可這麼多次下來，眾人也習以為常了。

再說，春秋本就忽冷忽熱，皇帝年紀大了，染個風寒沒什麼奇怪的。

因此，雖然皇上因病輟朝，眾人也不是很緊張，心想過上十天半個月，皇上休養一段時間，也就差不多了。

然而，大臣們很快就發現他們想得太簡單了，皇帝這次的風寒比以往想像的嚴重。

先是高熱，然後是低燒，最後甚至出現了短暫的昏迷，嚇得一屋子的御醫惶恐不安，連太醫院院使為皇帝開藥方時，手都抖得筆也拿不住。

皇帝病得如此，不能再隱瞞下去，太子緊急召內閣和朝中重臣進宮侍駕，以防萬一。

林清這才覺得事情大了，連忙帶著王詹事和趙詹事也匆匆進宮，他們雖不算重臣，卻是太子屬臣，得進宮照顧太子，連太子妃也不得不把小殿下放下，進宮侍疾。

太和殿的偏殿已經坐滿了大臣，太子、太子妃和後宮眾嬪妃在正殿輪流侍疾，而他們這些大臣得在偏殿等結果。

林清帶著王詹事和趙詹事在偏殿角落找了個不顯眼的地方坐下，與眾人一起等結果。

這一等，就是兩天，偏殿裡有些年紀大的老臣都有些撐不住了，正殿才傳來消息，說皇上已經沒事了。

眾人鬆了一口氣，打算快點打道回府好好洗漱歇歇的時候，卻被另一個消息驚住了。皇帝宣幾位閣老和六部尚書覲見，商量退位之事。

什麼？

眾大臣炸鍋了。

皇上不是好了嗎？怎麼突然想到退位了？

不過，來傳旨的是皇上身邊的大太監，肯定不會亂說，所以眾大臣還是震驚地看著幾位閣老和尚書跟著大太監去了正殿。

等幾位閣老和尚書離開，眾人顧不上這裡是皇宮大內，開始緊張地議論著這件事，畢竟一朝天子一朝臣，一旦換了新帝，他們首先要考慮的就是自己家族利益的得失。

在角落當隱形人的林清三人，也瞬間成了大家眼中的焦點，誰都知道如果皇上退位，必定是太子繼位，而詹事府屬於東宮，自然是太子的心腹。

一時間，過來與林清三人打招呼的大臣，瞬間圍得裡三層外三層，而林清三人為了不讓別人說得志猖狂，不得不打起精神和眾人周旋。

正殿正進行著關乎國運的大事，偏殿的眾人不夠資格參加，只能等待，卻沒讓大家等太久，大約半個時辰後，殿外就出現一陣腳步聲，接著就看到剛才出去的幾位閣老和尚書回來了，而文閣老手上捧著一份聖旨。

眾人看了一驚，紛紛下跪，恭迎聖旨。

文閣老打開聖旨開始宣讀詔書。

林清也跪在人群中，仔細聆聽著聖旨上的每一個字，當聽到「立太子為新君」時，這才徹底鬆了一口氣。

文閣老宣完聖旨，將聖旨傳給沈茹，聖旨是需要存檔的，文閣老對沈茹說：「沈大人，那登基大典就有勞禮部了。」

沈茹點點頭，「分內之事，」然後轉頭對眾人說：「陛下有旨，三日後舉行禪位大典，還望各位大人準備妥當。」

眾大臣忙應道：「是。」

幾位閣老和六部尚書陸續外走，眾人知道沒事了，也急急忙忙往家裡趕，準備把這個消息第一時間傳回去。

林清想了想，叫兩位少詹事一起往東宮去。

王詹事和趙詹事也想第一時間到太子面前道賀露個臉，故而對林清的決定大力支持。

回到東宮，太子和太子妃還沒回來，林清就和王詹事、趙詹事在詹事府等著。

一直等到半夜，太子和太子妃才一臉疲倦地回轉，林清和王詹事、趙詹事連忙迎上去。

趙詹事和王詹事向太子道完喜，就很有眼色地退出去了。

太子妃急著看兒子，匆匆回了後院。

林清跟著太子進了內室，低聲問道：「這是怎麼了？皇上怎麼突然宣布退位？」

太子雖然疲憊，卻難掩興奮，直白地說：「先生，孤終於等到這一天了！」

林清知道太子現在已經興奮得聽不著他問什麼，就耐著性子等太子平靜下來，才繼續問道：「可是發生了什麼事，才讓陛下打算退位？」

太子說：「父皇這次雖被太醫院的御醫救回來了，但御醫說，父皇元氣大傷，如果不好好休養，再操勞朝政，只怕會……」

太子沒往下說，可林清明白了，只怕皇上命不久矣。

林清點點頭，難怪皇帝會下決心退位，對於一直很強勢的皇帝，大概也僅有性命之憂，才能讓他放權吧？

「那皇上退位後呢？」林清問道。

「到時孤會尊父皇為太上皇，父皇打算到露臺行宮好好休養。」太子一臉輕鬆，然後對林清說：「以後孤終於不用再束手束腳了。」

林清皺了皺眉，太上皇還是能管著皇帝的。

由於時間比較倉促，再加上皇帝的身體時好時壞，本該十分隆重的禪位大典，反而不如冊封太子時的典禮隆重，幸好眾人甚至包括太子現在都沒心思關注這個。

皇帝禪位後，就是太子的登基大典，禮部連夜召集了眾大學士，忙乎了一晚，才想出三個吉利又好聽的年號，供太子挑選。

太子看著呈上來的三個年號，最後挑了「延佑」。

太子登基後，尊皇上為太上皇，改年號為「延佑」，並且為了尊重太上皇，特地下令從下一年開始才為延佑元年。

林清跟著太監從太和殿外走進來，看著上面坐著的新帝，行禮道：「見過陛下。」

「先生不必多禮。」新帝從上面走下來，親自扶起林清。

「陛下，禮不可廢。」林清笑著說。

新帝揮了揮手，楊雲見了，知道新帝有話單獨要與林清說，趕忙帶著殿裡的宮女太監退下，並且親自在外面守著。

「先生請坐。」新帝指了指旁邊的凳子，自己也隨意找了個位置坐下。

林清見沒有旁人在場，也就不客氣了，在新帝的下首坐下。

「陛下叫臣來有什麼事？」林清問道。
「父皇明日要啟程去露臺行宮休養。」
林清點點頭，這事他早就知道了，因為太上皇起駕肯定要新帝和百官相送，所以一早大臣們都得到了通知，林清說道：「這件事不是已經定下來了嗎？」
「是定下來了，」新帝皺了皺眉，「可是，父皇想帶成王和代王去。」
「帶兩位皇孫去？」
新帝搖頭，「大一些的皇孫，父皇都想帶去。別的侄子和侄女不要緊，可成王和代王兩個，朕只怕他們會趁機惹出事來。」
林清想了想，說：「這事陛下只怕不好阻止，太上皇想帶皇孫去，想讓皇孫承歡膝下，這是人之常情。尋常人家裡，上了年紀，也喜歡含飴弄孫，何況太上皇剛剛退位，正是空閒的時候，哪能不想讓孫子都在身邊呢？」
「唉，就是這個理，可是……」新帝嘆了一口氣，「你覺得成王和代王不會在父皇身邊搞事嗎？」他在當初和林清說完成王的事後，便又派人深入調查，結果不出所料，成王背後果然有人在煽動，而這個煽動的人就是代王。
「依兩位王爺的性子，在太上皇面前說陛下的壞話是一定的。」
「朕就是擔心這個，哪怕朕和父皇是父子，也擱不住有人天天離間。」新帝有些發愁。
林清用手指敲了敲腿，「臣有些比較放肆的話不知當不當說。」
「先生儘管說，這裡沒有外人。」
「陛下，太上皇既然開口了，那陛下除非忤逆，否則也阻止不了，所以肯定成王和代王還是會去的，畢竟成王是長孫，代王是太上皇最疼愛的兒子。」

「既然他們一定會去，咱們不妨先預想各種情況。第一種，說句大逆不道的話，萬一太上皇撐不下去，那無論成王和代王說什麼，都不會再有什麼麻煩。第二種，太上皇要是身子逐漸好轉，說句實話，不用成王和代王壞事，只怕也好不了，所以成王和代王去不去，其實差別並不是很大。」

新帝頓時沉默了，捫心自問，要是他父皇身體養好了，依他父皇那性子，必然會回來插手政事，兩人意見又不可能時時一致，到時肯定矛盾重重，因此，無論有沒有成王和代王，最終結果只怕是一樣的。

新帝嘆氣，「朕知道了。」

林清見他心情不是很好，知道他現在只怕也是為以後的事情擔心，就換了個話題，「再過幾個月，便要到下一年了。等到下一年，就可以換新的年號了。陛下定了延佑，臣前幾日去翰林院，看他們已經開始編陛下和皇后娘娘的起居錄。」

新帝聽了，果然心情好了些，起居錄可是只有皇帝和皇后才能有的。

林清想到翰林院拜託他的事，又說道：「對了，陛下，翰林院託臣來問問，當初陛下被冊封太子時，太上皇給陛下改了名字，陛下原來的那個名字，還要不要記錄在裡面？」

郯王原來的名字叫周郯，先成王叫周欻，先代王叫周剡，都是從炎字上起的，只是後來先成王和先代王的死，讓太上皇覺得炎旁邊的那個欠和刀非常不吉利，覺得是不是自己為兒子取的名字不吉利才讓兒子殞命，所以在當初立太子的時候，太上皇特地找人給郯王卜算，最後改成了周琰。

周琰淡淡地說：「跟他們說記上吧，反正玉牒上也有。」

林清知道周琰有些不喜歡原來那個名字，畢竟當初他封王時封的是郯王，他的名字中又帶「郯」，兩個字重了，比起他的那些哥哥們，很難不多想是不是當初太上皇是隨口給他指了塊封地。

不過，周琰已經登基為帝，許多事反而看開了，因此也不再計較名字這點小事。

「看來陛下不計較當初名字的事了。」

周琰擺了擺手，「雖然當年朕是最被忽視的那個，可如今朕比三個哥哥，笑到了最後，何必還計較呢？」

林清點點頭，「不錯，笑到最後的才是贏家。」

周琰又想到了一開始的事，說：「既然成王和代王想搞事，朕就送他去父皇那裡搞，朕就看看他們能弄出什麼花樣。」

周琰說完，叫門外的楊雲進來。

楊雲問道：「陛下？」

「傳朕口諭，讓滿十歲的皇孫明天都進宮來陪太上皇去露臺行宮。」

「是。」楊雲記下，匆匆去外面傳旨了。

周琰把一眾皇孫打包給太上皇，並親自送太上皇去露臺行宮後，開始正式處理朝政。

林清本來還有些擔心周琰能否應對錯綜複雜的勢力，勸他務必小心謹慎，卻不想第一次大朝會真的出事了，只是出事的不是新帝，而是他。

新帝的第一次大朝會，無疑是非常隆重的，朝中凡是五品以上的官員悉數到場，甚至連一些平時愛偷懶的勳貴，今日也不敢請假，一個不落都來上朝。

朝會剛開始還好，大家知道這是新帝第一次的朝會，事情就揀著好的說，禮部尚書沈茹第一個出列，洋洋灑灑地歌功頌德了新帝一番，接著說了禮部兩個不痛不癢的小問題，周琰回覆完，沈茹就領旨退回。

其次是吏部尚書張大人出列，照例說了說吏部的考核是多麼合理，表示朝廷上下吏治清明，然後也說了幾個無關痛癢的小事。

後面是戶部、兵部、刑部、工部等尚書出列，皆是先誇誇太上皇，誇誇新帝，提點小問題，走個過場就退下。

有了六部帶頭，後面的人也有樣學樣，正當大家覺得這個大朝會會「你好我好大家好」地安穩結束時，最後輪到了御史臺。

雖然平時御史臺天天彈劾這個彈劾那個，只要御史出列，大臣們就得心抖抖，暗自祈求千萬別彈劾到自己，不過今天是新帝的第一次大朝會，眾人很是放心，想必御史臺不會吃飽了撐著，在這個時候隨便彈劾人。

然而，眾大臣很快就被打臉了，李御史拿出奏章出列，走到中間，高聲說道：「臣有本奏，臣彈劾太子詹事林清林大人。」

眾人齊刷刷轉頭看向林清。

林清：……

他是招誰惹誰了？

他為官十多年，雖然沒幹出什麼大事，卻也沒幹什麼壞事，林清簡直一臉懵逼，覺得御史是不是彈劾錯人了。

他看著李御史一臉怒目地看著他，咂了咂嘴，看來沒錯，人家彈劾的就是他。

按照被彈劾的規矩，凡是被彈劾的官員，都要出列在一旁免冠候著，並且案子交到三司的這段期間在家裡閉門思過。

林清聽到李御史彈劾他，便在眾人的灼灼目光下出列，到大殿旁邊摘下頭冠放在地上，然後一撩官袍，跪下說：「臣聽彈劾。」

李御史慷慨激昂地引經據典，巴拉巴拉的說了半個時辰，仍是沒說到重點。

眾大臣：……

這廝到底是來彈劾人，還是為了引起新帝注意？

連周琰都受不了了，他剛才之所以沒阻止，是因為他知道自家先生肯定沒什麼大問題，御史臺本來就喜歡雞蛋裡挑骨頭，他愛挑就讓他挑，如果他阻止，反而對林清的名聲不好，畢竟他一旦幫林清說話，就很容易給大臣一種他包庇親信的感覺，這樣反而會引起大臣對林清的敵視。

可是，他聽了半個時辰就受不了了。他今天第一次上朝，本就還有些不適應，又穿戴厚重，哪怕他坐著，在上面聽上半個時辰廢話也煩得慌。

不僅是周琰，就是其他大臣也受不了。

周琰見李御史有再講兩個時辰的意向，直接打斷他，問：「李御史到底在彈劾什麼？」

李御史本來正說到興頭上，聽了頓時一噎，朗聲說：「臣彈劾林詹事，以權謀私，縱容家族販賣私鹽。」

林清本來正跪得腿疼，偷偷用手揉膝蓋，聽了李御史的話，手猛地一緊。

林家確實是販賣私鹽起家，卻不是今朝，而是前朝，這位李御史是在混淆視聽，雖然這事一查就能清楚，朝廷也不會再追究，畢竟那是前朝的事，可凡是生意，哪有經得起查的，一查肯定會出事。

周琰跟隨林清這麼多年，也大體知道林清家裡的發家史，再說，這麼多年林清也從來不覺得自己出身商賈丟人，說話的時候林清自己還經常提起。

周琰按照彈劾的流程問林清：「愛卿可有要自辯的？」

林清叩頭說：「回陛下，微臣家族確實起於鹽梟，確實販過私鹽。」

眾大臣一聽，紛紛看向林清，沒想到林清居然真的認下。

林清接著說：「不過，微臣家族販賣私鹽不是在今朝，是在前朝。前朝末年，朝廷恰逢黃河改道，洪水氾濫，整個山省民不聊生，家祖本是黃河邊上一普通百姓，一夜之間，全家十多口就剩下家祖一人。家祖為了活命，逃荒到沂州府，做起了私鹽販子，所以林家祖上確實是販私鹽發家。只是，太祖皇帝登基後，肅清天下，家父棄暗投明，成了鹽商，家族就不曾再販過私鹽，還請皇上明鑒。」

林清說完，再次叩首。

周琰又問：「李大人還有什麼要說的？」

李御史說：「就算林大人說的全部屬實，可林家販賣私鹽是事實。」

林清轉頭就李御史問了一句：「李大人，請問您是前朝御史，還是今朝御史？」

有些大臣頓時暗笑，林清這句話就差沒明晃晃地說李御史狗拿耗子多管閒事了。

李御史與人打慣了嘴仗，也不惱，「那林大人能保證自己確實沒有以權謀私？」

林清道：「李大人，臣沒權，何來謀私？」

眾人頓時笑了，林清確實沒權，雖然他現在是太子詹事，可不過才做了幾個月，而林清以前是郯王太傅，一個藩王的太傅，更不要說權勢了。

周琰看著兩人說得差不多了，便道：「此事交由三司秉公處理。」

李御史和林清齊聲應道：「是。」

林清下了朝就回家歇著，他如今被彈劾，理應在家裡閉門思過，等待三司的審查，等審查結果出來，他才能重回朝堂。

王嫣見林清腿上有兩塊青，忙叫下人去打水和拿藥膏來，自己則一邊幫林清揉著腿，一邊詢問是怎麼回事。

林清把朝堂上的事說了一遍，王嫣聽了，吃驚地問：「那可怎麼辦？」

林清按著王嫣的手，說：「沒事，別慌。」

王嫣聽到林清被彈劾，本來嚇得六神無主，可看到林清一點緊張不安都沒有，不由慢慢平靜下來，「二郎可是有辦法？」

林清搖搖頭，「等著三司查吧，不過有陛下在，應該沒有太大的問題。」

林清想著楊雲特地找小太監來跟他說，要他不用擔心，在家裡歇歇，等事情過去就沒事了，故而林清不是很擔心。

「這個李御史，怎麼好好的想著咱們家了？」王嫣憤憤地說，看到僕人端來水和藥膏，就把林清扶到榻上，幫他的腿塗藥。

「他是醉翁之意不在酒啊！」林清說道。

林清躺在榻上，微微閉上眼。

今天的事，乍一看，是御史臺平時的例行挑刺，御史臺平時就是幹這事的，哪家大人寵個小妾，要是御史臺看他不順眼，都能彈劾他寵妾滅妻，因此大臣們看到林清被彈劾，也就在那看看熱鬧，畢竟朝堂上的大臣，上到閣老下到五品小官，還沒有不被彈劾過的。

林清如今是寵臣，御史臺看他不順眼，彈劾他一下，沒有什麼奇怪的。

當然，林清知道這事不簡單，因為昨天周琰才問他六部中有沒有想去的地方。他是太子詹事，周琰繼位成了新帝，他肯定不能再做太子詹事，畢竟周琰還沒立太子，因此他勢必要進入六部，而今天他就出事了。

一旦被彈劾，在三司出來結果之前，他就得閉門在家。

看來是有人想阻止他進入六部！

林清揉了揉太陽穴，他大概知道李御史是受誰指使的，不就是擔心他進了六部，再進一步就威脅幾位尚書大人，畢竟他現在已經是正三品，只要進入六部，侍郎之位肯定就有他一個。他又是新帝心腹，那幾位怎麼會不緊張？尤其他們原來都不是新帝的人，甚至連內閣的幾位或許有推手，因為縱觀前朝，皇上的太傅鮮少有不進內閣的。

因此，今天李御史的真正目的不是為了彈劾他，而是為了讓他閉門在家無法進六部，想必這些大臣還有別的後手在等著他吧？

林清想到這裡，頓時一陣頭疼。

天啊，乾脆讓新帝封他個帝師讓他回去養老算了，他真的一點都不想與那些老狐狸玩權謀，他怕累腦子啊！

◆　◆　◆

楊雲跟著小林穿過迴廊，看到坐在池塘邊上悠閒釣魚的林清，不由笑著說：「別人被彈劾在家都急得跳腳，你倒好，還有心思釣魚，虧陛下擔心你著急，特意讓我來看你。」

「楊總管來了，快過來坐。正好我今兒個釣魚，等會兒在我這裡吃魚。」林清把魚竿一挑，釣上一條鯉魚來，放到旁邊的桶子裡。

楊雲在林清旁邊坐下，見他釣上一條大鯉魚，驚訝地說：「還真能釣出魚來？」

林清笑道：「我這個池塘又不是那些光是好看的池塘，我特地找人放了這麼大的鯉魚，就為了平時吃個新鮮。」

楊雲哭笑不得，「能把荷花池養成鯉魚池的，也就你了。」

「反正也沒耽誤荷花長嘛，再說，我弄荷花池也是為了吃蓮蓬和藕。」

「你呀……」楊雲用手指指了指林清。

林清把桶子遞給小林，讓他拿給王嫣，說今天中午吃清燉鯉魚，並讓她多加幾個菜。

小林走後，林清問楊雲：「我的事怎麼樣了？」

「還當你不在意呢！」

「怎麼可能不在意，我可不想一時大意來場牢獄之災。」林清說道。雖然被彈劾的人大多數都沒事，可也真有一部分被罷官甚至有牢獄之災的。

「你的案子交到三司後，果然像你之前擔心的那樣，三司有些人想從林家鹽號查起，不過還沒等他們查，陛下說了一件事，三司就沒人再敢提林家鹽號的事。」楊雲得意地說。

「陛下說了什麼？陛下沒直接給三司遞話吧？」林清皺眉。周琰雖是皇帝，可也不好直接插手三司會審的事，容易給人留下包庇親信的感覺，對周琰對他都不是什麼好事。

「陛下沒給三司遞話，陛下只是昨日召見戶部尚書，問他鹽政的事。」

林清想了想，撫掌說：「高！」

鹽政簡直是戶部的死穴。

本朝開國以來，太祖為了休養生息，輕徭薄稅，這才出現如今的太平盛世，可也正是因為如此，朝廷的稅收並不多。當然也不能說不多，只是以如今的稅收，肯定養不活現在的朝廷，可如今朝廷卻能好好的，甚至還能在天災時撥銀賑災，一大部分得益於另一部分稅收，那就是鹽政。

鹽政是戶部稅收中僅次於田稅的稅收，一本萬利，說的正是一本「鹽引」，可值萬貫。也正是鹽政利潤大，油水多，所以裡面的事情也多，尤其是行賄。六部官員有幾個沒收過鹽官的冰炭孝敬？每查一次，鹽政的官員和戶部的官員甚至六部的官員就得落馬一片，故而林清已經可以想像，當戶部尚書聽到新帝過問鹽政的事，會有多麼緊張了。

林清敢肯定，最近半年內，朝堂上都不會再出現一個「鹽」字，就怕新帝一時想不開，想要徹查鹽政。

「咱家聽說，本來三司還在爭論要不要查林家的事，如今陛下一問鹽政的事，三司再不敢提林家鹽號了。」楊雲譏諷地說。

林清聽了，笑說：「鹽政錯綜複雜，朝中各位大佬都或多或少都摻和在裡面，一旦查起來，那根本是一查一片，自是沒人想讓查。」

「可不是？所以你的事不用擔心了，現在三司不提你家鹽號的事了，只說些雞毛蒜皮的事，過幾天也就大事化小，小事化無了。要我說，御史臺那群人就是瘋狗，逮著誰咬誰。」楊雲有些不屑地說。

林清知道楊雲很不喜歡御史臺的人，誰讓御史還有一個愛好，就喜歡彈劾太監，當然，凡是能被彈劾的，都得到十二監中大太監的水準，故而太監中有個說法，能被御史彈劾的太監，才是皇上的心腹。

「怎麼，擔心過些日子也不小心被彈劾？」

「咱家還沒混到那個程度。」楊雲說道。

「怎麼不到？你現在可是算陛下身邊的第一紅人。」林清打趣道。

「不過是服侍陛下罷了。」楊雲擺擺手。

「對了，」楊雲突然想起一件事，「前兩日，禮部尚書沈大人進宮了，說禮部左侍郎之位正好空缺，問陛下的意思，你要不要跟陛下說一聲？」

林清聽了，有些感動。

禮部左侍郎年前因為年老致仕了，禮部幾個郎中一直在明爭暗鬥地爭這個位置，遲遲沒能定下來，如今沈茹突然找皇上提起，就是想讓他接這個位置吧？

一旦他接了禮部左侍郎，剩下的那幾部尚書肯定就不會再針對他，畢竟他要再進一步，威脅的也是沈茹，而不是另外幾個。

楊雲也看出這個問題，頗為羨慕地說：「你這個老師對你可真是好得沒話說。」

「羨慕了？」林清笑說：「要不，你也去找個老師？」

「我們太監可沒有這種所謂的師徒之情，我那位師傅，除了想從我身上刮些油水，可沒想著拉我一把。」楊雲淡淡地說。

林清也聽說宮裡剛入宮的小太監都過得不是很好，要想不受欺負，就得認些大太監做乾爹，做師傅。雖說是師傅，也就是交錢不被欺負，所以還真沒什麼師徒之情。

林清知道楊雲不喜歡說他過去的事，也就閉口不提，轉而說道：「我現在不方便出去，你回去見了陛下，幫我說一聲，我覺得禮部不錯。」

楊雲點頭，「放心，一定幫你帶到，不過說句實在話，你這次也挺虧的，要不是御史彈劾，陛下本來還打算把你安插到吏部做侍郎呢！」

林清搖搖頭，心道：要不是因為這樣，那位張大人也不會指使御史來彈劾他。

林清看了看天色，快到午時了，就對楊雲說：「快到晌午了，你留下用了午膳再回去，今天可是拙荊親自下廚。」

「那就恭敬不如從命，正好嘗嘗夫人的手藝。」

過了幾日，三司扯皮了一陣子，終於給了定論，以查無實據而告終。

林清重新回到朝堂，正好禮部左侍郎空缺，周琰就順勢遷林清為禮部左侍郎。

林清接到吏部的任令，收拾了一番，去禮部任職。

比起其他幾部，林清對於禮部倒是輕車熟路，畢竟原來他待的翰林院也屬於禮部。

禮部的眾人知道他是來就任的，紛紛出來相迎。

林清與眾人寒暄了一會兒，這才跟著眾人到自己辦公的屋子。

等眾人離去，林清收拾了一下，就往沈茹屋裡走去，反正不管誰上任第一天，都得先去見見頂頭上司，他直接去找沈茹也不顯眼。

林清進去時，沈茹正在寫東西，他看著屋裡沒別人，就走上前在他旁邊坐下。

沈茹放下筆，將剛寫好的一份文件吹了吹，放在旁邊的一個盒子裡，這才問說：「你什麼時候來的？」

「剛到就過來找你，這次的事多虧你了。」林清說道。

沈茹笑說：「什麼多虧不多虧的，就算我不說，陛下也會把你塞到六部來。」

「可是，若是到其他部，可就沒有這麼舒坦了，畢竟我還沒進去，那幾部的尚書就開始防著我。」林清意有所指地說。

沈茹點點頭，「還不愣，知道這次是誰在坑你。不過，在禮部你也沒以前舒坦。」

「怎麼了？」林清忙問道。

「禮部左侍郎年初就致仕，一直空到現在才定下你，你可知為什麼？就是因為下面三個郎中一直在爭這個位置，而且三人背後的勢力都不小，才誰都沒能上來，被你撿了便宜，可如今他們沒上來，你卻直接被塞進來，你想想，他們能善罷甘休？當然，這也正是個機會，讓你在禮部練練手。我就不幫你了，你自己多努力。」

沈茹拍了拍林清，一副正好在我眼皮子底下，我好好看著你努力上進的樣子。

林清：……

他現在換部還來得及嗎？

林清回到自己的辦公房，看到裡面多了一個人，不由問道：「你是？」

那人見林清進來，連忙從座位上站起來，對林清行禮，說：「大人，下官姓徐名勝，是大人手下的司務。」

林清聽到是司務，頓時恍然大悟。按照慣例，每個侍郎手下都有一個從九品的司務幫助處理事務或者跑腿，換句話說，眼前這位就是他的祕書。

他現在也是有祕書的人了！

林清對徐勝點點頭，「你叫徐勝啊，是哪裡人士？」

「屬下乃京城人士。」徐勝答道。

林清與徐勝聊了幾句，就往裡間自己的位置走去。

徐勝去耳房泡茶，端過來給林清，並將林清要處理的文書也整理好，見林清沒有什麼事要吩咐，這才回到外間自己的位置上坐好。

林清暗暗點頭，看來他這個祕書還是挺有眼色的。

林清拿起桌上的文書，倒是沒有先批閱，而是從頭到尾翻了一遍，看看侍郎平時到底是具體幹什麼的，等心裡有數，才開始處理政務。

林清正看著文書，就聽到外面有輕微的腳步聲，有個人在門口停下。

徐勝趕忙走出去，對來人低聲問詢。

徐勝和外面的人說了一會兒，才走到裡間，稟報道：「大人，右侍郎大人派他的司務來問，禮部的眾位大人打算今日中午給大人接風，大人可方便？」

林清知道這是慣例，便說道：「你去告訴他，我今兒正好有空，讓眾人破費了。」

「是。」徐勝應道，走出去對外面右侍郎的司務說了幾句話，又回來對林清說：「右侍郎大人訂了禮部附近的清雅居。」

「知道了，等到了時辰，記得叫我。」林清批覆著文書，頭也不抬地說。

「是，大人。」徐勝又幫林清換了一壺熱茶，這才回到自己的座位上。

等到午時，徐勝果然過來提醒林清馬上要散值了。

林清起身到旁邊的屏風後脫下官服，換上一件淡紫色的長袍，又拿了一把白玉摺扇，悠哉地從屏風後面走出來。

徐勝看了，恭維道：「大人氣宇軒昂，儀表不凡，非下官能及。」

果然是一個好祕書，得時刻學會拍上司的馬屁，林清聽了覺得很開心，起碼人家誇得很對他的胃口，他見徐勝也換了衣服，就說：「走吧！」

院中已經不少人在等著了，林清看了看，這些人的官職都比他低，看來應該是特地早出來，為了給他一個好印象。

看到林清，院中的官員們連忙行禮，說：「見過侍郎大人。」

林清回完禮，笑著說：「有勞各位破費了。」

右侍郎的屋門打開，右侍郎從裡面走出來，來到林清面前，與林清相互見禮，說：「林大人雖然早年也是從禮部出去的，如今回來，也算是高升，錢某特地和諸位同僚給林大人接風，還望林大人不要嫌棄。」

右侍郎名叫錢顧，林清在翰林院的時候，錢顧就已經是禮部郎中，和林清也算認識。

林清笑道：「讓錢大人費心了。」

他看了眼沈茹的屋子，問錢大人這個領頭的人：「大人？」

「剛才我去親自請大人，大人道是有事要急著進宮，說等會兒出了宮就過去，讓我們先去。」錢顧說。

林清點點頭，與錢顧帶著眾同僚往清雅居行去。

清雅居離禮部不遠，一夥人也沒乘車，直接走過去。

到了清雅居，就被事先等在門口的小二恭謹地請到了三樓。

林清隨著錢顧上樓，才發現整個三樓就是一個大廳，上面已經擺好了席位。

林清和錢顧走到主位，先是客氣兩句，就在主位下首左右按官職坐好，當然，主位是留給禮部尚書沈茹的。

見林清和錢顧入座，其他人才按自己的品階大小找位置坐下。小二拍了拍手，一群侍女魚貫而出，每人手裡端著一盤菜，井然有序地放下，福身行禮後又退下。

錢顧笑著問：「林大人覺得這裡怎麼樣？」

林清用摺扇敲了敲手，意有所指地道：「這清雅居的老闆是位雅人。」

「哈哈！」錢顧笑道：「不錯，這位清雅居的老闆向來愛附庸文雅！」

林清點點頭，一看這滿牆壁的字畫，加上這酒樓的名字，再看到剛才那些侍女，就知道這酒樓主人的性子，當然，這也應該是人家酒樓的賣點，畢竟在禮部附近開酒樓，禮部又有一群天天舞文弄墨的人，老闆不跟著文雅也開不起酒樓。

錢顧見沈茹還沒來，不能先動筷子，便又說：「林大人離開禮部十多年了，如今雖然回來，可想必很多人已經不熟，現在正好有空，不如重新認識，如何？」

林清說道：「有勞錢大人，正想認識一下各位同僚。」

錢顧轉頭對下面的禮部官員說：「既然林大人想認識各位，各位就自我介紹吧！」

下面第一位率先拱手道：「下官忝為郎中，孫韜見過大人。」

林清點頭，「孫郎中有禮了。」

他對面的人接著行禮，說：「下官和孫大人一樣，吳勳見過大人。」

林清點頭，「吳大人有禮了。」

孫郎中下首的人接著行禮，「下官也忝為郎中，李榮見過大人。」

林清點頭說：「李大人有禮了。」

林清看著這三人，他們應該就是當初爭奪侍郎之位不成的人。

接下來就是幾個員外郎和一些品級比較低的官員，林清沒有太過在意。

沈茹遲遲未出現，錢顧只好讓小二先上茶水，大家邊聊邊等人。

說是聊天，也就是林清和顧錢在聊，三位郎中陪著聊，後面的四位員外郎時不時插進來活絡一下氣氛。其他身分不夠的，在旁邊充當壁畫。

錢顧和林清大致說了一下左右侍郎每天應該做什麼，又為林清介紹了三位侍郎平時主要做什麼，四位員外郎做什麼，好讓林清有事知道吩咐誰。

林清記在心裡，對錢顧說：「多謝錢大人指點。」

錢顧擺擺手，「反正你做幾日也就知道了，我不過是提前囉嗦兩句。」

林清知道錢顧年紀大了，再過兩年也就告老還鄉，進取心不是很大，對後輩多有提攜，便誠懇地說：「錢老肯提點後生，是晚輩的福氣，又豈會嫌棄？晚輩恨不得您老多說幾句，晚輩也能多長進一些。」

錢顧明知林清在捧他，還是很是高興，畢竟和一個謙遜的後輩搭班子，總比和一個目無長輩的人在一起辦差來得舒坦。

錢顧對林清說：「老夫年紀大了，提點不了你什麼了，倒是部堂大人，他是個通透人，又是你的座師，你要是有什麼不懂的，問他才是正道。」

林清忙說：「老師對學生也很照顧，晚輩曉得，多謝錢老。」

錢顧又說了禮部的大體分工，林清一邊聽著，一邊暗暗觀察旁邊的三個郎中，感嘆道，不愧是在六部任職多年的，哪怕被他搶了侍郎之位，三人面上一點也沒表現出任何不滿，更沒有一點嫉妒憤恨的樣子，和他說話的時候，更是十分恭敬。

林清本來還以為在席間會出現某位郎中故意找事，或者為難他的事，再不然會出點小意外，卻沒想到接風宴一直風平浪靜到沈茹過來，什麼事也沒發生，眾人和樂融融的，甚至等到接風宴結束，也沒出現任何岔子。

非但如此，等到下午時，三位郎中、四位員外郎，還有底下的官員們，更主動地依次到他這裡彙報工作，就為了在他面前混個眼熟。

林清：……

話本上都是騙人的，說好了找碴、打臉的套路呢？

林清在禮部，本來還擔心會出岔子，誰知大半個月過去了，三個郎中都沒有出現任何與他過不去的苗頭。林清雖然滿腹狐疑，不過沒人找事更好，他也樂得清靜。

林清每天除了在禮部坐堂，就是三天一次的上朝。雖然他現在已經正三品了，可還是算不上什麼大佬，所以每天上朝也就聽聽，聽著內閣、六部、勳貴、御史臺打打嘴仗。

這天，他依舊如平時那樣摸黑上朝，上完朝後，就打算跟著沈茹和錢顧一起回禮部，卻不想一個小太監匆匆跑來，跑到他面前，先行禮，然後說：「林大人，陛下召見您，請您去太和殿一趟。」

林清看向沈茹，說：「那部堂大人和錢老先回去，下官等會兒再回禮部。」

沈茹點點頭，「陛下要緊，你快去吧！」

到了太和殿，林清正要行禮，便看到地上被摔碎的茶杯，心中咯噔一下，不過還是面上不動聲色地行完禮。

周琰揮了揮手，讓宮女和太監都下去，這才對林清說：「先生坐吧！」

林清在周琰下首的一個位置上坐下，見周琰的臉色有些不好看，輕聲問道：「陛下怎麼了？可是遇到什麼煩心事了？」

周琰怒氣未消，氣憤地說：「這些老臣倚老賣老，實在是太過分了！」

「何事惹得陛下大動肝火？」

周琰把一份奏章遞給林清，「你看看。」

林清沒有接，「陛下，這不合規矩。」

「先生看就是了，這是內閣呈上來的，六部尚書和內閣幾位閣老都已經看過了，不是密摺。」周琰說道。

林清這才接過，打開一看，原來是今年吏部的選官。

周琰等林清看完，便說道：「你看看這次補缺的人，哪個不是那些老臣的故舊，他們可有一點把朕看在眼裡？」

林清雖然這些日子不曾進宮，可多少也聽聞一些事，知道周琰的有些主張被內閣駁回，本來就心氣不順，如今再看這份奏章，難怪會發起火來。

如今不是發火的時候，一旦周琰和內閣對立，那對誰都不好，於是林清趕忙相勸。

林清一臉同仇敵愾地說：「這些老臣確實過分，難怪陛下生氣。」

「可不是？朕提點什麼，這些老臣就這個不行那個不中，眼下輪到選官了，卻一個個推選起自己的故舊，也不說該按照規矩避嫌了。」周琰見林清贊同他，當下將這些日子的事都給說了一遍。

林清認真聽著，說道：「陛下既然看不上吏部推選的這些人，換個人就是了，何必因此氣著自己的身子？不過，要是換人，陛下打算換誰？」

周琰正惱怒，聽到林清一問，頓時啞然。

是啊，要是想駁，必定得有替換的人選，問題是，他現在手中無人啊！

周琰想明白，嘆了一口氣，「先生要說什麼，朕明白了，是朕氣糊塗了。」

林清溫聲說道：「陛下剛剛榮登大寶，想要掌權是肯定的，只不過凡事得慢慢來，稍有急切，說不定反而壞事。如今內閣和朝中的重臣，在朝堂上深耕多年，早已根深蒂固，陛下還是應該緩緩圖之。」

「這個道理朕懂，只是，難不成朕一直讓著他們不成？」周琰哼了一聲。

林清知道周琰雖然被太上皇教導了一陣子，可突然掌權，還是年輕氣盛，「不過是忍一時之氣，當初陛下在郯城的時候能忍，為什麼現在登基反而不能忍了？陛下要是不想忍，倒不妨多想想，怎麼樣才可以日後不用再忍。」

周琰皺眉，認真想了想，說道：「先生，明年會試，先生覺得朕讓誰做主考官好？」

林清暗暗點頭，知道周琰反應過來了。會試後就是殿試，有了殿試，就有了天子門生，到時朝中多些人，也不至於像現在這樣無人可用。

「這個陛下決定就好了。」

周琰點點頭，知道林清不肯插言，也不再多問。

林清看著周琰靜下心來，又道：「內閣和朝中許多重臣，雖然確實愛倚老賣老，可也不能否認他們確實有才幹，對於這些人，端看陛下如何使喚。陛下不妨平心靜氣地去想想朝中的各位大臣，說不定會有不同的看法。」

周琰說：「他們那些人上次合夥把你坑了，你卻替他們說情。你這樣以德報怨，要是讓那些人知道了，不知還有沒有臉待在朝堂上。」

林清笑道：「陛下可別這麼說臣，臣可擔不起。他們坑臣，不過是臣會威脅到他們，所以他們提前動手，這是臣與他們的私怨，眼前他們和陛下卻是關乎朝廷的大事，這兩件事豈可混為一談？當然，要是能有私下坑那幾位大人的機會，臣絕對是非常樂意的。」

周琰大笑，「先生真是公私分明！」

「那是，臣可從來不會以德報怨的。」林清躍躍欲試地說：「對於私事，臣向來是有恩報恩，有仇報仇。」

周琰：……

為什麼你看起來這麼想親自去揍他們一頓呢？

林清安撫好了周琰，這才告辭出宮，回禮部坐堂。

徐勝過來，端了盆冰放到桌上。

林清問道：「這是今年的份例？」

「是的，大人，這是戶部送來的冰，部堂大人吩咐按品級分下去。」徐勝答道。

凡四品以前的官員每年都有冰炭孝敬，用於取暖和納涼，這孝敬分為兩部分，一部分是實物，另一部分是銀錢。

實物一般是戶部直接送到各部供大家坐堂使用的，而銀錢則是給家裡使用的，當然這個其實算是一項灰色收入，畢竟大多數時候，冰炭孝敬比官員一年的俸祿還高。

林清以前品級不夠，現在倒是享受到了。

徐勝擺好冰，又去耳房沏茶，對林清恭維道：「大人深得聖心，大人真是好福氣。」

林清奇怪地看了他一眼，「你怎麼知道本官剛從宮裡回來？」

「剛才點卯，大人不在，部堂大人說您在宮裡，下官等人就都知道了。」

林清看著徐勝近乎敬仰的目光，嘴角抽了抽。

他這樣算不算無意裝了一次逼啊？

林清倒也能理解徐勝的心理，皇帝平時除了上朝，就是待在宮裡，外面的人，尤其品級不夠的人，哪怕當官，也大多一輩子不知道皇帝長什麼樣，故而對皇帝簡直就和對老天爺的感覺似的。

徐勝才從九品，不曾見過聖顏，雖然大家以前就知道林清是新帝的先生，畢竟不曾看到林清和新帝在一起，如今知道林清被新帝召見，徐勝的衝擊無疑很大。

林清本想說點什麼，卻發現說什麼好像都不妥，就高冷地點點頭，「去把本官今天要審的文書拿來吧！」

「是，大人。」徐勝立刻去外間拿各司送來的待審文書。

林清看了，默默地搖搖頭。

……

傍晚散值後，林清乘著馬車悠悠地回家，看到兩個孩子正在院子裡玩耍。

林清問：「在玩什麼呢？」

兩個孩子聽到聲音，驚訝地抬頭看著他，然後跑了，邊跑邊說：「爹爹，我們這就回去做功課，我們就玩了一小會兒！」

林清：……

敢情這兩個孩子的功課沒做完就跑出來玩啊？

難怪見了他就跑，林清在心中默默給兩個孩子記上一筆，打算等晚上檢查功課的時候，再多指派幾張大字。

誰讓你們沒做完作業偷偷跑出來玩！

林清走到後院的正屋，掀開簾子進入。

王嫣正在打算盤，林清笑著問：「夫人在忙什麼呢？」

王嫣瞥了林清一眼，抱怨地說：「二郎回來也不弄點動靜，差點嚇著妾身。」

林清走過來，把王嫣攬著說：「是為夫不好，嚇著嫣兒了。妳在弄什麼呢？怎麼把帳冊都拿出來了？如今又不是年末。」

王嫣說：「一年已經過了一半，妾身這不是打算核對上半年的帳目嗎？」

林清聽了也沒說什麼，反正家裡的錢他夫人管著，他一向不問。

雖然林清沒問，王嫣還是跟林清說：「咱們家今年上半年賺了不少銀子，再加上二郎你的俸祿，光放著也浪費，妾身打算在京城重新把綢緞鋪子置辦起來，你看怎麼樣？」

林清點點頭，「妳看著好就行，反正妳原來也做過，如今重操舊業，想必更是簡單。要是有什麼不方便的事再跟我說，我幫妳找人手。」

王嫣點點頭，又想到一件事，「二郎，你說咱們要不要換個宅子，換個大一些的？」

「換宅子？」林清詫異地說：「這個宅子不是住得挺舒坦的嗎？再說，住在這周圍都是翰林院的人，很是清靜。」

「這個地方確實不錯，左鄰右舍也是和善人，可是，二郎別忘了，桓兒大了，等今年桓兒考完鄉試，回來就該說親了，到時相看人家，咱們這院子就顯得小家子氣了。何況，等幾個孩子要是都娶妻，咱家四個兒子，這裡也住不開啊！」王嫣說道。

林清突然想到他兒子已經十七了，到了該說親的年紀了。

王嫣又問道：「對了，二郎，你以前天天說不急，如今桓兒都十七了，可不能不急了，再不說，好姑娘就被挑沒了，你有沒有想著幫桓兒相看人家？」

林清頓時有些心虛，呵呵笑說：「我這不正看著嗎？只是沒看著有合適的。」

王嫣白了林清一眼，成親這麼些年，她哪能不知道林清在想什麼，「就知道你這個當爹的不上心，我前些日子特地看了看，倒真看中幾家不錯的。」

「妳什麼時候看的？」林清驚訝地問。

「當然是去別家做客的時候順便看，難不成妾身還能跑到別人家特意看不成。」

林清這才想到平時同僚有什麼紅白事，這些女眷都是在一起的，想必也有不少帶著家裡姑娘出來的，不由好奇地問：「妳看上誰了？」

王嫣一說起未來兒媳婦的人選便興奮了，「自從你升了三品，妾身接的帖子也多了，前些日子京城幾位老封君過壽，妾身都去了，倒有不少家族帶著姑娘去的，妾身看了看，有幾個合適的。這第一個，是大理寺卿孟大人家的姑娘。這位孟姑娘雖然長得不是很出挑，但行事落落大方，又是嫡長女，做長媳肯定沒問題。第二個，是京兆尹梁大人家的女兒，這個倒不是嫡長女，是嫡幼女，不過家教很好，長得也好，桓兒只怕更喜歡這樣的。第三個，是工部秦侍郎的女兒，這個是次女，溫婉賢淑，性子很是不錯……」

王嫣說了一串官員的名字和他們的女兒，聽得林清冒大汗。

這哪是做客順便看看，都快把人家寫成冊子背下來了！

所幸王嫣很實際，找的人家都是三四品的，與林家倒是門當戶對，看來是下了番功夫。

王嫣繼續說道：「這些都是妾身看的，也不知人家樂意不樂意，要是二郎覺得不錯，可以去問問。對了，還有不少打聽桓兒的。」

「也有人問桓兒？」林清連忙坐直身子。

王嫣笑著說：「當然有問的，而且還不少。要是桓兒現在能通過鄉試，只怕問的更多，畢竟因為你，咱們家的家風在京城一向是數得著的。」

拜林清向來潔身自好所賜，除了那個郯王太傅的名頭外，大概就數他二十年不曾納妾出名。雖然京城也有一些沒有妾室的，可或多或少都有通房，房裡也有丫頭。像林清這樣的，還真是京城的獨一份。

雖然在男人眼裡，林清難免有些不解風情，可對於後宅的女人來說，林清絕對是「好夫婿」的代名詞，尤其在林清升上正三品後，名聲更盛，畢竟之前他只是五品小官，哪怕他和妻子再琴瑟和鳴，許多人也不會注意他。可他身居高位後，還能守著夫人一人，無疑羨煞了京城的眾位夫人。

因此，在王嫣表示想給兒子娶媳婦的時候，有不少比林家門楣高的、家裡心疼女兒的，也都與王嫣說上一兩句。

林清失笑，他倒想不到他的名聲居然會影響兒子，不過如今都講究女肖母，子肖父，也難怪別人這麼想。當然，如今他算是新帝的心腹，想必也是一個原因。

不過，林清覺得娶妻是慎重的大事，萬一他們相看的，桓兒不喜歡，豈非耽擱了孩子，就說：「桓兒等秋天鄉試後無論中不中，都會進京，待他進京，讓他自己挑吧。咱們選的，萬一他看著不中意，到時也麻煩。」

「這種大事，哪裡能讓孩子做主？」王嫣咕噥了一句，卻也覺得林清說的有道理，「算了，聽你的，讓桓兒自己挑吧！」

王嫣說完，突然又覺得不對，「你讓桓兒選，桓兒怎麼選？他根本見不著這些姑娘，還不如我這個當娘的親眼見過呢！」

林清：……

他怎麼又差點把這事忘了？

參之章　長子議親愁事多

林清本來打算為兒子找一個不是盲婚啞嫁的親事，無奈想法太美好，現實太殘酷，最終還是不得不放棄。

他雖然也曾考慮要不要弄個畫像什麼的，但問了王嫣後就放棄了，王嫣告訴他，要是女方找夫婿，可以畫男方的畫像，男方找媳婦卻不行，畢竟人家姑娘是養在深閨的，哪能隨便給你畫像。萬一親事不成，你弄幅人家姑娘的畫像，敗壞人家的名聲怎麼辦？

林清無可奈何，看來只能讓他的兒子走他的老路。想著兒子確實也不小了，他打算平日的時候，多注意一下同僚中哪家有合適的姑娘。

林清和王嫣商量完兒子的親事，話題又回到買宅院上。

兒媳婦不好找，買個宅院總容易吧？

兩人先就大小商量，這其實也不用怎麼商量，因為不同品級的官員，住的宅子有規制，不是想買多大就能買多大的，於是重點商量的是宅子的位置。這裡講究物以類聚人以群分，住的地方某個時候也是一種身分的象徵。

林清想了想，說：「要不，我去問問以前左侍郎花老的宅子？花老致仕後就回老家，他的幾個兒子，長子在南方的一個府做知府，回來的可能性不大，後面幾個兒子也跟著回了老家，那宅子一直空著，我叫人去問問，出價高些，說不定花家願意賣。」

「可是沈家旁邊那個宅子？」王嫣問道。

林清點點頭，「就是那個宅子。那片地方的幾個宅子都是禮部的，我也是因為這個緣由才相中那個宅子。」

「那倒是好。」王嫣聽了頓時贊同，「以後榕兒隨女婿回來，也可以經常見到。」

林清說：「我也是這樣想的。」

林清和王嫣正說著，就聽到外面傳來腳步聲，小林的聲音在外面響起：「老爺、夫人，大小姐來信了。」

「這還真是不經念叨，一說就來了。」王嫣說完，忙對外面說：「快進來。」

小林進來，喜氣洋洋地將一封信呈給林清，回稟道：「剛才沈府的人來送信，說咱們家大小姐有身孕了。」

「當真？」林清和王嫣驚喜地問。

小林忙說：「千真萬確，沈府的人特地來送信報喜呢！」

林清趕忙把信拆開，從頭到尾快速看了一遍，然後把信遞給王嫣，「已經有三個月的身孕，前陣子時日太短，不太確定，幾日前才確診。」

「太好了！」王嫣忙將信拿過去，也快速看了一遍，然後雙手合十，念叨著：「真的是太好了！菩薩保佑，終於懷上了！」

林清笑著說：「早說不用急，兩個孩子只是還不到時候，偏妳天天急得跟什麼似的。」

王嫣瞥了林清一眼，「妾身這不是擔心嗎？榕兒都嫁過去這麼久了，要是再沒懷上，她婆婆嘴上不說，只怕心裡不舒坦。如今倒是好了，榕兒終於懷上了，這下能放心了。」

林清說：「現在懷倒是正好，她身子長開了，生孩子也安全些。榕兒是第一胎，雖然有她婆婆看著，但妳還是準備些東西送去，給榕兒用。」

王嫣點點頭，出去叫來自己的陪房，打算給女兒準備些得用的東西送去。

林清幫不上忙，就出了正房，往後院走，想去看看那兩個皮小子功課做得怎麼樣了。書房裡，兩個孩子正頭對頭趴在一起嘿嘿笑。

林清悄悄走過去，伸頭一看。

好嘛，兩個孩子正在偷偷看話本呢！

林清把手放在嘴邊，大聲咳嗽了一下。

「啪！」兩個孩子手中的書瞬間被嚇掉，他們慢慢轉過頭，看了看林清，一哆嗦，又飛快轉了回去，裝作沒看到爹爹。

林清：……

這就是所謂的掩耳盜鈴嗎？

「咳咳！」林清又咳了兩聲，「行了，別裝了！」

林清說著，彎腰從地上撿起話本，看著低頭轉過身來的兩個孩子。

「功課做完了嗎？」林清問道。

「做完了。」兩個孩子忙從旁邊的桌上把功課拿起來，遞給林清。

林清翻看著，點點頭，寫得還不錯。

他又拿起話本，問道：「哪裡來的？」

林橋和林樺兩人看了看對方，然後林橋鼓起勇氣說：「我和弟弟上次出去玩，在孔廟附近的書攤上買的。」

林清點點頭，沒亂找藉口推卸責任，還行。

林橋見他爹不像生氣的樣子，又大著膽子說：「爹，我和弟弟都是做完功課才看，我們沒有因為看話本而耽誤功課。」

林清說：「爹知道，所以爹才沒說你們。」

林橋和林樺一聽，頓時高興了。

林清接著說：「以後最好不要看這種話本。」

「為什麼？爹，您不是說要多讀書嗎？話本難道不是書嗎？為什麼不讓我們看？」林橋不情願地說。他看得正精采，他爹居然不讓他看了。

林清問道：「那你們說說，你們看的這個話本是寫什麼？」

「是寫一個落魄書生和丞相家的小姐真心相戀，可丞相棒打鴛鴦，最後他們經歷了很多磨難才在一起。可感人了，爹爹，這個話本真的很好看。」林橋回答道。

「那你們覺得寫得可真實？」林清問道：「丞相家的姑娘，身邊會只有一個丫鬟？想想你們姊姊身邊有多少丫鬟，更何況丞相的千金，而且居然還有紅娘在裡面撮合。哪家的丫鬟敢這麼沒規矩，憑自己的心思去帶累主子？」

林橋和林樺聽了，想了想，確實是這個道理。

林清又說：「你們再想想，如果你們有妹妹，有一天，你們的妹妹突然要死要活地想嫁一個落魄書生，你們倆會怎麼辦？」

「當然是揍他，他癩蛤蟆想吃天鵝肉！」林橋和林樺異口同聲地說。

「所以說，你們現在還覺得這個話本感人嗎？」林清揚了揚手中的話本。

林橋和林樺：……

他們突然想去揍裡面的書生怎麼辦？

林清說：「之所以不讓你們看話本，是因為你們年紀小，容易受話本影響，而大多數話本，偏偏是許多鬱鬱不得志的讀書人寫的，難免偏激了些，還憤世嫉俗。」

「為什麼大多數都是鬱鬱不得志的讀書人寫的？」林樺問道。

林清用手戳了戳兒子的鼻子，「你讀書的時候沒聽說過『學而優則仕』嗎？凡是學得好的，都忙著當官了，誰有那個閒功夫去寫話本？再說，在書肆寫話本的，哪怕那本話本很受眾人喜歡，也賺不了幾個錢，最多混個溫飽，又怎麼會有有前途的讀書人捨得把時間浪費在這個上面呢？」

「可是，我看這話本買的人很多，寫話本的人怎麼會不賺錢？」林橋不解地問。

林清摸了摸林橋的頭，「因為他們只是幫書肆寫，得一點潤筆費。當初沂州府有一個寫話本比較厲害的，一個月也才不過二兩銀子，這就已經讓別的秀才羨慕了，可你看看，只要是中了舉人的，什麼都不做，名下的免稅田，一年也能收上百兩租子。你覺得有幾個舉人以上，家中富裕的，會去寫話本？當然，有些閒著沒事寫著玩的除外。」

林橋和林樺點點頭，他們什麼都不做，月銀就有十兩，二兩銀子確實入不了他們的眼。

林橋和林樺看著眼前的話本，還是有些不捨，雖然知道話本寫的不對，可真的好看。

林清哪裡不知道這兩個孩子的想法，就從書架上找出《資治通鑒》遞給他們，「這本書上面寫的也都是小故事，非常有趣。那些話本不是不讓你們看，等你們大一些，懂明辨是非了，爹就不管你們了，你們想怎麼看都成。這樣吧，明天我正好休沐，帶你們出去到城外上香，怎麼樣？」

林橋和林樺聽了，將話本的事放在一邊，圍著林清急切地發問。

「爹爹，我們明天要出去玩嗎？」

「爹爹，我們要出城嗎？」

「去上香有賣小泥人的嗎？」

「我們可以去城裡逛逛嗎？」

「能能能，明天帶你們出去玩。」

林清安撫著兩個孩子，心道：果然對於孩子來說，越壓制越容易引起他們的反彈，適時用點其他有趣的事轉移注意力，效果更好。反正剛才王嫣跟他說明天想去廟裡上香，本來就打算帶著他們的。

林橋和林樺渾然不知道他們本來就可以去，兩個孩子興奮地討論明天去廟裡要玩什麼、買什麼，一直到了晚上用飯，還在雀躍地討論。

第二日，天氣比較炎熱，林清和王嫣一大早就起來了。兩人收拾了一下東西，便帶著管家、小廝和丫鬟婆子，趁著涼快，領著三個孩子乘馬車去金陵城外一個頗大的寺廟。

這個寺廟比起京城別的寺廟並不顯眼多少，但它有個出名的地方，就是它被人稱為「送子廟」，所以王嫣才特意挑了這裡。

一行人到了寺廟，太陽已經升起來，林清對王嫣說：「妳去上香吧，我趁著天還沒熱起來，先帶孩子在廟門口買些小玩意兒，買完再去後面的禪房尋妳。」

林橋和林樺從出了家門就歡天喜地，看到寺廟前那些攤子上的小玩意兒，更是扯著林清就想過去，要不是林清一手拉著一個，兩個小屁孩早跑沒影了。

王嫣也知道這兩個孩子沒心思跟她上香，帶進去只能添亂，便說：「那我帶丫鬟婆子進去，你帶著小林和小廝看著他們倆，這裡人多手雜，可不能讓他們離了你的眼。」

林清說道：「放心，我會一直拽著他倆的。」

林橋和林樺蹦得老高，拉著林清往小攤子那邊跑。

林清被拽得一個踉蹌，忙說：「慢點慢點，這就過去，急什麼？」接著又對小林和幾個小廝說：「留下一人看馬車，其他人跟著我。小林，帶人跟緊我，好好看著兩個少爺。這地方人多，說不定有人販子。」

小林忙說：「老爺放心，小的一定眼睛不離兩個少爺。」

林清就帶著兩個孩子一個攤子一個攤子地看小玩意兒，小林則帶著小廝跟在兩邊，防備著兩個小少爺亂跑或者別人不懷好意打小少爺的主意。

「爹爹，我要那個糖人！」林橋看到拐角處有一個賣糖人的，忙拉著林清要過去。

「好好，這就去！」林清放了幾個銅板把兩個孩子剛買的泥喇叭錢付了，就帶著兩個孩子去了賣糖人的地方。

林橋和林樺圍上去，好奇地看著捏糖人的老頭用了幾塊不同顏色的糖，沒幾下就捏出一個栩栩如生的小人，不由大為驚奇，忙要老爺爺也幫他們捏一個。

「兩位小公子要什麼？」捏糖人的老頭笑著問。

「要小猴子！」林樺直接說。

「要大公雞！」林橋也忙說。

「兩位小公子稍等。」老頭挑起一塊糖，一吹一拉一捏，很快，一個小猴子的形狀逐漸出現。老頭又用了一根竹籤修整外形，然後插上，遞給林樺，接著又做了一個小公雞給林橋。兩個孩子歡喜地接過，林樺還舔了一口。

林清看得好笑，拿了幾個銅板給老頭，帶著孩子向下一個攤子走去。

下個攤子是賣紙風車和猴子爬杆，林橋和林樺跑過去，一人買了一個風車和猴子爬杆。

林清付了錢，看著林橋手裡的猴子爬杆，好奇地拿過來看了看。他在後世就看到許多孩子玩過，想不到這裡也有，只不過後世是塑膠的，這裡是木頭的。

林清擺弄了兩下便還給林橋，繼續陪著兩個孩子往前逛。

兩個孩子一邊玩一邊買著喜歡的小東西，這些小東西大多兩三文錢，林清由著他們玩，一路上兩個孩子玩得很是歡快。

走了幾步，看到旁邊一個擺攤的，這個攤子不同於其他攤子那樣熱熱鬧鬧的，幾乎沒什麼客人。林橋拉了拉林清，指著問：「爹爹，那個攤子怎麼沒人？」

林清順著看過去，說道：「那個是賣古玩的，與那些賣吃的賣玩的不一樣。」好玩的好吃的都是幾文錢一個，凡是上香帶著孩子的，一般都會隨手買兩個哄孩子，買的自然多，攤子也就熱鬧，但古玩無論真假都不便宜，不能吃不能喝的，除了真喜歡和有錢的，沒幾個人會買。當然，要麼不開張，開張吃三年。

「原來是古玩，爹爹，我們過去看看。」林橋一聽，來了興趣。林橋年紀不大，卻很喜歡古畫、古硯臺什麼的，平時還經常看有關古玩的典籍，再加上原來在郯王府天天看各種古玩，眼力不錯，平時玩的也不是很貴，所以林清倒也很支持他這個愛好，便說：「那過去看看。」

到了古董攤子前，林橋本來興致很高，可是看了兩眼，就有些失望。

林清掃了一眼攤子上的東西，就知道林橋為什麼失望了，這攤子上的東西連他這個不愛玩古玩的一看都知道是假的。

林橋沒興趣了，對林清說：「爹爹，咱去看後面的攤子吧！」

林清點點頭，帶著林橋和林樺就要離開。

賣古玩的攤主看林清等人穿戴不錯，以為大肥羊來了，正矜持地微閉著眼，等著林清等人上鉤，誰知對方什麼都還沒問，僅看了兩眼就要走，頓時急了，忙睜開眼睛說：「這位老爺，我這攤子上可是有不少好東西，您不看看？要是錯過了，可是會後悔的。」

林清雖然知道他賣的是假貨，可古玩這行賣的就是眼力，也不好說破，只笑了笑，「你這攤子都是古錢什麼的，我和兒子不愛玩這個，要是以後想玩了，再來你這裡看看。」

攤主哪肯放過林清這個肥羊，忙問：「老爺喜歡什麼？」

林清看了攤子一眼，隨意說了一件攤子上沒有的，「我比較喜歡古畫。」

攤主大喜，「老爺，我這裡有，剛剛只是沒擺出來。」

攤主從身後的大木箱拿出一個畫軸，故作神祕地低聲說道：「這可是蘇學士的《瀟湘竹石圖》，前些日子一個賭鬼賭輸了，把他家裡的傳家寶拿出來要送當鋪，正好被我瞅見了，我這才花高價買下來。這個賭徒也姓蘇，我打聽過了，這個賭徒是蘇學士的後人。老爺，您看這幅畫怎麼樣，我可是花了六百兩收的，您要是喜歡，加點價讓給您怎麼樣？」

林清看都沒看，笑著搖搖頭，「太貴了，我玩不起。」說著就拉兩個孩子要走。

攤主急了，又說：「四百兩怎麼樣？」

林清擺擺手。

「二百兩，這是實價，我賠錢賣你！」攤主咬牙說道。

林清沒有理他，攤主拿著畫軸跑到林清面前攔住他，說：「我家裡正有難事，需要錢，一百兩，絕對不能再少了！」

林清覺得好笑，這傢伙不會把他當成故意殺價的吧，就說：「我真的不買。」

「為什麼？」攤主問道。

林清還沒說話，旁邊的林橋就仰起臉說：「因為真畫就在我們家啊！上次爹爹生辰，皇帝哥哥特地送爹爹的！」

攤主：……

林清看著一臉懵逼的攤主，笑了一下，帶著兩個孩子離開了。

等走到攤主看不到的地方，林橋拉著林清說：「爹爹，剛才那個人弄的畫那麼假，居然還想賣給咱們。」

「他八成覺得咱們是肥羊，以為咱人傻好騙吧！」林清笑笑，又告誡道：「不過，以後不要在外面隨意提起陛下，懂嗎？」

「爹爹放心，兒子曉得。不過，那個攤主看咱們的表情，肯定覺得咱們是吹牛的。」

林清想到剛才那個攤主的臉，笑著搖了搖頭。眼見快到中午，就對兩個孩子說：「咱們回去吧，等會兒日頭大了，曬得慌。」

林橋和林樺玩了一上午，也累了，看著買的一串東西，點點頭說：「我們去找娘。」

林清帶著兩個孩子往回走，去了寺廟的後院，看到一間禪房外面候著的林府丫鬟，就走上前去。門口的丫鬟看到林清來了，連忙行禮說：「老爺，夫人正在裡面等老爺。」

林清進去的時候，王嫣正在喝茶，看到林清進來，便起身過來看看兩個孩子，見他們熱得小臉通紅，便讓旁邊的婆子去打水，又倒了茶水給林清父子三個，「快喝些茶水解暑氣，看你們三個熱成什麼樣了。」

林清端起茶水一看，是花茶，不太熱，就一飲而盡，說：「痛快！」

王嫣笑道：「這是廟裡特地為香客準備的清涼茶。」

兩個孩子又熱又渴，也端起杯子咕咚咕咚喝完，又自己拿著茶壺接著倒。

王嫣叫了外面的三個小丫鬟過來幫林清父子三個打扇子，又道：「現在回去太熱了，反正下午沒事，不如在廟裡用過齋飯，等下午日頭不那麼毒了再走。」

林清看了看外頭，也覺得大中午回去是遭罪，就說：「那等下午再回去。」

王嫣讓丫鬟去後院的廚房找小沙彌訂些齋飯。

等忙完，王嫣坐下，開心地說道：「妾身剛剛上香後去求籤了，求的是上上籤，榕兒這次一定能平平安安，一舉得男。」

「只要能平安就好，」林清說道。

王嫣知道林清向來不在意男女，也不多說，不過還是很高興，就和林清說籤上的籤詞。

用過齋飯，林清打算在禪房躺著歇息一會兒，跑了一上午，他也有些吃不消。

林清躺在禪房的榻上，剛迷迷糊糊地入睡，就聽到一陣吵鬧聲，不由皺眉翻了身，打算接著睡，誰知吵鬧聲越來越大，林清氣得從床榻上坐起來，穿上靴子，走到外間問：「外邊怎麼了，怎麼這麼吵？」

王嫣帶著孩子在另一個禪房休息，也從裡面出來，問門口的丫鬟：「怎麼這麼吵？」

小丫鬟對林清和王嫣行了一禮，稟道：「回老爺夫人的話，剛才在最東頭的那個禪房，裡面的人要了一桌素齋，可吃了幾口就嫌棄素齋太差，裡面的人就讓僕人去外面買，結果僕人買了幾隻燒雞來，小沙彌看到了，希望他們幾個人不要在廟裡吃，那些人就惱了，與廟裡的小沙彌吵了起來。」

林清和王嫣聽了頓時無語，跑廟裡當著和尚的面吃肉，和尚怎麼可能無動於衷？就算齋飯不好吃，也可以買素菜回來，或者關門偷偷吃，難道小沙彌還能看到不成？聽到越來越大的爭吵聲，林清皺眉對王嫣說：「妳在屋裡看著孩子，我過去看看。」

王嫣趕忙拉住林清，「你別去多管閒事。」

林清道：「放心，我就去看看。這麼吵，我也睡不著。」

王嫣無奈地說：「那你看看就回來。」

林清點點頭，掀了簾子出去。

林清一過去，就看到東邊的那個禪房已經被人裡三層外三層圍了起來。

無論何事，人們愛看熱鬧的習性都改變不了。

林清走上前，在人少些的地方站著往裡看。

就見幾個穿著綢布外袍的少年在那罵罵咧咧，而旁邊幾個小沙彌雖然也想爭辯，無奈跟不上幾個少年罵人的速度，只能憋得臉通紅。

林清小聲問旁邊的人：「這幾個少年是誰家的公子？」

其中一個知情的人小聲回答：「這幾個都是京城汪家的少年。」

「汪家？」林清有些疑惑，沒聽說過哪位大人姓汪啊！

這個人見林清疑惑，就又說：「這汪家不是什麼高門，不過這汪家的女婿很厲害，聽說是什麼李御史。」

「那也是官家子弟，怎麼因為一點小事就鬧起來？」林清不解地問。

這個人好像知道什麼內情，也有意賣弄，便說：「你看著這幾個少年在這裡鬧，你當真是因為一頓飯？不過是找個由頭。聽說李御史的夫人生了三個女兒還沒有兒子，就經常來上香，還捐了很多香油錢，誰知前些日子生下第四個，居然還是個女兒，如今她娘家侄子可不就心氣不順找個由頭來鬧。」

旁邊幾個本來不知情的人，紛紛恍然大悟，「難怪！」

林清：……

生不出兒子就怪寺廟？還有，剛才說的好像是李御史，不會是他想的那人吧？

林清又仔細詢問了那個知情人幾句，就默默從人群中退出，回到自己的那個禪房。

王嫣忙問：「怎麼樣了？」

「還在吵呢！聽人說，那幾個少年可能是故意來找事，因為他們姑媽在這裡花了很多銀兩上香，卻仍生了個閨女，所以心有不甘來鬧事。」林清淡淡地說。

王嫣皺眉，「那也難怪來鬧。」

林清點點頭，雖然汪家有明顯的撒氣之嫌，可寺廟忽悠人家那麼多的香油錢在先，也算不上占理，因此在那看熱鬧的人雖多，卻沒幾個上去勸架的。

這個汪家和寺廟誰是誰非他懶得管，可當初李御史和他有恩怨，他準備好好算算帳。他當初不曾得罪李御史，可李御史為了向幾位大人賣好，憑白無故地彈劾他，這口氣他可不願意忍下來。

林清把外面的小林叫來，在他耳邊小聲說：「找個人去看看剛才吵架的那幾個少年到底是不是汪家人，再找人去打聽汪家的那位女婿叫什麼名字，記得別讓人察覺。」

雖然那個人說是李御史，可李畢竟是大姓，不能確定整個御史臺是不是就一個李御史。

王嫣問道：「可是有什麼事？」

林清笑說：「沒什麼大事，只是讓他去打聽點事。」

王嫣也沒多問，逕自回裡間照顧孩子。

到了下午，林清看著日頭不毒了，這才帶著妻子和兩個孩子回去。

回到家裡，小林過來說：「老爺，查到了。」

林清說：「去書房說。」

林清讓書房伺候的人都下去，這才問道：「怎麼樣？」

小林稟告道：「小的讓一個小廝跟著那幾個少年回去，發現他們確實是回汪府。小廝向汪府旁邊的攤主打聽，就得到消息了。這汪府的老爺有三男兩女，長女原本嫁的是一個李姓的舉人，後來這位舉人中了進士，進了御史臺。汪家做為姻親，跟著水漲船高，所以汪家一家人很重視這個女婿。不過，聽說這位汪氏嫁到李家一直沒能生出兒子，汪家人很著急，後來聽說『送子廟』靈驗，曾一家老小都去燒香拜佛，誰知這次生出來又是個丫頭，汪家那些侄子才故意去找事。」

「可打聽清楚這位李御史叫啥？」

「李朗，小廝特地問過，不會錯。」

林清點點頭，看來是李御史沒錯，他還沒聽說御史臺有重名的。

林清拿起一張紙放在桌上，用紙鎮壓好，在紙上刷刷刷寫了幾行字，寫的時候，還特意改了改筆跡。寫完把紙摺好，裝到信封裡，用蠟封口，遞給小林，「花些銀子，在外面找個不認識的人，讓他把信送到御史臺的馮御史府上，別讓人知道你的身分。」

馮御史和李御史兩人一直不對頭，上次李御史彈劾他，他就查了一下御史臺。

小林說：「老爺放心，小的曉得。」

過了幾日，大朝會上，馮御史果然上書彈劾李御史，不僅彈劾他縱容妻族弟子鬧事，甚至將李御史家族在老家侵占良田的事給抖了出來。

周琰本來就不太喜歡這個在自己第一次大朝會上作妖的人，查明情況屬實後，就直接免了李御史的官，攆他回家。

林清看得暗爽，不過同時也警醒，李御史的家族雖然藉著李御史的名頭侵占民田，卻只是五服裡的親戚，要不，李御史不可能不知道，導致後方著火，成了他被罷官的關鍵。想到這，林清又寫了封信寄回老家，讓他哥好生查查族裡子弟的狀況。如今他勉強算身居高位，可不能老家起火。

不久後，禮部接到內閣的一道聖旨，冊封慧貴妃為太后。

禮部的眾人接到這道聖旨並不驚訝，如今新帝登基，慧貴妃身為新帝的生母，在原皇后被廢的情況下，自然是當之無愧的太后。其實現在雖然還沒冊封，無論後宮還是前朝，說起慧貴妃都直接稱太后，只不過沒有正式冊封，有些名不正言不順，如今只是正式走過場。

禮部一接到聖旨，立刻找出當初太上皇冊封其生母的先例，開始照著忙碌起來。

事關新帝的生母，禮部不得不更為重視，於是，沈茹帶著錢顧和林清，特地進宮問周琰有什麼特別的要求。

周琰對這次的冊封太后，比當初楊妃冊封慧貴妃重視多了，不但認真看了禮部準備的流程，還加了些自己的想法，最後更是大手一揮，讓沈茹去後宮問問太后有什麼想法。

沈茹得到周琰的指令，就向後宮遞了牌子，請求覲見太后。

太后很快准了，讓身邊的太監來宣沈茹三人進宮。

沈茹三個人跟著太監一路目不斜視地來到後宮，在太后住的慈寧宮外候著。

林清雖然很好奇後宮到底是什麼樣子，但身為一個外男，他還是老老實實地低頭候著，生怕不小心衝撞了後宮的嬪妃。

太監進去通報後，出來對沈茹客氣地說：「尚書大人，太后娘娘有請。」

沈茹正了正衣冠，帶著林清和錢顧進去，對著正位上的太后行禮道：「見過太后娘娘，太后娘娘金安。」

林清就聽到上面傳來太后淡然的聲音：「尚書大人不必多禮，讓尚書大人親自為本宮的事跑一趟也是辛苦。楊大伴，賜坐。」

「多謝太后，這是臣等的本分。」沈茹躬身說道，與林清二人坐到旁邊的椅子上。坐定後，沈茹取出摺子說：「這是禮部擬的冊封典禮的章程，請娘娘過目。」

老太監從沈茹手中接過摺子，然後呈給太后。
太后從頭到尾翻看了一遍，說道：「不錯，很是周全。」
沈茹說道：「多謝娘娘誇獎，不知娘娘可有什麼要添的？」
太后淡淡地說：「把後面這個去露臺行宮謝恩的地方去了吧！」
「這……」錢顧剛要說這不合規矩，就被沈茹瞪了一眼。沈茹說：「是臣思慮不周，行宮離皇宮不近，為娘娘的鳳體著想，確實不宜舟車勞頓。」
太后點點頭，「本宮近來確實常常感到疲乏。」
「娘娘可要保重身體，這樣陛下才不會擔心。」
「沈愛卿說的有理，本宮過兩日找御醫瞧瞧。」
沈茹又問了太后還有什麼不妥需要改動的地方，太后說：「就這樣吧！」
沈茹得了准信，起身打算帶著林清和錢顧離開。
太后突然看向林清，問道：「這位林大人就是皇兒原來的先生吧？」
林清拱手說：「回娘娘的話，微臣原來確實是郯王太傅。」
太后看了看林清，對沈茹說：「沈大人先回去，本宮有些事要問林大人。」
沈茹恭敬地說：「那臣等先告辭。」然後就帶著錢顧退下了。
等沈茹和錢顧離開，太后說道：「這些年，多謝先生對皇兒的照顧。」
林清忙說：「職責所在，臣不敢居功。」
「本宮倒是經常聽皇兒提起你。」
林清聽了冒汗，太后不是妒忌他吧？畢竟郯王出宮後就不能經常進宮，「微臣倒是經常聽陛下說思念娘娘。陛下還是郯王的時候，小時候經常想娘娘睡不著覺，可惜微臣等無能，當初無法幫殿下進宮看娘娘，殿下心裡一直是掛念著娘娘的。」

太后聽林清這麼說，又是開心又是傷感，「本宮當初也想皇兒，可宮裡的規矩大於天，連常常見見他都不能，唉……」

太后說了一句，可能又覺得和林清這個外男感嘆有些不妥當，就轉移了話題，詢問了林清家裡的情況，林清一一認真回答。

太后聽完，感嘆道：「易求無價寶，難得有情郎，本宮當年……」

太后在心中默默說：要是嫁給表哥，是不是也能與林夫人一樣，一生一世一雙人，不用如今陰陽兩隔？

林清不知道太后的想法，想到太后比他還小兩歲，如今又因為保養得宜，比二八的新婦顏色都好，聽到太后的感嘆，頓時緊張起來，生怕太后不小心感嘆一句「本宮當年嫁的怎麼不是你」，嚇得他和太后說了兩句話，就趕忙出宮了。

他可沒膽子給太上皇戴綠帽啊！

……

太后娘娘的冊封大典一直忙活到六月末才終於圓滿結束，禮部還沒歇上一口氣，馬上又要面臨著秋闈，頓時又是一陣兵荒馬亂。

「大人，這是翰林院和各司遞上來的可供挑選的鄉試考官的名錄。」徐勝把一疊文書遞給林清。

林清點點頭說：「放桌上吧！」

徐勝把文書放到林清的桌上，看到茶水擱置的時間有些長，就端起杯子，去旁邊的耳房重新沏了一杯回來。

林清端起新茶喝了兩口，拿起文書開始審閱。

禮部雖然也是六部，可比起吏部和戶部，油水少了許多，甚至可以算是清水衙門。

然而，再清水的衙門，也不是半點油水都沒有，當鄉試的考官，就是一個非常好的名利雙收的活計，所以每次鄉試前，禮部的官員都爭著想出這趟外差。

只是，想去的人多，名額卻是有限，禮部每次都得挑選一番。

林清先把不是兩榜進士的人剔除，又把三甲的踢出去，再將剛進禮部前三年的剛去，最後把剩下的名錄整了整，起身對徐勝說：「本官去部堂大人那裡一趟，要是有人來找，你讓他們先稍等。」

「是，大人。」徐勝應道。

林清拿著挑好的名冊去找沈茹。

見屋裡沒人，他直接把名冊放到沈茹的桌上，說道：「這是鄉試考官的初選名單，剩下的你再仔細挑挑。」

「這麼快就弄好了？」沈茹有些驚訝。

林清說道：「我只是粗略地篩了一下，把不是兩榜進士的、三甲的和三年內的去掉，剩下的都在上面。」

沈茹點點頭，這是鄉試考官的必要條件，不由笑著說：「你這等於沒幹。」

「這也沒辦法，我剛進禮部，也就剛認齊人，他們的品行才學一概不知，要是讓我選的話，萬一選了個無能的，豈不是誤了大事？」林清義正辭嚴地說。

沈茹搖頭笑道：「你倒是會找理由，不過也確實是這個道理。行了，放這吧，我等會兒親自看。對了，你家的林桓這次也考鄉試吧？」

「嗯，要不是他這次要在原籍考鄉試，我也不會把他留在老家。」

「那他這次要是運氣好過了，正好可以參加明年的會試。明年是陛下的第一次會試，無論機會還是被重視的程度，都比後面的大些。當然，明年參加的人也肯定多些。」

「我也正有此意。你家沈辰上次鄉試過了，你怕他火候不夠，壓了他一屆，明年的會試應該會讓他參加吧？」

「這是自然。」沈茹點點頭。

「那就好，他回來正好把榕兒也帶回來，我和她娘也想得慌。」

「可是，孫媳婦現在正懷著身子。」沈茹有顧慮。

「兗州旁邊就有運河的碼頭，他們從兗州上船，就可以從運河直接進京，不用走陸路，也沒多大問題。再說，他們上京就得秋天了，那時榕兒的胎也穩了。」

沈茹無奈，「你是急著想見閨女吧？」

「怎麼可能不急？榕兒自從嫁到你家，我都沒能見幾次，如今懷了身子，我和她娘多麼著急啊！」林清說道。

沈茹點點頭，「好，我回去就寫封信，讓大夫給孫媳婦看看，只要她身子行，就讓辰兒和她一起進京，這下你放心了吧？」

林清聽了，頓時很開心。

他想起買宅子的事，問道：「原來致仕的左侍郎花老，你知道他回哪了嗎？」

「回老家了，你有事找他？」沈茹問道。

林清把想換宅子的事說了一下，沈茹說：「你家孩子都大了，你當初買的那個宅子確實不合適，只是花老的房子你不要想了，他雖然告老還鄉不回來，他的大兒子也不在京中，可他下面幾個兒子讀書不錯，以後肯定是要走科舉的路子，京城的宅子一定是不賣的。」

林清聽沈茹這麼說，知道沒戲了。人家的兒子既然想走科舉，絕對是希望考進士的，有這個念頭，自然不會想著賣房子，「那你周圍可有合適的宅院？」

沈茹想了想，說：「你去問問我西邊第三個宅子吧，他家原來是錢顧的前任，已致仕多年，本來也打算留著給子孫在京城落腳，可這麼多年，子孫中並沒有有出息的，所以一直空著。前幾年，他的子孫曾來京一趟，打算把宅子賣了，不過那時他要價高，沒能賣出去。你要是真的想買，只怕得多費不少銀兩。不過，袁老是個雅人，他那宅子為了修得清雅，當年也是費了很大的勁兒。」

林清相當驚喜，「多費點錢沒事，只要宅子好就行。」

「他那宅子應該還有個老僕人在看著，你可以自己先去看看。」

林清點點頭，他正有此意。

等到中午散值的時候，林清迫不及待地坐著馬車去了袁老的那個宅子。

在宅子前下車，林清迅速打量了一下，發現宅子確實不小，應該是個七進的宅院，忍不住暗暗點點頭，讓車夫上前去叩門。

車夫來到大門前扣著門環，砰砰敲了兩下。

「誰啊？」大門嘎吱地打開一道縫，一個老人從裡面探出頭來。

林清走上前笑著說：「老人家，我聽說這是前右侍郎袁老的宅子，是不？」

「是。」老人點點頭，「這位老爺有何事？」

「我打算買個宅子，聽到袁家要賣，便來看看。老人家，您看方便不？」

老人嘆了一口氣，這才把門打開了些，「你們進來看看吧！」

林清讓車夫在外面看著馬車，自己跟著老人進去。

老人帶著林清往裡面走，一邊走，一邊怏怏不樂地介紹宅子的格局。

林清見老人不情願，不解地問道：「老人家可是對在下有什麼不滿意？」

老人看了林清一眼，實話實說地道：「並非如此，只是老朽從進入袁家起就一直是這袁宅的門房，本來以為一輩子都會是，誰知臨老了，這宅子卻要沒了，有些傷感罷了。想老太爺當年多厲害的一個人，前些年故去，卻沒留下一個可以撐起袁家的，如今連這宅子都快要易主了。唉，子孫不賢，祖宗留下多少家業都守不住……」

林清聽著老人的念叨，看著眼前雖然被打掃得乾乾淨淨，卻還是顯得落寞的宅院，也觸景生情地生出一絲感傷，暗暗下決心道：他一定要好好教育自己的孩子，不求光宗耀祖，但求能守住基業，至少他百年之後，不會讓門房發出同樣的感慨。

◆　◆　◆

林清坐在辦公房裡，菊花茶一杯又一杯地往肚子裡灌。徐勝剛開始還一杯杯地跑去耳房泡，可看著林清這麼個喝法，不得已，乾脆去耳房泡了一大壺，放到林清的桌子上，小聲地問：「大人，可是渴得厲害？」

林清搖搖頭說：「最近上火。」

徐勝忙說：「最近正是秋日乾燥，可不是容易上火，大人要小心身子。」

「唉，我這是著急上火啊！」林清正煩躁，正想找個人說說話，便對徐勝說：「犬子這幾日在老家鄉試，我沒法看著，也不知他身子怎麼樣，考得怎麼樣？」

徐勝心道：難怪他家大人這兩天老是在屋裡轉圈，敢情是兒子要考鄉試啊！

徐勝說道：「俗話說，虎父無犬子，大人能考中進士，想必令公子也不會差，大人再等些日子，說不定捷報就來了。」

林清笑說：「借你吉言，希望能順順當當的，畢竟無論是鄉試還是會試，一進號房就得脫一層皮，能一次考過也少受些罪。」

徐勝聽著林清提起號房，也露出一絲不自然的神色，「當年下官考鄉試的時候，每次也都大病一場，一連考了三場才過。這罪，現在想起來都發怵。」

林清知道徐勝是從九品，肯定是沒中進士，要不，進士第一次授官，一般就是七品，便也不再往下提，轉而問道：「令公子現在在做什麼？」

「勞大人掛念，下官的大兒子也在進學。下官當年不努力，於科舉上不行，這才一輩子困在從九品這個不入流的位置上，斷不能讓犬子也這樣。」徐勝認真地說。

「那就希望令公子有朝一日能金榜題名。」

「多謝大人吉言。」

林清看著天色不早了，問道：「可是到了散值的時間？」

徐勝到外面看了看院中的日晷，回來說：「大人，已經到時間了。」

林清點點頭，起身回家。

他剛進門，小林就迎上來說：「老爺，袁家的人來了，說要與老爺商量宅子的事，來的是已故袁大人的長子和次子。夫人不方便出面，就讓人在前院候著了。」

林清想到那次他去看了宅子後，就讓那位老門房幫忙傳信回去，如今一個月過去，終於來人了，「知道了，我先去前院看看。」

林清抬腳往前院走，到了前院，看到兩個陌生人正坐在葡萄架子下喝著茶，想必應該就是袁家的老大和老二。

袁家長子袁弘和次子袁彌看到林清進來，忙站起來行禮，「林大人。」

「不必多禮，袁老是禮部的前輩，你們是他的子嗣，大家也算是故舊。」林清指著旁邊的石桌石椅說：「那邊坐，正好涼快。」

三人坐下後，袁弘開門見山地問：「大人是想買先父留下的那個宅子？」

林清點頭，「不錯，正有此意。」

「那個宅子是先父留下來的，先父當年花了很多心思在裡面，如今大人要買，我們弟兄兩個有些捨不得。我們兄弟從小在那裡長大，雖然現在回了老家，可對這宅子還割捨不下，會時常回來看看。這宅子當年是家父親自建的，說要留給袁家後人，我們身為人子，賣先父的宅子，難免愧對先父，可大人既是看上了，我和二弟也不得擔著不孝的名頭……」袁弘開始絮絮叨叨地嘮嗑。

林清嘴角抽了抽，那個門房不捨得他信，可他已經打聽過，五年前袁老在老家過世沒多久，這兩兄弟就來京城要處理宅子，若不是索價太高，當初就賣出去了。

林清直接問道：「所以說，你們並不打算賣？」

袁弘一噎，「這不是大人喜歡嗎？」

林清擺擺手說：「本官只是想換個大些的宅子，你家那個夠大，這才冒昧問問，要是你們不想賣，本官去找別家就是了。來人，送客！」

賣個宅子而已，搞得像他非逼他們賣似的。

這事要是傳出去，不知道的還以為他仗勢欺凌致仕的前輩，這名聲他可擔不起。

袁弘和袁彌傻眼了，忙說：「大人不是要買宅子嗎？」

「本官是想買宅子，可不願意落個逼人賣宅子的名聲。」林清淡淡地說。

袁弘和袁彌一聽，知道自己剛才說過頭了，便尷尬地笑笑，「大人，是我們不會說話，您別介意。」

林清說：「你們要是想賣，咱就老老實實談價格。你們的父親和本官同出禮部，本官不會坑你們，否則出了門，本官沒臉見你們父親的那些故舊。你們要是不願賣，直說就是，本官不強求，反正京城的宅子這麼多，要買不是什麼難事，這個宅子你們到底想賣多少？」

袁弘和袁彌倒沒想到林清這麼直接，兩人對視了一眼，然後對林清說：「一萬兩。」

林清聽了倒抽一口氣，這價格夠高，難怪他們賣不出去。京城一般官員的宅子也就上千兩，沈茹那個宅子當初地是太上皇賜的，再自己蓋，反而更便宜。京城那些五進的宅子，也才不過四五千兩，這七進的宅子，有品級限制，少有人買得起，不可能是五進的兩倍。

林清說道：「你們這價格太高了，京城五進的宅子地段再好，也高不過五千兩，可五進的宅子不受品階的限制，富商也能用。七進的宅子雖然更大，可根據朝廷令律，非四品以上大員不可用，否則就是違制，所以價格反而高不上去。」

袁弘聽著林清說破，也不惱，「這賣東西本來就是賣家漫天起價，買家坐地還價，大人若覺得不合適，不如出個價格，我兄弟兩個也好思量思量，大家再慢慢商量價格。」

林清想了想，試探地說：「七千兩？」想著等會兒慢慢往下殺價。

沒想到，袁弘和袁彌對視一眼，直接說：「那就七千兩，大人，這宅子賣您了。」

林清：……

他突然覺得買虧了！

人在買東西的時候大多有這樣一種感覺，如果是自己磨了很長時間，賣家才不情不願地降價賣的，那買到手後，常有賺到了的感覺。如果是自己剛砍價，賣家就忙不迭賣了，那買到手後，大多數人的第一感覺就是買虧了。

林清此時就是這樣。

可惜話已說出口，再改口就顯得言而無信，林清只能捏著鼻子認了。

他讓小林拿了訂金給袁家兩兄弟，約好過兩日去戶部改換房契，再將剩下的銀兩付清。

等袁家人走後，林清往後院走去。

王嫣看著林清掀門簾進來，迎了上去，問道：「可是談妥了？」

林清拉著王嫣坐下，說道：「談是談妥了，只不過……」

「怎麼了？」王嫣連忙問道。

「只不過我好像虧了。」林清將剛才的事說了一遍。

王嫣算了算，點點頭說：「價格確實有些高了，要是剛建的宅子，以那個地段位置，七千兩不多，不過這宅子荒了好多年，雖然有人打掃，畢竟沒人住，房子肯定有些受損，必須重新請工匠來修，所以確實虧了些。」

「都怨我，早知直接砍一半。本來覺得數目這麼大，砍一半有些過分，誰知……」林清鬱悶地嘆了一口氣。

「做生意本來就是如此，遇到先砍一半，再討價還價，這才是常例。不過，二郎你也不必因為這事心裡不舒坦，按照妾身的估算，就算你們在那裡討價還價，只要你想買，那宅子也不會低於六千兩，畢竟那是七進的宅子，就算它不好賣，也不會太低，只是差個一千兩，何必為這點小錢感到不快？」

林清嘴角抽了抽，在他夫人眼裡，一千兩只是小錢？

王嫣倒是真不在意這一千兩，她覺得能快點買到合適的宅子才好。京城的宅子雖然多，可位置地段大小比得上這個宅子的真不多，就算有，他們也得慢慢找。與其浪費時間，還不如多費點錢。

王嫣問道：「何時過房契？」

「和袁家約好了，後天去戶部過房契，京城超過五進的宅子，就得去戶部才能過。」

「那快點過吧，過了房契，我就找人把院子收拾出來，到時咱們一家搬過去也寬敞。」

林清笑著說：「妳倒是心急。」

王嫣看了林清一眼，說道：「再不心急，等別人的孫子孫女都滿地跑了，咱們家兒媳婦還沒娶進門呢！」

……

林清手腳麻利地處理完宅子的事，將剩下的錢付給袁家，過了房契，就把宅子交給了王嫣，讓王嫣去收拾，然後他就在禮部焦急地等著林桓的鄉試結果。

每次鄉試放榜，鄉試的主考官都會把鄉試的結果謄錄一遍，再八百里加急送到禮部，好讓禮部存檔，方便日後調閱，所以林清待在禮部，可以比從老家傳信更快一步知道結果。

林清正焦急地喝著茶，按他的推算，這兩日結果就應該出來了。

徐勝匆匆從外面走進來，一看到林清便說：「大人，山省的八百里加急到了，已經送到部堂大人的院子裡了。」

「真的？」林清瞬間站了起來，快步往沈茹那裡走去。

剛走到沈茹的辦公房外，就看到一個驛夫正從裡面出來，他當下顧不得讓人通傳，直接走到門邊敲了敲門。

沈茹聽到聲音，抬頭看到是林清，便說：「進來吧！」

林清直接問：「可是山省的鄉試結果送來了？」

沈茹點點頭，把密封的箱子打開，從裡面抽出一份摺子，遞給林清說：「就知道你急著來是問這個的，喏，這個就是。」

林清趕忙接過來，打開摺子從前面往後面看，等他看到一個熟悉的名字後，頓時驚喜地說：「桓兒中了！」

「中了？多少名？」沈茹走過來，在林清旁邊伸頭看，「居然是第九名，名次不錯。」

「可不是？我還以為這孩子能進前二十就不錯了，誰知居然考了第九名。」

「如果他會試還是這個水準，過會試應該不成問題。」沈茹估算了一下。

林清聽了，更是歡喜三分，隨即又有些憂慮，「可是，以他這個水準，萬一明年的殿試落到三甲怎麼辦？」

「以你我現在的地位，哪怕兩個孩子不小心落到三甲，以後升遷也不會是問題，只不過是不能入閣而已。再說，這是陛下剛登基的第一次科考，哪怕三甲，也比以後的二甲機會要多的多，你不用多慮。」沈茹解釋道。

林清點點頭，沈茹說的確有道理。

「不過，咱們能看到這點，朝中的大臣和一些世家也能看透，所以明年的會試只怕會爭得非常激烈。」沈茹淡淡地說。

林清聽了，心又提了起來。

沈茹拍了拍林清，笑著說：「好了，別擔心了，兒孫自有兒孫福，哪怕兩個孩子不中，下次再考就是。雖然陛下登基後的第一次科舉最好，可只要有你我在，咱們的孩子，無論哪一場科舉，只要能中，出頭都不是問題。」

「所以說，後臺有時也是很重要的。」林清嘆氣。

「本來就是這個理，難道你覺得不是嗎？」

林清：……

兒子啊，感謝你爹我吧，你現在是官二代了！

林清得知兒子中舉後，一直提著的心終於放下了，與沈茹說完話，就心滿意足地回去，又想著過些日子兒子女兒就能進京，一家子團聚，不由更是歡喜。

林清這邊因為團聚而喜氣洋洋，周琰那邊卻為將要到來的團聚憂心忡忡。

周琰坐在楊太后下首，沉默不語地喝著茶。

楊太后看著兒子，對旁邊的宮女和太監揮了下手，等眾人都退下去，這才問道：「這是怎麼了，一直悶悶不樂的？」

周琰把茶放下，淡淡地說：「剛剛露臺行宮那邊傳來父皇的口諭，他如今身子大好，打算下個月回宮。」

楊太后的手一緊，卻還是輕描淡寫地說：「想回來就回來唄！」

周琰猶豫了一下，還是說：「父皇向來強勢，如今兒子才剛剛將朝政理順，若是父皇回來插手，兒子要怎麼辦？」

「他是你老子，是太上皇，他要想插手，也是名正言順的事。」

周琰聽了，又愁了三分。其實他與父皇的關係還不錯，雖然父皇早年最疼的不是他，可因為子嗣不豐，對他也不差，所以周琰對自己的父皇還是有些孺慕之情的。

可是，就算這樣，當了好幾個月皇帝的他，也不會天真地認為他父皇回來是好事，他父皇回來只是一家團聚罷了。

他知道父皇一日回來，哪怕什麼都不做，憑他父皇這些年積累的聲望，也不是他一個才做了幾個月的新帝能比的。更何況，還有一個孝字壓著。

所以，周琰自從接到太上皇的口諭就糾結不已，一方面為太上皇的身子轉好而高興，另一方面又為太上皇回來之後將面臨的尷尬處境而感到不安。

楊太后看著周琰的表情，哪裡不知道兒子在想什麼，不由嘆一口氣。這就是父子天性，除非她兒子真的被傷透了，否則還是對他的父皇抱有一絲期望的。

不過，想到那位的心性，楊太后默默端起旁邊的茶喝了一口，想必她的皇兒馬上就會知道他父皇是一個多麼冷酷的人。

周琰糾結了一會兒，其實也沒什麼好糾結的，太上皇想回來，身為兒子的他，怎麼也沒法阻止，於是對楊太后說：「那母后，明天朕給禮部下旨，讓他們準備迎駕。」

楊太后點頭，「你看著辦吧，本宮這幾日身子又有些不舒坦，就不去了。」

周琰知道他母后一直對他父皇淡淡的，只是他父皇也從來不說什麼，故而對楊太后的說辭也不奇怪，便說道：「那母后好好將養著，千萬保重身子。」

周琰和楊太后說完話，就回太和殿接著批摺子了，順便還把口諭傳給內閣，讓內閣擬聖旨，六部準備恭迎太上皇。

如周琰想的那樣，這一道口諭果然讓朝中那些本來蟄伏的勢力又開始蠢蠢欲動。

九月九，宜遷徙。

五更天，朝中所有的大臣包括新帝都到城門外候著，等著恭迎太上皇回鑾。

眾人想著，以行宮到皇城的距離，太上皇哪怕天亮後再起身，一個時辰也肯定能到，因此大家剛開始等的時候，還是很輕鬆的，甚至趁著人還沒到，左右臨近之間說些悄悄話，用來打發時間。

眾人想得很美好，結果等到太陽都升得老高了，仍是沒見著太上皇的車輦。

周琰也急了，派了侍衛前去打探太上皇的車輦走到哪裡了，可是派去的那隊人，直接肉包子打狗，有去無回了。

周琰更是著急，又派了兩三隊去查看，卻同樣沒回來，這下連其他大臣都不淡定了。

正當周琰打算再派幾個將軍去的時候，眾人終於看到遠處塵土飛揚，太上皇的聖駕出現在了路的盡頭，眾人這才鬆了一口氣，忙整整衣冠，恭迎太上皇的聖駕。

聖駕到了城門口，周琰帶著眾大臣行禮。

按照慣例，周琰身為新帝，帶著眾人向太上皇請安後，太上皇應該親手扶起新帝，然後邀新帝一起進車輦，最後回宮。

可是，太上皇僅是掀起車輦的簾子，淡淡地說了一句：「免了。」然後看也沒看新帝，直接讓車輦起駕，自己帶著一幫人走了。

被留在原地的新帝周琰頓時尷尬了。

在周琰身後等著的大臣們也默默低下頭，不敢去看新帝的臉色。

周琰臉色發青，喘了兩口氣，壓下心中的怒氣，這才平靜地說：「父皇一路舟車勞頓，如今先回宮休息，咱們也回去吧！眾位愛卿，明天再進宮向父皇問安吧！」

眾人連忙應是，跟在周琰的身後回城。

周琰回到自己的宮殿，氣得坐在御座上。

楊雲端來茶給周琰，周琰喝了一口，就將茶盞摔在地上，嚇得一屋子宮女和太監趕忙跪下說：「陛下息怒！」

周琰氣惱地說：「都給朕滾出去！」

宮女和太監們連忙退了出去。

楊雲身為大太監不能退，只好小聲地勸道：「陛下可千萬不能氣著，小心傷了身子。」

周琰看著殿裡沒人，就直接問：「剛才讓你去查，可查出什麼？」

「老奴剛才私下問了跟著太上皇的太監，說太上皇之所以給陛下臉色，是因為陛下未曾親自去行宮相迎。」楊雲小聲說。

「不是內閣定下的在城門口迎嗎？父皇不是事先也知道嗎？」

「可是，在動身的時候，太上皇因為起晚了，時間耽擱了，而感到不悅，成王和代王就在旁邊勸解道，說『以陛下的孝心，哪怕皇爺爺耽擱了，陛下也肯定不會說什麼，相反，陛下肯定會因皇爺爺沒到而著急，定會親自來接皇爺爺』，把太上皇哄得很開心。後來……」楊雲看著周琰，小心地說：「您只是派了人過去問問，卻沒有親自去，太上皇難免覺得陛下對他不夠上心，因此有些不悅也是正常的。」

周琰聽了，手緊了緊，恨恨地說：「成王！代王！他們這是在找死嗎？」

第二日，眾大臣進宮向太上皇請安，太上皇可能太久沒見這些臣子，對許多老臣不但逐一過問，甚至還與這些老臣聊起以往的歲月，最後一群人聊得感傷不已。

新帝在一旁靜靜地陪著，看著太上皇和這些老臣君臣相得，旁邊又有成王和代王殷勤地伺候著，全程面無表情。

林清站在一眾大臣裡，偷偷看了看前面的情景，暗自嘆了一口氣。昨天加今天，無論太上皇是有心還是無意，只怕兩位陛下的間隙已生。

等到中午，太上皇居然還興致勃勃地留了眾位老臣吃飯，打算下午接著聊。林清這樣的既不是重臣，也不算老臣的人，很有眼色地退下了。

林清出了宮，就乘著馬車回到家裡。

剛到家，就看到門房喜氣洋洋地對林清說：「老爺，大少爺回來了！」

林清大喜，連忙往後院走去。

還沒進門，就聽到王嫣和幾個孩子的說笑聲。

林清掀簾子進去，笑著說：「你們娘幾個倒是歡快，也不等等我。」

王嫣和幾個孩子忙起身，林桓來到林清面前，一撩袍子，就要跪下行禮。

林清一把扶住，「才幾個月不見，行什麼大禮？快讓爹看看，可是瘦了？」

他拉著林桓仔細打量，嘆道：「還是瘦了。」

林桓笑著說：「哪裡瘦了？兒子只不過鄉試在號房的那幾天沒吃好，其他時候可是天天胃口大開，沒胖就不錯了。」

「誰說沒瘦？看你眼底都有青色了，可是累的？」王嫣在一旁插嘴道。

林桓冒汗，他眼底有青色，那是昨天晚上在官船上，想到今天可以見到爹娘，結果一晚興奮得沒睡好，與累不累一點關係都沒有。

林桓就聽他爹對他娘說：「桓兒今兒回來了，可得好好慶祝一下。」

他娘附和：「妾身這就讓廚房多準備些桓兒喜歡吃的。」

林桓忙說：「不用這麼麻煩。」

王嫣摸了摸兒子頭，「娘去給你弄好吃的。」然後就掀開簾子出去了。

林桓無奈，對林清說：「兒子不過才在老家待了幾個月，何必這麼麻煩？」

「什麼麻煩不麻煩，你娘好幾個月沒見你了，見了你正是開心的時候，她怕你餓瘦了，心心念念想把你餵得白白胖胖的，你不讓她去做，她反而不舒坦。」林清笑說。

林桓很是無言，「兒子又不是豬，還白白胖胖的。」

林清拍拍兒子，在旁邊坐下，讓幾個小的自己去玩，然後拉過林桓，稱讚道：「這次的鄉試考得不錯。」

林桓坐在林清身邊，聽著他爹的肯定，心裡美滋滋，「還不錯。」

「不過不能驕傲，明年的會試是陛下登基後的第一科，尤為重視，為父已經聽說不少舉人都瞅著這一科了，你一定要當心。」林清提醒道。

「爹爹放心，兒子一定會全力以赴。」

林清欣慰地說：「你明年要是能中進士，就該把親事定下來了。你也老大不小了，是時候說親了。我和你娘連宅子都準備妥當，等過些日子你娘打理好，咱們就搬過去。」

林桓聽到父親突然說到他的親事，有些尷尬，「兒子又不是很大。」

「也不小了。」林清笑道：「你娘天天擔心你說親晚了，好姑娘都被挑走。對了，這些年你可有相中的姑娘？」

林桓忽然有些不自然。

林清困惑地說：「你不會真看上誰家的姑娘了吧？」

「哪有看上，也就瞅了兩眼。」林桓支支吾吾的。

林清看著兒子欲蓋彌彰的樣子，心道，要是只是瞅了兩眼，那你尷尬什麼，忍不住開口問道：「是哪家姑娘？」

「是……是兵部侍郎齊大人家的姑娘。」林桓小聲說道。

「兵部侍郎？」林清努力想了想，兵部好像確實有個齊大人，只是他沒去過兵部，僅在朝堂上聽人說起過，所以不太認識，兩家倒是門當戶對，不禁又納悶道：「你怎麼會見到齊大人家的家眷？」

「兒子坐船從徐州到京城，齊大人家的家眷也坐了同一條官船，兒子不小心碰到過齊小姐一次。」林桓老實說道。

林清聽到是在船上，頓時恍然大悟。

官船上雖然最頂層是單獨給官員和官員家眷的，有獨立的房間，可畢竟不是在家裡，不小心遇到還是可能的。林清也看出來了，他兒子應該是對齊家姑娘印象很不錯，至於一見鍾情，倒是不至於。

林清拍拍林桓，「那爹過些日子幫你打聽打聽，看看齊姑娘有沒有婚配、品行怎麼樣，要是合適，就幫你定下來。」

「兒子只是見過一面，也說不上喜歡不喜歡，只是覺得還不錯，哪能急著定下？」

「所以爹才說打聽打聽，要是合適，回來跟你說。你要是覺得行，爹再找人去問問人家的意思。放心，結親也不是一句話就能成的，說不定人家還看不上你呢！」林清打趣道。

「爹，哪有你這麼說兒子的，就像你兒子沒人嫁似的？」林桓撇撇嘴。

「那得看你爭不爭氣，你要是明年中了進士，就是那些尚書大人家的千金，你爹我也能捨下臉皮給你求一個，可你要只是個舉人，也只能找和咱家門當戶對或者低一點的。高嫁低娶，這是常俗。」

林桓：……

其實您就是變著花樣激勵我好好考試唄！

林清第二日點完卯，就到沈茹那裡，向他打聽兵部侍郎齊大人的事。

「你是說齊斌？」沈茹奇怪地問：「你問他幹什麼？」

林清將這些日子想給長子結一門親事的事說了。

沈茹笑道：「你家老大確實老大不小了，是時候說親了。」

他想了想，說：「齊斌現在是兵部右侍郎，和你家倒是算得上門當戶對。」

「那他家大體上是什麼情況？」林清問道。

「他家具體情況我不知道，我沒去兵部待過，不過我知道他原來是邊關的鎮遠將軍，後來因為受傷，才回京城補了兵部侍郎的職位。」

「這樣啊，那看來我還是得再找人去打聽一下。」

「其實我倒覺得，你要真想給你家老大說親，不如從我夫人那邊找找。蕭家也是名門大戶，最近幾年雖然不如從前，姑娘家的教養還是不錯的，人脈也不缺。」沈茹提議道。

林清對沈茹沒什麼隱瞞，說：「蕭家確實是世家大族，也是因為這樣，我才不想讓桓兒與蕭家結親。家族越大，事越多，人情往來太過複雜，我不想讓桓兒這麼累。」

「人家結親都怕對方不是高門大戶，少了助力，你倒好，為了省心，反而不要。」

「桓兒要是自己有本事，讓他自己往上爬，他要是沒本事，能守住家業也不錯。至於和那些家族結親，雖然開頭幾年會順一些，但吃人嘴短，拿人手軟，用了人家的，最終都得還回去的，說不定還的更多，畢竟世家大族沒有利益，怎麼可能想和你結親？」林清說道：

「所以給桓兒娶個身分配得上，簡簡單單的就行。」

「你說的也有道理。」沈茹想到自己當初確實是受了蕭家不少恩惠，近幾年也裡裡外外幫了蕭家不少忙。

「可惜榕兒和你家辰兒結親了，要不，你那孫女銀姐兒和桓兒倒可以湊成一對。」林清有些可惜地說。

沈茹也覺得可以，他也算看著林桓長大的，對林桓也是當自家孩子疼的，奈何上面兩個孩子已經結親，如果下面兩個再結親，有換親之嫌，只能作罷。

沈茹想了想，說：「你要想打聽齊侍郎的事，可以去問問錢顧，他可能知道，他原來在兵部做過一段時間的郎中。」

林清點點頭，與沈茹告辭，去找錢顧。

錢顧年紀大了，再過兩年就差不多要告老還鄉，沒什麼再進一步的可能，因此在禮部就有些混日子的態度，平時養養鳥、喝喝茶，甚是悠閒。

林清去找錢顧的時候，錢顧正在逗畫眉鳥唱歌，看到林清過來，對他招招手，「怎麼想到來我這裡？來看看我這鳥，我調教牠三個月了，如今終於有點樣子。」

林清看了看那鳥，笑著說：「錢老不愧是玩鳥的行家，這鳥到您手裡待幾個月，那就立馬變得不一樣了。」

錢顧哈哈大笑，「你倒是會說話！來，過來坐，找老夫有什麼事？」

「您老見多識廣，認識的人多，這不是來找您打聽個人嗎？」

「誰啊？」錢顧問道。

「兵部侍郎齊大人。」

「咦，你打聽他幹麼？那個老傢伙不太和人打交道。」

林清連忙把孩子要說親的事說了，「我也就問問，您可千萬別跟人說。眼下八字還沒一撇，要是傳出去，萬一不成，人家姑娘會尷尬。」

錢顧一聽，笑說：「原來你是打聽人家姑娘，你放心，這事老夫知道輕重，你們要是沒定下來，老夫肯定不會亂說，要不，那老東西還不打上門來。」

「聽您說的，看來您和齊大人挺熟的？」

錢顧點點頭，「老夫是十年前從兵部調到禮部的，當年禮部右侍郎袁大人告老還鄉，老夫來補了這個缺。」

「那齊大人家裡？」林清問道。

「他家兩個兒子、一個閨女，子嗣倒是不多。當年老齊在邊關鎮守，沒法帶家眷，所以子嗣都是後來回兵部後才和他夫人有的。」

「齊大人年紀多大了？」林清突然想到這個問題。

「比我小五歲，不過他當初在邊關風吹日曬的，倒是比我顯老，所以天天老齊老齊的，我也叫慣了。」錢顧笑笑。

「雖然有些不大好意思，可我還是想問問，齊大人為人怎麼樣？」

「有啥不好意思的，說親嘛，就得打聽清楚。老齊這個人嘛，其實就是一個武夫，當初在邊關的時候，挺能拚的，一路從伙夫長升到將軍，也算是個傳奇人物，只是後來在邊關受了傷，邊關條件不行，才回了京。當初他運氣好，趕上兵部侍郎空了一個，他就補了這個缺。這人打仗是好手，做官卻直了些，在兵部侍郎位置上蹲了接近二十年，沒能更近一步。倒是這人品行沒話說，從來不背後非議人，再加上他當年的戰功，在兵部人緣也還不錯。」

林清心中有數，剩下的就不好再問。

下午散值回到家，小林就迎上來，在林清耳邊說了他在外面打聽到的情況。

林清點點頭，往後院走去。

找到王嫣，就拉她到裡屋說話。

「什麼事，在外面不能說？」王嫣問道。

林清將昨天林桓說的及今天問到的一股腦兒倒出來。

王嫣一聽就炸了，「這麼大的事，你怎麼沒跟我說過？」

「我不是想今天先去打聽一下嗎？昨天桓兒說的時候，我幾乎想不起那個齊大人長什麼樣。萬一那家太差，妳不是白想一晚嗎？」林清理所當然地道。

「那齊家怎麼樣？」王嫣忙問道。

「我讓小林去打聽了，齊大人好像年紀不大就父母雙亡，這才當了大頭兵，後來一路都是自己打拚出來的。齊夫人倒是大家出身，只不過家族是前朝世家，後來戰亂散了，才嫁給了齊大人。齊大人和他夫人感情不錯，這麼多年，也沒弄出個庶子庶女，家風清正，家裡人事也比較簡單，齊大人性子聽說很豪爽。」

王嫣皺眉，「也就是，並不是什麼大家族出身？」

「雖然不是大家族出身，家族卻簡單，沒什麼亂七八糟的親戚，以後也不會成為咱們兒子的拖累。京城雖有不少世家，可關係錯綜複雜，以後親戚出點什麼事，說不定就被帶累了。」林清說道。

說句實話，林清真不想找那些家族人多的，雖然人多力量大，可麻煩事絕對更多。前些日子他寫信回家讓大哥查查有沒有人藉著他的名義在外面胡作非為，結果還真查出來了，一個是他母親的娘家李家，一個是他媳婦的王家，真的就打著他的旗號在外面行事，林清趕忙讓他大哥把這些人敲打一番，然後該賠的賠，把事抹平了。

王嫣也知道這事，不由有些尷尬，「妾身沒想到我那幾個堂兄這麼不懂事。」

「不怪妳，妳也不能天天在他們面前看著。」林清說道：「再說，家族大了，什麼人都有，根本防不勝防。」

王嫣也挺生氣的，那幾個堂兄弟都快出三服了，她嫁出去這麼多年，回去都不一定認識人，誰知他們居然打著她丈夫的旗號在外面胡作非為，後來她爹還寫信讓她說情，氣得她直接撕了信，都想回娘家鬧一場了。她這些年跟著林清，在外面處事謹慎小心，生怕不小心給丈夫丟了臉，不料讓她那幾個八竿子打不著的堂兄弟弄得沒臉。

想到這，王嫣覺得找個家族簡單些的結親也不錯，就說：「那過些日子，要是哪家大人有喜事或者擺宴什麼的，妾身就去看看。」

林清點點頭，齊大人的品級和他一樣，家眷平時參加的宴會也屬於同一個圈子，只要有心留意，還是能見到的。

林清擔心王嫣眼光有些高，畢竟誰都覺得自己的兒子是最好的，便提前打預防針，「妳也別羨慕那些部堂大人和內閣閣老的千金，如今太上皇回來了，還不知道會出什麼變動呢，可別一個弄不好，不小心被牽連進去。」

王嫣忙問什麼事，林清將朝廷最近的狀況說了說，「現在也不知道兩位陛下在鬧什麼，只希望不要出亂子才好。」

王嫣聽了，這才覺得好受些，「我以前還覺得我兒這麼好，要是能尚個公主就好了。」

林清聽了，差點被王嫣嚇趴，「妳胡說什麼？咱們兒子要是尚了公主才麻煩。妳看看朝堂上有幾個駙馬，再說，公主是主，駙馬是臣，豈不是一輩子得委屈咱們兒子？」

王嫣翻翻白眼，「我也就當初看戲的時候想想，後來知道就沒想過了。」

林清：……

果然不能讓老婆亂看戲！

肆之章

兩皇鬥法露真意

太上皇在行宮休養了幾個月，可能是由於不再費心操勞，倒真將身子養好了幾分，精神也恢復了不少，所以，自覺已經大好的太上皇，又開始干預政事，甚至看到新帝做得不合自己心思，也不免訓斥幾句。

周琰一開始還因為太上皇是親爹而忍著，可沒忍兩個月，周琰就有些受不住。他如今是皇帝，不是太子，太上皇當著眾人的面訓斥他，丟的不僅是他的臉面，更損害他的威信。

周琰已經清楚地體會到，自從父皇回來，他手下的那幫老臣明顯的不再那麼聽話了，甚至有時他處罰一些老臣，那些老臣還會跑到太上皇面前哭訴，而太上皇一般大事化小小事化無，最後就不了了之，這樣他不但懲罰不了人，還無故得罪人。

周琰在又一次受到太上皇訓斥後，終於忍不住，把林清宣進宮裡。

林清正在禮部坐堂，聽到周琰宣他，趕忙整了整衣冠，讓徐勝去和沈茹報備一下他的去向，就跟著太監匆匆進了宮。

周琰見他的地方不是太和殿，而是御花園荷花池中心的一處涼亭。

林清走上前，對周琰行完禮，問道：「陛下宣臣可有什麼事？」

周琰對周圍揮了揮手，太監和宮女便都退下去，他這才對林清說：「坐下說話。」

林清見旁邊沒人，就在周琰身邊坐下，笑著說：「還以為陛下找臣有什麼急事，想不到原來是找臣來陪著看園子。」

「先生說笑了，是朕心裡不舒坦，想找先生說說話，只不過太和殿有些不安全，這才把先生約在這裡。」周琰無奈地說。

林清一驚，看了看四周。

這個亭子在荷花池中央，只有一條石橋通向外面，在這裡面，只要不是大聲說話，確實可以防止別人偷聽，可太和殿是皇帝住的宮殿，周琰在太和殿居然都不能保證自己的話傳不出去，這本身就是一個很大的問題。

林清皺眉，「陛下，怎會如此？」

「前天朕在太和殿吩咐了楊大伴一件事，當時殿內只有朕和大伴，結果昨天父皇就把楊大伴叫去打了二十板子，現在他還下不了床。」周琰淡淡地說，眼中卻有壓不住的怒火。

林清心道，怪不得今天周琰身邊沒看到楊雲伺候，原來是受了傷。周琰自小被楊雲伺候長大，雖然楊雲只是個太監，可在周琰心中的分量，只怕未必比太上皇這個天天見不著的父親輕多少，如今太上皇這一打，恐怕真讓周琰心寒了，畢竟打狗還要看主人。

周琰苦笑，「昨日父皇還斥責朕寵信太監，想要打死楊大伴，要不是朕苦苦求情，大伴就沒命了。對父皇來說，大伴只是一個太監，可對於朕來說，他是從小看著朕長大的。」

「臣明白陛下的心意，楊雲這些年一直陪在陛下身邊，對陛下忠心耿耿，別人不知道楊雲是什麼人，臣豈能不知道？楊雲一顆心都在陛下身上，斷不是那種欺上媚下的小人。」

周琰聽了很欣慰，「這話也就能和先生說，要是與朝中別的人說，他們肯定都會勸朕不要寵信太監，恨不得朕立刻把楊大伴宰了去討好父皇。」

林清搖搖頭說：「太監也是人，也有好有壞，豈能一概而論？至於會不會危及朝政，這其實還是要看君主。如果身為君主還被太監迷惑，那只能說明這個君主不夠明辨是非。即使沒了這個太監，也會有下一個太監或下一個佞臣，結果都是一樣的，所以一個君主，要想成為明君，和他身邊有沒有奸佞之臣沒關係，而是要看他是否看得明白。對於奸佞之臣，君主要想不用，難不成還有人敢逼著不成？」

周琰點點頭，又嘆了一口氣，「要是其他大臣也像先生這樣明理就好了。」

林清笑道：「陛下言重了，其實朝中的大臣未必不明白這個道理，只不過自古以來，君主不是用朝臣壓制閹黨，就是用太監壓制權臣，朝臣和太監本來就有些對立，難道陛下覺得朝臣會為自己的對頭說好話。」

周琰又嘆氣，「是啊，這才是癥結所在。」

林清見周琰眼底有青色，不禁問道：「臣看陛下氣色不佳，可是有別的事？」

周琰本來就想和林清說說近來的事，聽林清問起，便把近日的事都念叨一遍，最後氣憤地說：「你說父皇是怎麼回事，當初父皇沒走前，對朕也不錯，這去了行宮一趟，待了幾個月，回來後就沒給過朕好臉色看，凡是朕處理的政務，他都要插手，還挑三揀四的。有些老臣犯了錯，朕剛要處罰，父皇就開始阻攔，最後只能不了了之。父皇居然還告誡朕要仁愛，朕光仁愛，難道就能處理好事情？朕現在算是明白了，無論朕做什麼，在父皇眼裡都是不足。朕是皇帝啊，父皇天天對朕訓斥來訓斥去的，朕在朝臣面前要如何自處，如何立威？」

林清聽了周琰抱怨一通，猶豫了一下，說：「臣有一句話，不知當說不當說？」

「先生和朕之間還有什麼不能說的，朕都快被父皇憋死了，先生有話就直說。」

林清支支吾吾的，「臣覺得，呃，這是臣個人的想法……臣覺得，太上皇他老人家，是不是太閒了？」

周琰猛然轉頭看著林清，看著林清一臉「你爹太閒了，吃飽了撐著，不找你麻煩還能幹什麼」的表情，想到父皇最近的舉動，瞬間恍然大悟，「你的意思是，父皇天天閒著無事，所以才找朕麻煩？」

「太上皇原來在位的時候，就是個極為強勢又勤勉的皇帝，後來之所以退位，也是身子實在撐不住了。如今太上皇經過休養，身子大好，再回到宮中，怎麼可能閒得住，勢必會找些事來做。」林清說到這裡，瞅了瞅周琰，「可是，太上皇原來的事都讓陛下給做了，陛下覺得，太上皇會看您順眼嗎？」

周琰點點頭，「是朕這些日子氣糊塗了，居然沒想到這點。」

「陛下是局中人，臣只是旁觀者清罷了。」

「那現在怎麼辦？就算朕知道父皇是閒的，朕也沒法弄點事給父皇做，再說，就算朕找些事給父皇，父皇也不一定會聽朕的去做。」周琰問道。

林清皺眉，這確實是個問題，太上皇不是大臣，皇帝可以安排點事給他，讓他忙起來，但那是太上皇，是皇帝的父親，比皇帝還大，誰敢吩咐他啊！

林清和周琰兩人坐在亭子裡冥思苦想，想一件能讓太上皇心甘情願忙起來的事。

突然，林清一拍桌子，「有了！」

周琰忙問：「怎麼做？」

林清湊近周琰，小聲地問：「太后娘娘和太上皇的關係怎麼樣？」

「先生問這個幹什麼？」周琰不解。

「臣的意思是，太后娘娘，呃，平時會妒忌嗎？」林清尷尬地說。

周琰雖然不知道林清想說什麼，不過林清是他的人，也就沒瞞林清，「母后因為當初外祖家的事，一直對父皇很冷淡，所以母后非常賢慧大方。」

「既然太后娘娘不在意，那就好辦了。臣的主意是，讓太后娘娘為太上皇挑選幾個絕色美人，送給太上皇。」林清說道。

周琰嘴角抽了抽，「你是打算用美色來引開父皇的注意力？」

「正是如此。陛下覺得，天底下有比權勢和女色更誘惑人的嗎？」

周琰想了想，覺得這個主意確實可以一試。雖然不知道效果怎麼樣，可起碼他母后為他父皇安排美人，別人只會說他母后賢慧，不會有別的想法。

林清又說：「陛下要太后娘娘選美人，不妨事先問問那些美人的意思。多找些喜歡攀龍附鳳的，陛下可以許些好處，哪怕轉移不了太上皇的注意，也可以吹吹枕頭風。」

周琰點點頭，「等會兒朕就去跟母后說。」

兩人坐著喝了一會兒茶，周琰就去了慈寧宮。

周琰把最近的事跟楊太后說了一遍，又提了林清的主意。

楊太后直接說：「皇兒放心，這事包在母后身上。」

周琰放下心來，陪太后說了一會兒話，就回太和殿接著批摺子了。

楊太后對旁邊的老太監說：「楊叔！」

老太監躬身道：「娘娘。」

楊太后淡淡地吩咐：「你親自帶人去後宮轉轉，挑些絕色美人來。記住，要自願的，帶到本宮這裡來。」

「是。」老太監應道。

「再去把浣衣院的成嬤嬤叫來，本宮記得，她是當初妖妃秦氏帶進宮來的奶嬤嬤。妖妃秦氏被賜死後，她就被罰入浣衣院，你去看看人還活著不？要是活著，就讓她來調教那些選出來的佳麗。」楊太后又道。

老太監心中一凜。

妖妃秦氏是宮裡的一個禁忌，當年秦氏一進宮就受到太上皇獨寵，不但將一同進宮的人壓得抬不起頭，連文貴妃都失了寵，太上皇幾乎被她迷得不行，後來宮裡幾個主位受不了，聯起手來，才終於查出秦氏會媚惑之術，告到了太上皇面前。太上皇正好因為縱慾過度，身子虧空而病倒，聽到御醫的診斷，太上皇才一怒之下賜死了秦氏。

老太監退出去後，楊太后看著右手邊的一株金菊，用手摸了摸上面開得最好的一朵，喃喃地說：「食色性也，可色字頭上一把刀啊……」

啪！

開得最好的這朵花，在楊太后手中猛然被掰斷，掉在了地上。

過了些日子，林清果然聽說楊太后向太上皇進言，說自己年紀大了，不方便再侍奉，特地從宮中挑選了幾位資質上佳的宮女，升為美人，以侍奉太上皇。

既然是楊太后送來的，太上皇也沒有拒絕，直接笑納了。一時間，朝堂上下都傳楊太后賢慧大氣，堪為後宮表率。

太上皇得了美人，也不知是枕頭風起了作用，還是被美人分了心，果然不再老是盯著新帝，周琰見狀，終於鬆了一口氣。

◆　◆　◆

王嫣掀開簾子進來，看到林清已經回來，正在喝熱茶，就笑著說：「今天散值倒早。」

「如今入冬了，天黑得早，六部就改了散值的時辰，省得家遠的大人還沒回家，天就黑了，路上不好走。」林清說道。

王嫣點點頭，「難怪你今天比妾身還早回來。對了，猜猜妾身今天去向孟老封君拜壽，遇到誰了？」

林清笑笑，「八成是遇到那位齊家姑娘了吧？」

「二郎一猜就準。」

「妳本來就想去見人家的，這有什麼好猜的？看了感覺怎麼樣？」林清笑著問。

王嫣在林清旁邊坐下，說道：「今日坐席的時候，十二個侍郎的夫人來了八個，再加上帶的孩子，正好加了座位坐一大桌，妾身特地和齊夫人坐在一起，與她聊了一會兒，又看了看她家姑娘。」

「感覺怎麼樣？」

「難怪桓兒會一眼相中，人家齊姑娘長得絕對算是嫡女中出挑的，個兒也高，和我說了幾句話，進退有禮，無論是相貌還是禮儀都很不錯，最主要的是性子開朗，感覺與桓兒的性子差不多。」王嫣顯然相當滿意。

林清笑了，「看來兩個孩子也算有緣。」

林清知道，能讓他夫人相中的，想必這個姑娘應該真的不錯，畢竟婆婆對兒媳婦，從來都是挑剔的，「那妳沒打聽人家姑娘是否有婚配？」

「妾身問了，齊夫人應該也看出咱們家的意思，就告訴妾身她家姑娘正在相看人家，還不曾婚配。」王嫣得意地說。

林清點頭，看來齊家對他家也不排斥，要不就會回覆想再多留兩年或者已經定下。

林清說：「我去書房看看桓兒，再問問他的意思。他要是想，咱們找個媒人去試試。」

林清來到書房，這次有林桓看著，林橋和林樺兩個孩子老實了許多，正坐在自己的位置上寫功課，看到林清進來，立刻揚了揚手中的筆，叫道：「爹爹！」

林桓也喚道：「爹！」

林清點點頭，先看了兩個小的的功課，檢查了一遍，發現寫得還不錯，就說：「還行。不早了，你們娘準備了點心在正堂，去吃吧！」

林橋和林樺齊聲歡呼，跳下椅子，一溜煙跑了。

林清又過去看大兒子的功課，幫他改了剛做的策論，講解了失分點，這才說道：「今天你娘去向孟老封君祝壽，看到那位齊家小姐了。」

林桓就知道他爹剛才把兩個弟弟支出去，單獨留下他來肯定有事，卻不想是關於齊家姑娘的事，忍不住問道：「那娘覺得怎麼樣？」

「你娘覺得應該還不錯。」林清說道。

林桓鬆了一口氣。

林清接著問道：「那你現在得認真考慮了，你和齊家姑娘合適嗎？你要感覺合適，爹就遣媒人去問問，你要覺得不合適，咱們就接著找。」

林桓瞪大眼睛，「這麼急？不用這麼急吧？」

「要是合適就得快定下來，省得出了變故，畢竟一家有女百家求，晚一步就可能成了別人家的媳婦了。」林清笑著說。

林桓想了想，糾結地說：「其實兒子也就在官船上和齊小姐碰了一面，當時她打開門，兒子正好推門出去，她一看到兒子就縮回去了，所以兒子只是見了一面，覺得不錯而已。爹讓兒子決定，兒子也不知道如何決定。」

林清心道，如今讓你拿主意，你倒是拿不定主意了，就說道：「那你這幾日就好好想想吧，等想好了告訴為父。要是實在不知如何決定，到時乾脆爹和娘替你決定好了。」

「兒子知道了。」林桓說道。

「那好，出去吃飯吧，你娘現在應該準備好晚膳了，再不出去，你娘得讓人來叫了。」

林清剛拉開門要出去，兩個孩子就驚叫著滾了進來。

看著兩個因為趴在門上偷聽然後摔進來的孩子，林清板著臉說：「你們兩個臭小子，居然學會偷聽了！」

兩個孩子從地上爬起來，訕訕地笑笑，打算開溜，結果林清眼疾手快，一手抓住一個，加重語氣說：「還想溜？」

林橋和林樺連忙站好，討好地說：「爹，我們沒想溜，我們只是想站起來。」

林清暗笑，面上卻肅著臉說：「你們兩個都偷聽到什麼了？」

林橋年紀大些，反應更快，直接說：「爹爹，我們什麼都沒聽到。我和弟弟才剛過來，娘叫我和弟弟來叫爹爹和大哥去吃飯。」

林樺還沒反應過來，脫口而出：「聽大哥哥娶媳婦，呃，不是，我……」

林橋：……

他怎麼攤上這麼一個笨弟弟？

◆　◆　◆

太上皇畢竟年紀大了，雖然早年算不上好色，可如今清閒無事，再加上楊太后進獻的美人都是二八年華，看著鮮活動人，難免貪戀，如此倒是沒多少精力去找新帝麻煩了。

周琰鬆了一口氣，可還沒等他這口氣鬆完，他就發現這事還沒完。

當初太上皇與他不和，眼下雖是暫緩，可畢竟被群臣看在眼裡，一些原本就想鬧事卻沒機會的，見了怎麼可能放過，所以朝堂看著平靜，暗地裡卻波濤暗湧，還時不時有些老臣看到太上皇回來了，覺得腰桿挺直了，仗著原來是太上皇的心腹，與新帝頂了起來。

周琰恨不得宰了這些鬧事的，但也知道不可能，如果現在沒有太上皇，他肯定直接收拾了他們，可太上皇在，他一旦動了那些人，必定會驚動太上皇。要是太上皇再插手過來，到時他只會更加被動，因此周琰一時間居然有些束手束腳。

周琰心裡窩火，想著上次林清出的主意不錯，就又把他召進宮裡。

林清看到周琰還是在老地方等他，嘴抽了抽，等宮女太監都下去，就說道：「陛下，您兩個月前叫臣在這荷花池中央陪您賞景，那時正是秋高氣爽，自然不錯，可現在是冬天，您選這個四面透風的亭子，您不覺得凍得慌嗎？」

林清把周琰旁邊的狐裘給他披上，「陛下也要注意身子。」

周琰難得臉紅，「朕這不是一時心急忘了嗎？」

林清正色道：「陛下，臣知道如今朝堂上有些不對勁，陛下難免急躁，但您已是萬乘之尊，唯有身子康健，才能掌控大局。您要是身子有什麼不妥，比什麼都嚴重。」

周琰無奈地說：「先生說的是，只是別的地方，沒有這裡說話安全。」

「陛下的身子康健，就是最大的安全。殿內雖然可能有宵小，可只要讓所有人退下，說話時小聲些，大殿那麼大，想必他們也聽不見。」

周琰覺得林清說的可行，就說：「那就回太和殿吧！」

林清點頭，要是周琰不小心染了風寒，那朝堂上就不是暗潮洶湧，而是狂風暴雨了。

林清陪著周琰回了太和殿，就叫宮女去準備薑湯。等周琰灌了兩碗薑湯，出了汗，這才放下心來。

周琰擺擺手，讓伺候的人退下，笑著說：「先生不必如此緊張，朕身體素來很好。」

林清搖搖頭，「小心無大錯，何況是這個時候，說不定一個小風寒就會鬧大亂子。」

周琰知道林清說的是朝堂上的那些人，忍不住嘆氣，低聲說：「其實朕叫先生來，就是想問問先生有什麼好辦法沒有，朕實在被朝堂上那些人煩死了。」

林清小聲說：「辦法倒是有，只不過可能解決不了陛下的煩心。」

「什麼辦法？」周琰忙問。

林清吐出一個字：「忍！」

「朕如今就忍著，難道除了忍，沒有別的辦法？」周琰皺眉。

「別的辦法雖好，卻不一定穩妥。這個辦法雖然不舒坦，卻最是穩妥。」

「可朕要忍到什麼時候？」周琰氣憤地說。

「陛下心裡其實明白，」林清淡淡地說：「漢武帝可以忍竇太皇太后，漢宣帝可以忍權臣霍光，難道陛下自覺比不上這兩位？」

周琰看了林清一眼，「先生也不必捧朕，朕現在還比不上這兩位。」

「哦，那臣換個說法，這兩位都能忍得，陛下既然覺得比不上，為什麼不能忍得？」

「咳咳咳！」周琰被薑湯嗆著了，「先生！」

林清笑了笑，正色說：「現在陛下雖然感覺不舒服，但這只是表面上的，往深裡看，其實陛下沒有太大的危險。縱觀歷朝歷代，太子被廢的不少，可皇帝被廢的，除非權臣當道，陛下看看有幾個？」

周琰想了一下，說：「確實不曾有過。」

「那陛下再想想，歷朝歷代，可有太上皇廢皇帝的先例？」

「也不曾有。」周琰若有所思。

「所以，太子可以廢，至於皇帝，只要不是有人謀朝篡位，幾乎不可能被廢。」

「其實先生說的這些，朕都懂，要不也不會這些日子一直忍著，可那些人實在太煩人，朕現在一看到他們就氣得慌。」

「那陛下就別看，陛下三天才上一次大朝，每次大朝才兩個時辰，朝堂上那麼多人，由著他們說，他們能分幾個時辰？」林清拿起薑茶喝了一口。

「說是這樣，可是他們說兩句，朕有時能被氣得一天吃不下飯。」

林清知道周琰從小是王爺，後來又是太子，小時候雖不是太上皇最寵的兒子，可憑著他的身分，從來都是他給別人氣受，何曾受過別人的氣，哪怕如今無論謀略手段都玩得轉，可這年輕氣盛，卻不是一時能過去的。

想到這，林清小聲說道：「陛下要是真的覺得不爽，不妨先記著，等太上皇百年之後，陛下掌了大權，到時再一一回敬就是。豈不聞，君子報仇，十年不晚。」

周琰看著林清，突然覺得這個建議深得他意，便點點頭說：「先生這個提議不錯，朕確實應該好好記一記。」

林清：……

自己只是在寬慰他，沒真叫他記小本本啊！

林清陪著周琰說了會兒話，見周琰心情好了，這才告辭離開。

回到家中，剛進門，門房就歡喜地說：「老爺，大小姐和姑爺回來了！」

「榕兒回來了？」林清驚喜地直接往後院走去。

還沒進門，就聽到屋裡傳來一陣陣說笑聲。

林清掀簾子進去，一眼看到坐在王嫣身邊的林榕，高興地說道：「我閨女可回來了。」

林榕要起身行禮，林清一把按住她，「妳還懷著身子，千萬不要亂動。」

沈辰看到林清，也忙起身，行禮說：「岳父大人。」

林清對女婿的禮倒是受得坦然，笑著扶起他說：「自家人，不必多禮。」

沈辰嘴角抽了抽，他夫人行禮，岳父連身子都不讓起，他行禮，行完岳父才客氣一下。

林清與沈辰隨意說了兩句，就把注意放到了女兒身上，開始問女兒身子怎麼樣了，吃得怎麼樣，會吐嗎，能吃得下嗎……囉囉嗦嗦地問了一長串。

林榕逐一回答了，林清看她面色紅潤，雖然因為懷孕而富態了些，但精神很好，這才放心下來，摸摸女兒的頭，感嘆道：「一轉眼，妳也是要當娘的人了。」

林榕說：「養兒方知父母恩，這幾個月女兒才明白娘當年生我是何等的不容易。」

林清點點頭，「可不是？十月懷胎，一朝分娩，豈是隨便說說的？」

林清和女兒說完話，這才有空理女婿，對沈辰說：「那咱們去前院聊吧，讓他們母女倆在這裡說說話。」

沈辰應道：「是。」

林清又對林橋、林樺和林楠三個小的說：「你們就在這裡陪陪你們姊姊，不要亂跑。」然後對林桓說：「你跟我一起去前院。」

林清帶著沈辰和林桓去了前院，讓丫鬟上了茶，就問道：「賢婿什麼時候回京的？」

「前兒回來的，昨日在大宅待了一天，今兒個便陪夫人回來看看。」沈辰說道。

林清點點頭，又問道：「路上可還好走？」

「剛入冬我們就啟程了，一路往南行，倒是越走越暖和，運河也還沒結冰，走得極是順利。」沈辰答道。

「這就好，我前些日子還問你爺爺怎麼還沒來，再過些日子，天越冷就越不好走了，如今你們到了，我也放心了。」林清放鬆下來。

「讓岳父掛念了，我們本來打算九月就回來，誰知有些事情耽擱了，這才晚了。」

「回來了就好。」林清說道：「聽你爺爺說，你是為了考明年的會試才回京的，可是準備妥當了？」

「還行。」

林清見沈辰雖然說還行，面上卻很自信，又想到沈辰本來三年前就應該考的，只不過沈茹和沈楓覺得他火候不夠，壓了他一屆，想必現在準備得很充分，就笑著說：「正好桓兒明年也要考，你們倆要是能運氣好都中了，正好以後是同年同榜。」

沈辰說：「爹和岳父大人當年會試就是同年，想不到我和舅兄也正好趕上了。」

林清聽了，笑著說：「可惜我當初會試後沒能參加殿試，否則就不會只有會試是同年，進士也是同榜進士了。」

林桓笑道：「那我和姊夫兩個可要好好努力，爭取一起混個同榜進士。」

「那你們得使勁努力，這次參加會試的人，只怕比以往多不少。」林清說道。

沈辰點點頭，「我聽爺爺說了，這是陛下的第一科，大家肯定都卯足勁兒往上爭。」

「知道就好，不過也不要給自己太大的壓力。」林清勸道。

林清和林桓陪著沈辰說了一會兒話，就聽到丫鬟來叫他們去花廳吃飯。

等用過飯，林清見女兒有些倦了，便讓女婿陪女兒去廂房休息，自己與王嫣回了後院。

林清急得問道：「咱們女兒在沈家過得可好？」

王嫣笑了笑，「你剛才一見到閨女不是問了嗎？」

「剛才當著女婿的面，我怕咱們女兒受了委屈也不好意思說出來。」

「那你剛才幹麼當著女婿的面問？不等女婿不在的時候偷偷問？」王嫣不解。

「當著女婿的面問，當然是為了讓他知道我重視閨女，以後不敢欺負咱們閨女。」林清義正辭嚴地說。

王嫣笑了，「你倒是心眼多，難怪你剛才說沒兩句話就急急把女婿拉到前院去。」

「那是，要不然我在前院陪著他說那麼多廢話幹什麼。」

王嫣笑道：「和自己的女婿說話居然還嫌棄，你以前不是挺喜歡辰兒的嗎？怎麼，現在這麼嫌棄他了？」

「以前他不是我的女婿，現在他是，再說，我又不是丈母娘，只有丈母娘看女婿，才越看越順眼。」林清辯解道。

王嫣懶得理會林清那些歪理，「我剛才仔細問過榕兒了，榕兒在沈家過得不錯。榕兒嫁過去的時候，親家母正忙著帶小兒子，沒心思過問小倆口的事，後來榕兒一直沒有身子，親家母倒是有些叨念，不過咱們兩家交好，親家母沒好多說什麼，只是經常帶著榕兒去燒香拜佛，這不，沒多久榕兒就懷上了，親家母也就放心了。因為榕兒這是孫子輩的第一個，親家母很重視，把一切都攬了，榕兒也挺省心的，所以養得不錯。」

林清這才放下一點心，又問道：「那咱們閨女懷孕後，親家母可有安排通房？」

「這倒沒有，親家母大概也怕不小心弄出庶長孫什麼的，畢竟女婿是嫡子嫡孫，要是弄出個庶長子，族譜上就有些不大好看了。」

林清點點頭，凡是大家族，對於嫡長孫、嫡玄孫都尤為重視，這在某些時候，確實是一個很大的優點。
林清說道：「那等會兒見了女婿，看在他好好待咱閨女的面上，我不嫌棄他。」
王嫣：……
你這麼說，其實還是嫌棄的吧？
林榕和沈辰在林家住了一晚才回去，終於讓一直見不著閨女的林清心裡好受了些。想到以後閨女就待在京城了，林清放心下來，有他看著，女婿肯定不敢欺負他閨女。
林清送走了女兒和女婿，便開始思考兒子的終生大事，看到沈楓都快有孫子了，而他兒子現在連親都沒結，不由有一絲急切。
林清把林桓叫到書房，問道：「你的親事考慮得怎麼樣了？對齊家姑娘中意不？要是中意，爹就派媒人去問。要是不中意，就讓你娘再幫你重新相看。」
林桓想了想，說：「還是齊家大小姐吧，起碼我見過一面。」
林清點點頭，「那爹明天讓媒人去問問。」
「爹，您怎麼突然急了？」林桓問道。
「看著你姊都快有孩子了，你還單著，爹難免急了些，而且爹前幾日在禮部，收到內閣的詔令，說太上皇的九公主和十公主今年及笄，讓禮部準備及笄大典。兩位公主一旦及笄，太上皇和皇上肯定要為兩位公主相駙馬。雖然駙馬大多在勳貴中找，可有時也在新科進士中點，爹怕你到時還沒有婚約，萬一被看上怎麼辦？」
林桓笑著說：「爹，就算公主選駙馬，一科有一百多人，也不一定能選到我啊！」
「你怎麼算的一百多人？新科進士有一百多人不假，可未婚的有多少？現在朝廷規定女子十八必須出嫁，男子二十之前必須娶親，你覺得中進士的，有幾個不到二十歲？」

林桓想了一下，覺得她爹說的確實有道理，從縣試、府試、院試到鄉試，再到會試，不到二十的不多，這麼一想，要是太上皇和皇上突然在新科進士中選，他的確挺危險的。

「而且，兒子你長得這麼像你爹我，如此俊秀，要是太上皇和皇上選，以你的容貌，你覺得你跑得掉？」林清說道。

林桓有些哭笑不得，他爹是在誇他，還是在誇他自己？

林清拍了拍林桓，「其實本朝的公主大多溫柔賢淑，做妻子也不錯，只不過本朝的駙馬都被榮養起來，爹不願你十年苦讀一朝全廢。」

「兒子明白爹的意思。」

林清和林桓商議定了，就回去告訴王嫣。王嫣見兒子同意，就找了個比較可靠的官媒，去了齊家一趟。

第二天，官媒回來，告訴林清和王嫣，說齊家老爺同意了。

林清和王嫣大喜，忙選了個好日子，讓媒人去要了女方的八字，到廟裡合了合了，發現兩人的八字很合，兩家便商議好，選了個日子小定下來。不過兩家覺得自家的孩子還小，倒是沒有急著定下婚期。

轉眼到了臘月，從進入臘月起，年味就越來越重了，平常百姓也不再辛勞，而是待在家裡，準備年貨，打算歡歡喜喜地過個年，六部的官員也抓緊把手頭的公務處理完，等著陛下宣布封筆，好回家輕鬆一段時間。

就在這時，一個消息傳遍朝堂，太上皇病危了。

眾大臣頓時一驚，太上皇兩個月前不是還好好的嗎？

眼下不是胡亂猜測的時候，眾人趕忙像上次一樣進宮，給太上皇侍駕。

大家輕車熟路來到太上皇的偏殿候著，等待御醫的消息。

林清這次是跟著沈茹進宮的，自然坐在沈茹身後。

他悄悄看了大殿上的眾人一眼，雖然眾大臣表面上都表現出對太上皇的病情很焦急，可是仔細看就會發現大有不同。

對於多數大臣來說，雖然對太上皇突然病重感到驚訝，但也只是驚訝，真正擔心的沒多少，反正現在新帝已定，也不緊張誰繼位的問題，故而多數大臣都很坐得住。

例如沈茹和旁邊的工部尚書，兩人雖著急，可一個翹著腿，一個在走神。

至於有些人不僅是驚，而是真急了，例如仗著太上皇的勢，與新帝頂的老臣，此時急得連椅子都坐不住，甚至有幾位站起來不斷走動，彷彿重病的不是太上皇，是他們的親爹。

林清搖搖頭，說起來這些大臣也可憐，當初難道真不知道與新帝對著幹的後果？肯定知道，可惜這些人原來就是三王的人，依附三王太久，有把柄在三王手裡，而代王和成王不甘心，這些人除了跟著一條路走到黑，又有什麼辦法？

林清嘆了一口氣，所以站隊要謹慎，一不小心站錯隊，想回都回不來。

林清等人在偏殿陪了七天，還是沒有傳來任何太上皇好轉的消息，眾人的心漸漸沉了下來，知道這次八成可能真的是不好了。

又等了十天，許多大臣坐不住了，他們不能一直在偏殿乾等啊！

新帝也知道不能再等下去，就讓偏殿的眾大臣先回去，自己與一眾宗親在那親自守著，並頒下詔令，下令過年封筆。

眾人這才鬆了一口氣，匆匆回家沐浴更衣。幸虧這是冬天，要是夏天，大家可能直接在偏殿等得發臭了。

林清回到家就趕忙叫了熱水，從頭到腳狠狠洗了一遍，這才回到正房。

王嫣笑著說：「不過在裡面待了半個月，你怎麼弄得如此狼狽？」

「妳在一間屋待十五天試試，那是皇宮，又不能隨意出來，大臣這麼多，也不可能提供睡的地方，大家只能坐在椅子上休息，幸虧偏殿炭火足，要不，不用等太上皇的結果，這些朝臣就先倒下了。」

「那你快點吃些東西再睡一覺。」王嫣聽了，頓時心疼起自己的丈夫，又讓丫鬟去廚房看看有什麼熱乎的，端來給林清吃了，好讓他早點去歇著。

林清吃了碗熱粥，就進了裡屋，躺上久違的床。正舒服地伸了個懶腰，就聽到外面傳來一陣深沉的鐘聲。

噹……噹……噹……

林清猛地從床上坐起來，問外屋的王嫣：「剛才鐘響了幾下？」

王嫣匆匆進來，說道：「九下，是太上皇崩了！二郎，你快點換素服進宮！」

林清……

他才剛躺下啊！

林清和眾大臣匆忙趕到太上皇的宮殿，就看見整個宮殿已經拉起白帳。進入大殿，看到擺在正殿的靈堂，眾人看了一眼就忙收斂心神，快速找到自己的位置，默默地等著，不敢發出半點聲音。

等人都到齊了，周琰才扶著楊太后從內室走出來，眾人連忙行禮。

楊太后走到太上皇，哦，不，現在是先帝的靈前，淡淡地說：「免。」

眾人起身，聽到楊太后說：「先帝今日棄哀家和皇帝而去，哀家和皇帝雖然傷心，可先帝的身後事卻不容馬虎，還望眾位卿家多多費心。」
眾人拱手道：「臣等自當竭盡全力。」
周琰說道：「禮部尚書何在？」
沈茹出列，行禮道：「臣在。」
「此次父皇的身後事由禮部安排。」
「臣遵旨。」沈茹說道。各種大典、冊封、治喪，本就是禮部的分內事。
周琰又問：「工部尚書何在？」
工部尚書出列，「臣在？」
「父皇的陵墓可準備妥當？」
「回陛下，先帝的陵墓自先帝登基就開始準備，早已準備妥當。」
周琰點點頭，「如此朕就放心了，下面的事就由禮部和內閣安排。」
內閣閣老帶著眾大臣應道：「臣等遵旨。」
周琰便又扶著楊太后回到內室。
等送走皇帝和太后，沈茹與幾位閣老和一些大臣商量起國喪的流程。有太祖皇帝的例子在前邊，眾人沒商議多久，就把流程大致定了下來。沈茹將國喪的流程寫成摺子，讓旁邊守著的太監送進內室，待新帝批准，才在大殿上和眾大臣說明流程和禮儀。
林清在人群裡認真聽著，總結就是：從明日起，凡是京城五品以上的官員都要到宮中哭靈，哭靈七天，停靈七七四十九天，第五十日出殯。
林清頓時鬆了一口氣，看來這次楊太后和皇上並沒有準備大辦，要是和某些想當孝子的皇帝一樣，來個九九八十一日，那可就遭罪了。

沈茹把摺子當著眾人的面念了一遍，又特意警告道：「明年乃國喪之年，禮部隨後會和內閣頒下詔令，禁一切婚嫁、宴客、飲酒、行樂，還望諸位大人以身作則。」

眾大臣應道：「是。」

沈茹說完，就沒這些大臣什麼事了。今天是宗親守靈，明天才輪到大臣，所以眾人都趕快回家，準備明天的哭喪。

林清回到家，看見家裡從王嫣到下人都換上了素服。

王嫣迎上來問：「這麼快就回來了？」

林清說：「今天是宗親守靈，明日才是大臣。」

「要哭靈幾日？」

「哭七日，停靈四十九天。」

王嫣鬆了一口氣，「陛下仁慈。」

哭靈可不是輕鬆的活兒，時間長了，絕對是遭罪。

王嫣想起哭靈的辛苦，忙對林清說：「二郎先去裡屋睡一會兒，妾身給二郎準備護膝和厚袍子，要不，明天哭靈肯定受罪。」

林清正睏得難受，就去裡屋歇息了。

第二日，林清跪在大殿裡，聽著內侍指揮著哭喪，內侍喊一聲「哭」，眾人就開始嚎，內侍喊「拜」，眾人就開始磕頭。

一舉一動，就像牽著木偶的線似的。

林清一邊哭喪一邊神遊。

他本來對太上皇去世還有一絲傷感，畢竟這些年，他頭一次參加喪禮，雖然太上皇他不熟，可聽到人去世，還是本能地難受，直到他被如此指揮著哭喪，他就什麼感覺都沒有了。他感覺大家就像一群戲子，在做一場可笑的大戲給天下人看。

林清等人在大殿一哭就是七日，每日天不亮就進宮哭喪，晚上天黑才能回家，比平時坐堂還辛苦。林清此時也不由慶幸，幸虧他如今已經是正三品，可以在大殿內哭喪，要是和那些四品、五品的官員在殿外哭，以現在的氣溫，說不定早感染風寒了。

要知道，為先帝哭喪可是不能請假的，哪怕得了風寒發高熱，也得咬牙堅持。當然，這其中有一位例外，那就是楊太后。楊太后在先帝去世後，就因為過度傷心病倒了，在慈寧宮病得下不了床。

眾人也很理解，一夜夫妻百日恩，先帝去世，太后傷心是自然的，所以朝臣不但得去慈寧宮慰問，還要勸太后好好保重身子。

七日哭靈很快結束了，無論是閣老重臣，還是五品小官，都大大地鬆了一口氣。下面就是停靈，這就不用他們這些大臣管了。

林清回到家中，王嫣迎上來，熟練地遞給林清一碗熱騰騰的薑湯。林清接過來吹了幾下便一口灌下，感受到胃裡暖洋洋的才放鬆下來，「總算結束了。」

「可不是？聽說京中不少大臣都病了，妾身這幾日天天提心吊膽的，幸好二郎沒事。」王嫣也有些害怕地說。

「眼下正是寒冬，雖然金陵不是北方，可這濕冷一般人也受不了，更何況眾大臣平日都是養尊處優的，哪裡受得了這個罪。」林清說著，又自己倒了一碗薑湯喝。

王嫣讓丫鬟去弄些熱湯來，然後說：「前幾日外面已經貼了告示，明年是國喪，禁止一切婚嫁，齊家那邊幸虧咱們還沒有定下日子，要不還得再改。」

「還是派人去齊家說一聲吧，等國喪後就把日子定下來，省得人家覺得咱們家一直沒個音信。」林清說道。

王嫣點點頭，「妾身也正有此意。」

兩人商量了一下兒子的親事，看著時辰不早，正打算用晚膳，小林匆匆進來，「老爺，外面出事了！」

「什麼事？」林清一驚。

小林見林清誤會了，忙說：「是小的說快了，不是咱們府出事了，是外面。有官兵圍了成王府和代王府，小的剛才出去採買時，親耳聽到的。」

林清鬆了一口氣，「下次說話別這麼一驚一乍的。對了，圍的理由是什麼？」

「聽說是成王和代王在先帝靈前意圖不軌。」小林說道。

林清：……

看來陛下終於忍不住了！

林清聽到周琰居然在國喪期間就拿下成王和代王兩人，覺得他有些急躁了，可是仔細一想，卻發現未必如此。

成王和代王原先蹦躂得歡，那是有太上皇在背後撐腰，再加上原來成王和代王在朝中籠絡的大臣。如今太上皇駕崩，成王和代王最大的靠山沒了，成王和代王真敢帶著自己籠絡的大臣造反不成？

要知道，當初成王和代王籠絡的都是文臣，死去的恭王籠絡才是武將勳貴，所謂秀才造反，三年不成，當初恭王可是帶兵差點逼宮成功，現在的成王和代王卻沒這本事。

周琰想必也是看透了這點，才敢直接派兵圍了成王府和代王府，畢竟現在手裡有兵權的是他這個皇帝。

當然，這樣一來，肯定就有一個壞處，那就是對名聲不好。不過依林清對周琰的了解，周琰此時只怕覺得處理成王和代王比一時的名聲更重要，名聲這個東西還不是靠史書寫，靠群臣吹捧，現在先把人收拾服貼了，以後再收買民心也一樣。

再者，現在出奇不意地圍了成王府和代王府搜查還有一項好處，那就是說不定可以搜出成王和代王及依附他們的官員的某些把柄，想必朝廷其後在一段時間內都會很安穩。

過了兩日，宮裡傳出消息，由於成王和代王意圖不軌，新帝派人搜兩人的王府，果然發現許多違制的器物，新帝大怒，但念在成王和代王是其皇兄的遺孤分上，決定從寬處理，讓兩人在先帝下葬後，去先帝陵墓為先帝守孝三年思過，三年後降為郡王，遣回封地就藩。

聽到這個消息，林清徹底放下心來，看來周琰想得比他預料的還全面，不但得了實惠，連名聲都考慮到了。

既挑了成王和代王的錯，定了罪，又沒有牽扯到朝臣。等兩位王爺在皇陵待三年，哪怕回到封地上再想搗亂，那時周琰親政三年，朝堂也早就是周琰說了算。而且，違制是大罪，周琰讓兩位王爺只是守墓三年，降一級，任誰看來處罰都是輕了，就是成王、代王兩人籠絡的那些朝臣，也沒有藉口為兩人求情。

當然，那些人只怕現在也沒心情為二王求情，新帝派人搜兩個王府，誰知道他搜出了多少東西來，雖然周琰一個字都沒提，有大事化小的樣子，可也沒人敢真正放下心來。

因此，對於此次周琰突然發難的事，朝廷上下罕見地失聲，彷彿這件事不存在一樣。

林清甚至有些惡趣味地想，是不是大家都忙著過年，沒空搭理這事？

說到過年，由於太上皇駕崩，國喪期間不可奏樂，不可宴請賓客，因此今年的年味倒是淡了許多。眾大臣也不敢再像往年那樣聚會，生怕不小心被御史彈劾。

少了過年大大小小的宴會，林清樂得清閒，就窩在家裡，每天教教幾個孩子讀書。

林桓明年二月就參加會試，自從進了冬天，林清教三個孩子讀書的重心就放到了林桓身上，凡是林桓做的功課，林清都親自批改。

王嫣也變著花樣給林桓進補，生怕林桓身子虧著。

林桓這些日子胖了不少，就跟林清抱怨說：「娘這陣子天天燉補品給兒子吃，兒子再這麼吃下去，還沒等到考試，就先變成大胖子了。」

林清知道王嫣在燉補品，他親自去看過，都是一些滋補的藥膳，聽到林桓這麼說，笑著道：「胖了正好，現在多存點肉，到了會試的號房裡，也好有得消耗。」

林桓無語，原來吃補品還有這個用處。

林家的整個新年都在林桓的緊張備考中度過，一出正月，會試便如期而至。

二月八日，林清散值回家，看到王嫣就問道：「桓兒呢？」

「桓兒剛起，按著二郎說的，今天都沒叫他，讓他多休息一會兒。」

林清和王嫣正說著，林桓就掀簾子進來，叫道：「爹，娘。」

林清看著林桓，問道：「休息得怎麼樣？」

「還不錯，剛剛會了會周公。」林桓笑著說。

林清點點頭，「那就好，快點吃飯，天黑好去貢院。」

王嫣讓丫鬟把在爐子上溫著的飯菜端來。

林桓坐下開始用飯，林清拿過林桓的考籃，一樣一樣檢查裡面的東西。等檢查完，看到沒有什麼遺漏的，就問道：「你穿的可足夠厚實？」

「按爹說的，裡面穿了兩層厚錦緞，防透風，外面兩層是羊毛織的袍子，很保暖，最外面又是厚錦緞，到時肯定凍不著。」林桓說道。

林清點點頭說：「別掉以輕心，到了號房，號房只有一床冷被子，你記得先用炭火盆烤烤，睡覺的時候把自己捂嚴實了，號房都是上面漏風的，可別吹著寒風凍著了。」

林桓說：「爹，您放心，我都記下了，您都說了好幾遍了。」

林清笑了，「臭小子，我還不是擔心你，居然嫌爹囉嗦。」

看著林桓吃完飯，林清又囑咐了幾句，將林桓要帶的東西重新檢查一遍，確定無誤，才讓小林帶人送林桓去貢院。

林桓走了，林清和王嫣也沒心思吃飯，隨便吃了點東西，就去床上歇著。

只是，躺在床上，兩個人卻翻來覆去的睡不著，最後兩人乾脆不睡，聊起天來。

王嫣用手戳了戳林清，「二郎，你說桓兒這次能過嗎？」

「我怎麼知道，我要是知道，現在就不會睡不著了。」林清嘆了一口氣。他自己當初考會試的時候都沒緊張，如今兒子去考，他卻緊張得睡不著覺。

「桓兒的學問夠了嗎？」王嫣又問。

林清說道：「考會試，不單是學問的事，運氣也很重要。七分看學識，三分靠運氣，不是學問夠了就一定能行的。」

王嫣聽了反而放心些，「桓兒從小運氣就不錯，這次肯定也沒問題。」

林清：……

那小子的狗屎運確實一直都不錯！

自從林桓進了貢院，林清和王嫣就提心吊膽的，尤其是林清當初在會試中弄的那一齣風寒加拉肚子，所以林清甚至比王嫣還要緊張。

好在林桓可能真的運氣不錯和身體好，每次考完一場出來，除了有些疲憊，倒沒有感覺到任何的不適，一直考到最後一場結束，也沒見任何發熱不舒服的跡象，林清和王嫣這才鬆了一口氣，趕忙讓他吃了些東西回房休息。

林桓一口氣睡了一天才起來，起來吃了些飯，知道父親已經散值，就到書房去找他。

林清正在書房看這次會試的考題，會試前題都是保密的，除了主考官誰也不知道，等會試考完，考題差不多就洩出來了。

林清聽到腳步聲，抬起頭看是林桓，就笑著說：「睡醒了？感覺怎麼樣？」

林桓搬了個凳子在林清對面坐下，嘆道：「總算考完了，還是家裡的床舒坦。」

林清想到號房那兩塊破板子，林桓從出生就沒受過一天的罪，讓他大冷天睡板子確實難為他了，難怪他有此感嘆。

「你現在知道自己投胎投得多好了吧？要是生在窮苦人家，住得和號房差不多。」

林桓認同地點點頭，現在他真很慶幸，當初考鄉試時是八月，正是秋高氣爽的時候，在號房還不難忍受，可這次是二月，號房冷得像冰窖似的，難怪他進去之前爹千叮嚀萬囑咐。

這會試和鄉試一比，條件絕對不是差了一點。

林清問道：「這次考得怎麼樣？」

林桓笑說：「爹，您一直都沒問，兒子還以為您不在意呢！」

「還不是怕問了你會緊張。你考試前一個月，我就特意跟你娘說好了，考試期間一定不讓她提任何關於你考得好不好的問題。」

「我就說嘛，娘怎麼會突然不問我學得怎麼樣了，以前她可沒一天不問的。這次考得兒子覺得還行，不過不知道真實情況會怎麼樣。」

林清把一份空白卷子遞給林桓，「你在上面把你考試時寫的默出來，我給你看看。」

林桓驚奇地說：「爹，這是原卷，您哪弄來的？」

「禮部給你們印考卷剩下沒用的，考前在貢院密封著，你們考完，就沒有保密的必要，直接拉回禮部當廢紙放雜物間了，我就順手拿了一份，反正也不要了。」林清隨意地說。

「哦，這樣啊！」林桓拿起筆，蘸著墨，開始默題。

由於題目比較多，林桓寫一張，林清就看一張，費時大半天，林桓才將答案都寫出來。等林清看完，林桓有些緊張地問：「爹，兒子答得如何？」

林清放下最後一張，「看你寫的，考中應該沒問題，就是名次不好說。」

「怎麼？」林桓連忙問道。

「你寫的文章隨我，四平八穩，這樣的文章一般不會被踢掉，但想到拿好名次，好像也不太容易，得看主考官喜不喜歡了。你爹我不是主考官肚子裡的蛔蟲，所以我也不知道，倒是從這文章能看出你功底不錯，想必不會落榜。」

林桓鬆了一口氣，「能中就行。」

「確實，對於你，只要會試能中，最後殿試的結果應該就不會錯。」林清挑挑眉，「殿試是陛下親自主持的，想必你肯定不會緊張，畢竟你倆小時候光著屁股都見過。」

「爹！」林桓漲紅了臉，「您能別提兒子那些醜事嗎？」

林清哈哈大笑，「爹說的是實話，你只要能參加殿試，陛下在上面肯定能看到你。」

林桓明白林清的意思，「兒子還是希望能憑真本事中進士。」

林清說：「你能這麼想，爹很欣慰，畢竟靠什麼都不如靠自己，尤其是學問，摻不得一點假。爹只是想告訴你，起碼有陛下在上面鎮著，沒人敢去擠你的名次，你也不用擔心殿試會御前失儀。」

林桓一想，這確實是個不小的優勢。

林清又說道：「你剛回來的時候，陛下在我面前提起，想宣你入宮，不過當時內外太亂了，太上皇還在，我怕你進宮會被有心人注意到，就替你推了。當然，你要是中了進士，以後陛下想召見你，也就沒事了。」

林桓聽了，面上露出一絲猶豫，「爹，您說我以後見到陛下，應該怎麼待他？」

林清看了看林桓，甚是了解地反問道：「你是不是覺得自己從小的玩伴，突然搖身一變成了皇帝，有些轉不過來？」

林桓點點頭，「確實如此。」

林清摸了摸林桓的頭，「記住，對於陛下，你們倆是從小的情分，所以你待他，一定要誠。朋友之間，誠不誠，很容易感覺得到。你都不誠了，他對你自然也就遠了。再一個，一定不能恃寵而驕，一個朝廷就一個皇帝，滿朝的文武百官都盯著，大家都想做皇帝的心腹，所以對於皇帝信任的人，這些人會本能地排斥，因此你無論在何時都要把禮儀做到位，讓別人說不出一個不字。」

林桓點點頭，「這些道理兒子雖懂，可要如何掌握這個度呢？」

林清笑著說：「你不需要掌握這個度，太過刻意，只會顯得不誠，隨心就好。你原來怎麼待他，現在就怎麼待他，只不過多向他磕幾個頭行幾個禮而已。」

林桓：……

被他爹這樣一說，真的好簡單！

自從林桓考完會試，林清和王嫣又陷入了等會試結果的焦急中，比起考試期間的緊張，等成績才是度日如年。幸好有一件事轉移了林清和王嫣的注意力，那就是林榕要生了。

林榕懷胎九月，終於到了瓜熟蒂落的時候。

聽到沈家傳來林榕要生的消息，林清和王嫣連忙備了催生禮，讓林桓在家裡看著幾個小的，匆匆趕到了沈家。

得知沈茹和沈夫人都在沈辰和林榕的院中，兩人連忙也過去。

沈辰院子裡的丫鬟婆子正進進出出，沈茹、沈夫人和沈辰都在院子裡，兩個婆子正扶著林榕來來回回地走動。

林榕看見林清和王嫣，驚喜地走過來，叫道：「爹，娘！」

林清和王嫣忙扶著她，林清問道：「榕兒，感覺怎麼樣了？」

林榕此時狀態還不錯，說：「半個時辰前出現了宮縮，現在疼得還不是很厲害，太婆婆說讓我在院子裡走走，等會兒容易生。」

王嫣說：「生前就得多走動，宮口開得快，能少受點罪。」

林清聽了，忙對王嫣說：「那妳快扶著她繼續轉。」

王嫣一邊安慰林榕，一邊扶著她來回走。

沈茹和沈夫人也走過來，沈茹對林清說：「你來了。」

林清說：「聽到榕兒要生了，我哪裡坐得住？」然後又對旁邊的沈夫人說：「辛苦師娘照顧榕兒了。」

沈夫人笑著說：「孫媳婦正在給沈家添後，這是大喜的事，哪裡算得上辛苦？你們在這裡說說話，我先去產房看著。」

林清忙說：「有勞。」

沈夫人回去指揮院子的人準備各種生產用的東西。

林清和沈茹兩個大男人幫不上忙，只能站在一邊等著，至於沈辰，他正興奮又緊張，一會兒去扶扶林榕，一會兒跑他奶奶沈夫人那裡問問，完全不知道他下一刻要幹啥。

沈茹看著沈辰的樣子，對林清說：「辰兒八成是歡喜壞了，你這個當岳父的來了，他都沒過來問安。」

「我看他是緊張。」林清笑說：「幸好有你夫人鎮著，要不，他在那就是幫倒忙。」

「那我叫他過來？」沈茹也看沈辰除了幫倒忙，還是幫倒忙。

「別，讓他陪著榕兒，他雖是幫倒忙，可他是榕兒的丈夫，他陪著，榕兒也安心。」

林榕在王嫣和沈辰的陪伴下又轉了半個時辰，肚子就疼得走不動了。旁邊的產婆過來摸了摸肚子，忙讓其他婆子把林榕扶進產房，說是準備要生了。

王嫣和沈夫人跟著進了產房，沈辰也想進去，被沈夫人一巴掌拍了出去，「你媳婦生孩子，你跟著添什麼亂？」

沈夫人啪一聲，把產房的門關上。

沈辰吃了閉門羹，站在門口，這才看到旁邊的林清，忙行禮道：「見過岳父大人。」

林清看到沈辰這麼緊張自己的女兒，難得看他順眼一次，當下笑著說：「不必多禮，快點看著你媳婦吧！」

「她們都不讓我進去啊！」沈辰急得跳腳。

林清用手指了指旁邊的窗戶，「那裡！」

沈辰眼睛一亮，「多謝岳父指點。」

他跑到窗戶底下，隔著窗戶對著裡面的林榕說話。
林榕說了幾句，就疼得沒法說了，還痛叫了幾聲。
沈辰在外面嚇得臉色發白，扒著窗戶都快腿軟站不住了。
沈茹和林清一看，趕忙讓小廝去拿張椅子讓沈辰坐下。
沈茹安慰沈辰：「女人生孩子都這樣。」
沈辰點點頭，他是第一次見女人生孩子，還是他夫人在為他生孩子，從來沒想過生孩子會這麼痛，這麼煎熬。
林清在旁邊看得暗暗點頭，男人只有親眼看著自己的老婆怎麼生孩子的，才能體會生孩子是多麼不容易，才會去心疼老婆和孩子。
沈辰穩了穩心神，突然聽到裡面不叫了，連忙站起來問：「生完了？」
林清一巴掌拍在女婿頭上，「哪有這麼快？你沒聽到裡面產婆還在叫使勁嗎？」
「那榕兒怎麼不叫了？」沈辰問道。
「她咬著布呢！女子生孩子是力氣活兒，前面一直叫喊，等後面真正生的時候就沒勁兒了，所以在憋著勁兒使力呢！」林清解釋道。
沈辰點點頭，又緊張地扒著窗戶。
林榕雖然咬著布，可疼得厲害的時候還會忍不住叫出來，聽得外面的三個男人心直抽。
產房突然打開，一個丫鬟匆匆出來，沈辰和林清、沈茹連忙緊張地問：「怎麼了？」
丫鬟說：「夫人和林夫人讓奴婢去廚房端些麵條雞蛋來給孫夫人吃。」
沈茹一聽，忙擺擺手說：「還不快去！」
「是！」丫鬟匆忙跑了。

「這個時候吃飯？」沈辰愣愣地問。

「生孩子費力，當然得吃東西了。」沈茹直接說道。

他想了想，又讓管家去庫房把家裡那根百年老參拿出來，在旁邊備著，省得等會兒他孫媳婦生孩子力氣不夠。

林清、沈茹和沈辰三人從下午散值，一直等到天上的星星都稀疏了，才終於聽到產房裡傳來一陣嬰兒洪亮的啼哭聲。

三人激動地從椅子上站起來，全都聚到了門口。

過了約一盞茶的功夫，產房的門終於在三人的盼望中打開，穩婆抱著一個大紅的抱被出來，對門口的三人喜氣洋洋地說：「恭喜沈大人，恭喜林大人，恭喜沈公子，是位小公子，母子平安！」

三人驚喜萬分，沈茹忙對旁邊的管家說：「賞穩婆。」

沈辰一聽到自己有兒子了，什麼都顧不上，一步上前，手一伸，把抱被掀開上面，頭伸過去，滿懷期望地想看看自己的兒子長什麼樣。

結果，這一看，整個人瞬間像被雷劈中了一樣，呆滯片刻，然後哀嚎道：「天啊，我的兒子怎麼這麼醜啊？」

林清看了一眼，說：「很漂亮啊！」

沈茹也正伸頭瞅著高興，聽了沈辰的話，一巴掌拍在沈辰的頭上，斥責道：「胡說什麼呢？你看紅彤彤的，多好看啊！」

沈辰：……

他爺爺和他岳父一定眼瘸了！

林清好心地解釋道：「孩子沒出生之前是在羊水中泡著的，生出來皺巴巴的很正常，而且孩子生出來的時候還會被擠一下，頭自然就不那麼好看，等過兩天孩子長開就好看了。你看這孩子紅彤彤的，越紅的孩子長開了越白，我和你爺爺才說這孩子以後肯定很好看。」

沈辰將信將疑地點點頭，「這樣啊……」

林清對沈茹笑著說：「辰兒下面不是還有兩個嗎？他沒見過剛出生的孩子？」

沈茹正開心地看著自己的玄孫，從穩婆手裡接過來，隨口說：「他那時才多大，哪記得住？再說，剛生出來的孩子怎能給他一個小孩子看？」

沈辰看著他爺爺把孩子抱在懷裡，頓時也不嫌孩子醜了，忙對沈茹說：「爺爺，我也抱抱，我也抱抱我兒子！」

沈茹推開他，「你小孩子家家手沒個輕重，怎麼能抱孩子，萬一掉了怎麼辦？」

沈辰癟癟嘴，他爺爺嘴上說的好聽，不就是想霸占他兒子嗎？

沈辰轉頭對穩婆問道：「我夫人怎麼樣了？」

穩婆答道：「孫夫人只是有些累著了，不礙事，現在還沒睡，兩位夫人在裡面守著。」

沈辰聽了，忙跑窗戶底下去和林榕說話了。

沈茹和林清兩人輪流抱了抱孩子，就遞給穩婆讓她抱進去。沈茹走到旁邊，拍了拍沈辰說：「和你媳婦說兩句就行，讓她早點休息，別累著。」

沈辰點點頭，看他奶奶和岳母還沒出來，就問道：「奶奶怎麼沒出來？」

林清說：「榕兒生完孩子還得觀察一會兒，看有沒有出血，你當孩子生完就沒事了？」

「這樣啊！」沈辰恍然大悟，忙對著窗戶喊，讓他夫人好好休息，千萬別累著。

三人又等了一個時辰，沈夫人和王嫣才從裡面出來。

王嫣笑著說：「榕兒已經睡了，一切安好。」

三人聽了，這才放下心來。

沈茹對院子裡的丫鬟婆子說：「今兒沈家添玄孫，主家大喜，全府賞三個月的月錢，等會兒去管家那領賞。」

丫鬟婆子們聽了大喜，紛紛對沈茹、沈夫人和沈辰說著吉祥話。

沈茹又囑咐院子裡的人好好照顧孫夫人，便把沈辰留下，讓他看著他媳婦，然後就帶著剩下的人出了院子。

沈夫人邀林清和王嫣吃飯，林清和王嫣忙推辭了，沈家如今正是忙的時候，他們留下來也添亂，林清就帶著王嫣先回家了。

伍之章 兒女雙喜忙奔走

林桓見父母回來，就帶著三個弟弟過來，問道：「姊姊生了嗎？生了個什麼？」

林清往旁邊的榻上一躺，說：「給你生了個外甥，母子平安。」

「太好了，我終於當舅舅了！」林桓驚喜地道。

林桓剛說完，林樺就拽了拽他，「大哥，我是不是也當舅舅了？」

「當然，你是他三舅舅。」林桓笑著說。

「那四弟是他四舅舅了？」林樺指著身邊的弟弟問道。

「當然，這有什麼問題嗎？」林桓不解。

「為什麼他那麼小也可以當舅舅？」林樺不服氣地說。

眾人一愣，然後反應過來，哈哈大笑。

王嫣用手指戳了戳兒子的頭，「你們是你姊的弟弟，你姊的孩子就是你們的外甥，這不是按大小算的。你這孩子，想什麼呢？」

林樺仰起臉看著母親，問道：「那娘以後要是再生了小弟弟，大姊的孩子也要叫他舅舅嗎？可是，這樣不是比他還要小嗎？」

王嫣聽得樂呵，「說什麼呢？你娘我生了你們幾個皮小子就快被累死了，還想再要個弟弟？想都不要再想。不過，這個舅舅不是按大小，是按輩分論的。你且想想，你回老家的時候，你那些堂兄弟的孩子，比你弟弟大的多，不都還是管你弟弟叫小堂叔嗎？」

「對哦，差點忘了。」林樺說完，眼珠轉了轉，跑到榻邊，抱著林清的手臂搖道：「爹爹，我要看小外甥，我要看小外甥！」

林清在外面站了一晚，正累得慌，便說：「過兩天就是洗三了，到時帶你們去。你是舅舅，還要給小外甥剪頭呢！對了，剪頭要送禮物，你想好送什麼給你小外甥了？」

林樺愣了，「爹爹，那兒子要送什麼給小外甥？」

「這個你要自己想。」林清伸手摸摸他的頭。

林樺聽了，跑去找林桓、林樺和什麼都不懂的林楠，商量送什麼東西給小外甥。

王嫣看著孩子們跑出去，笑著說：「還是你有主意，要不，樺兒肯定要鬧著去看。」

林清把手臂往頭下一枕，「他這年紀正是對什麼都好奇的時候，妳越不讓他做，他越想做，還不如給他找點事，讓他轉移注意力，等他再大兩歲就好了。」

王嫣認同地說：「是啊，前兩年橋兒天天上竄下跳的，如今跟個小大人似的不鬧了，卻輪到樺兒開始作怪。等過兩年樺兒大了，再過幾年，你說楠兒會不會也這樣？」

「那是肯定的。十來歲的孩子正是上房揭瓦的時候，尤其是男孩子，妳覺得他能老實嗎？」林清搖搖頭說。

「唉，果然生孩子容易養孩子難。」王嫣難得感慨一句，「幸虧當初咱們只生了四個小子，要來上十個八個，咱們這輩子就不用管別的了。」

林清笑道：「妳才剛反應過來這個理？」

王嫣在林清旁邊躺下，「以前聽人家說多子多福，只有自己養孩子，才知道這裡面的辛苦。現在讓我再生，我都不敢了。」

林清心道，當初他一個人看五十多個孩子的時候，他就無比明白，看孩子絕對是數一數二的難活兒。這光操心，就不是一般人能撐下來的，要不當初那些同事，為什麼那麼多寧願不評級、不漲工資，也死活不當班導師？

林清看著孩子這會兒應該不會回來，就把被子拿過來給自己和王嫣蓋上，「咱們還是先睡一會兒吧！」

王嫣點點頭，閉上眼睛，緊張了一天，她也累了。

……

第三日，林清和王嫣收拾東西，然後帶著四個孩子去參加外孫的洗三宴。

在馬車上，林清看到林桓四個人一人抱著一個盒子，就知道這肯定是他們單獨為小外甥準備的禮物，不由好奇地問道：「你們都準備了什麼？」

林桓說：「本來兒子們想送一份大的，不過商量不到一塊，就各自送一份。」

林清問道：「那你們打算送什麼？」

林桓說：「兒子準備了京城張家做的最好的撥浪鼓和一塊羊脂玉。」

林清點點頭，這個不錯，又轉頭問三個小的。

林橋答道：「兒子準備了一個金項圈，在京城最好的金店打的。」

林清又點點頭，這個也不錯。

林樺急急地說道：「我給小外甥準備了一個銀鎖子，我要親自送給小外甥。」

林清也沒多想，覺得銀鎖子也不錯，就點點頭。

林楠身邊有一個大包裹，說道：「我把最喜歡的玩具都帶來，給小外甥玩。」

林清笑著摸摸林楠的頭，「不錯，小么知道和別人分享東西了。」

林楠聽了，高興地將包裹打開，給林清看他都帶了什麼玩具。

過了一會兒，馬車到了沈家，林清和王嫣帶著四個孩子下車，林清把他和王嫣準備的洗三禮讓沈府的管家拿進去，至於林桓四個準備的，他們要親自送給小外甥，林清只好讓他們自己拿著了。

林清一行人直接去了沈辰的院子，到了正屋，就看到沈夫人正喜氣洋洋地抱著孩子，與旁邊幾個來賀喜的親戚炫耀自己的玄孫。

看到林清和王嫣來了，沈夫人笑著說：「你們來了，快點來看看我的玄孫，這兩天長開了，你們看長得這麼水靈。」

林清過去掀開抱被一看，果然，身上的紅褪得差不多了，皮膚也不再皺巴巴的，又白又嫩，像個人參娃娃似的，難怪沈夫人這麼穩重的人，都忍不住抱出來炫耀。

林桓等四人也圍了上來，伸著頭看了看，林樺興奮地說：「小外甥果然很可愛！」

沈夫人樂呵呵地說：「怎麼樣，你的小外甥長得好吧？」

林樺用力點點頭，然後將一直抱著的盒子拿出來，說：「沈奶奶，我特地準備了一個銀鎖子送給小外甥，祝小外甥長命百歲！」

雖然銀鎖子她家肯定不缺，不過樺兒這麼小的孩子知道送東西給她玄孫，還挑寓意貼切的東西，沈夫人還是很高興，就摸摸林樺的頭，說：「樺兒真乖，你小外甥肯定會喜歡。」

「真的？」林樺開心地把盒子打開，從裡面捧出一個長命鎖，「我特地在京城最大的銀樓挑了一個最大的！」

眾人：……

我的天，這個銀鎖子不低於兩斤吧？

大家看著林樺舉著的銀鎖子，先是愣了一下，然後哄堂大笑。

沈夫人也樂得不行，笑著問林樺：「你在哪個銀樓買到這麼大的銀鎖子？」

林樺認真地說：「我去李記銀樓，一上二樓，在最中央的檯子上就擺了這個，我一眼就相中了，這個銀鎖子是整個銀樓最大最漂亮的。」

「你這孩子，該不會是把人家李記放在中間檯子上那個特地精心打的，展示用的那個買來了吧？」旁邊一位夫人從林樺手中拿過那個銀鎖子，看了看，笑道：「唉，還真是這個。這孩子識貨，這是李記特地讓樓裡最好的銀匠精心打造的，擺在中間做樣子的，可不是整個樓裡最好的，這孩子居然真給買下來了。」

眾人聽了又是一陣大笑。

沈夫人接過銀鎖子，對旁邊的丫鬟說：「弄個小木架擺這個銀鎖子，擱在淮少爺搖籃旁邊的桌子上。」

雖然這個銀鎖子這麼重肯定不能掛脖子上，但這個銀鎖子做工精良，寓意又好，當個擺件還是非常不錯的。

沈夫人摸摸林樺的頭，「樺兒有心了，你小外甥很喜歡。」

林樺頓時開心起來，問道：「沈奶奶，小外甥叫淮兒嗎？」

「嗯，你姊夫起的乳名好聽嗎？」沈夫人慈愛地說。

「好聽！」林樺說道，伸著頭看沈夫人懷裡的小外甥，還逗了逗他。

林桓和林橋、林楠也把禮物拿出來，沈夫人代淮哥兒逐一道謝，然後就請淮哥兒的這些舅舅到前院，等會兒給淮哥兒洗三。在洗三時，舅舅是要給外甥剪頭髮的，當然，只用剪子比劃一下，剪下一小撮，意思意思就可以了。

林清和王嫣帶著四個孩子參加完外孫的洗三宴，在回去的路上，王嫣想到剛才林樺送的東西，忍不住想笑，「樺兒這孩子，送東西也夠實誠的。」

林清也莞爾，「這孩子八成隨他爺爺和大伯。」

雖然林樺鬧了個不小的笑話，不過大家都覺得孩子喜歡大的，喜歡漂亮的很正常，不但沒覺得不妥，反而認為這孩子實誠得可愛，尤其很多夫人看著林家的一溜小子，如今出嫁的女兒頭胎就添丁，林清和夫人又琴瑟和鳴，心裡羨慕，還特地過來抱抱林樺和林楠，說要沾沾喜氣，甚至林樺買的那個大新鎖子，眾位夫人過來看時，也都覺得寓意甚佳。

第二日，林清、王嫣和林桓三人起了個大早。今天是會試放榜的日子，雖然昨日累了一天，三人還是天不亮就醒了。

林桓來到正屋，林清和王嫣正坐著喝茶，林桓叫了「爹、娘」，就在旁邊坐下。

林清問道：「你也睡不著了？」

林桓苦笑，「今天放榜，兒子怎麼可能睡得著？」

林清看了他一眼，對王嫣說：「咱們家也就那三個小的能睡得著。」

王嫣說道：「那三個正是不知愁的年紀。」

林桓看著母親，突然一愣，「娘，您嘴上怎麼了？」

林清笑道：「你娘昨晚想到明天放榜，一激動，晚上沒睡，今日可不就嘴上起泡。」

王嫣斜睨林清一眼，「我是這些日子累的。前幾日忙榕兒的事，昨晚又沒睡，才長出來的，哪裡是一晚沒睡突然長出來的？」

林清翻白眼，「然後你娘就讓我陪著她說了一晚的話。」

王嫣說道：「我睡不著，你陪我說說話怎麼了？」

林桓看著父親和母親拌嘴，忍不住暗自好笑。

難怪爹和娘在這大早上的時候喝茶，敢情是兩人一晚都沒睡？

林桓問道：「林伯帶人去看榜了？」

林清點點頭，「小林一早就帶人過去了。」

雖然知道有人去看榜，林桓還是著急，「爹，要不，兒子帶人親自去看看？」

林清聽了，忙阻止說：「你去了也擠不進去，小林帶著人天不亮就去了，結果到那裡，連個插腳的地方都沒有，問了才知道，很多家昨天晚上就派人在那邊守著了，小林又特地叫人回來喚了幾個壯丁，這才擠了進去。」

「這麼嚴重？」林桓驚訝地問。

「今年考會試的人比往年多了三成，可不是看榜的人也多了？」

林桓嘆了一口氣，歇了親自看榜的念頭，無奈在家裡繼續等。

雖然現在離天亮還早，還沒到早膳的時候，但三人實在沒事，林清就讓丫鬟去廚房吩咐早點開伙，把早膳做出來。等早膳端上來，林清三人便一邊用飯一邊等待。

過了一個時辰，才到了放榜的時間，林桓已經坐不住了，開始在屋裡轉圈。

林清見林桓急得不行，就說：「要不，爹陪你下盤棋靜靜心？」

林桓無奈，「爹，您覺得兒子現在有心思下棋嗎？」

林清轉移注意力失敗，只好看著兒子繼續轉圈，等林清快被林桓轉暈的時候，終於聽到外面傳來腳步聲，人還沒進門就聽到叫喊聲：「老爺，老爺，少爺中了，少爺中了！」

小林帶了幾個小廝氣喘吁吁地跑了進來。

林桓大喜，拉住小林問道：「林伯，我中了？多少名？」

林伯喘了一口氣，說：「少爺……少爺中了北榜第三十七名。」

林桓瞬間鬆了一口氣，忙轉頭去看林清，此時林清和王嫣也激動地從椅子上站起來，林清對旁邊的小廝說：「快去開大門，等著報喜的！」

王嫣也忙讓旁邊的婆子去拿紅封，等著報喜的來報喜，好給人家賞錢。

等了約一個時辰，一隊報喜的人敲鑼打鼓地到了林府門前，還沒進門就高聲大喊：「恭喜貴府林桓林老爺，高中會試北榜第三十七名！」
小林早就在門口候著了，等報喜的人喊完，連忙把對方迎進府裡，同時讓門房的小廝快點去放鞭炮撒喜錢。
一時間，林府裡外熱鬧了起來。

◆　◆　◆

林清到了禮部，剛一進點卯的前院，屋裡的幾個人就紛紛起身向林清賀喜。等到林清往裡面走，許多本來在自己屋裡的官員也出來跟林清打招呼道賀。
禮部這個地方，其他消息可能不靈通，可誰家孩子中了進士，不用一炷香的功夫，整個禮部絕對都知道了，誰讓禮部就管這事。
林清好不容易回到的辦公房，剛坐下，徐勝從外面進來，拱手說：「大人來了。恭喜大人，賀喜大人，令公子這次喜中會試，果真是虎父無犬子。」
林清笑說：「同喜同喜。好了，快去給你家大人倒杯茶來，你家大人我剛才說了一路的話，現在口乾舌燥，就等著喝茶了。」
徐勝也笑道：「大人稍候，下官這就去沏壺新茶來。」
徐勝走到耳房沏茶，一會兒就出來倒了一杯熱茶給林清。
林清喝了幾口，這才舒舒服服地往椅背上靠去，「剛才我差點跟禮部所有人都說了一遍話，累死我了。」
徐勝說：「大人還嫌累？下官可是天天燒著高香想這麼累一次。」

「確實，這累一次確實值。如今小兒過了會試，我這心裡的擔子瞬間輕了一半。」

「可不是？對於咱們這些文官，家族傳承靠的就是下一代是否有人中進士。有子孫中進士，那就可以接著傳承下去。一旦子孫跨不過這個坎，家族就敗了。」徐勝有感而發，「當初下官要是爭氣，現在徐家也不會掉到末流。」

林清知道徐勝又想起自己的事，便勸慰道：「聽說你家大郎讀書不錯，馬上就要考鄉試了，說不定他也能一次中第，到時再磨兩次，難道還愁中不了進士？」

「哪有那麼簡單？」徐勝嘆了一口氣，「不過還是多謝大人吉言，希望這孩子能順順當當，可別學下官一樣。」

「都說青出於藍而勝於藍，想必令公子比你強。」

「要是犬子真中了，下官一定讓他來向大人磕頭。」

「到時你記得請我喝杯酒就好了。」

「要是真中了，絕對少不了大人的酒。」

林清突然想到一事，頓時笑了。

徐勝奇怪地問：「大人笑什麼？」

林清說道：「我在笑我女婿也中了，大家居然都沒反應過來。」

徐勝一愣，隨即恍然大悟，「恭喜恭喜，大人這是雙喜臨門。」

徐勝這才想起部堂大人的孫子，也是自家大人的女婿，但在禮部，大家一聽沈辰，第一反應是部堂大人的孫子，而不會記得是他家大人的女婿，誰讓部堂大人是禮部的一把手。

林清起身說道：「我去部堂大人那裡，正好向他道喜。」

林清說完，拿了一份文書，悠哉地去找沈茹了。

沈茹才剛送走一夥道喜的人，林清上前拱手道：「恭喜，令孫喜中北榜第七名。」

沈茹搖頭笑道：「辰兒是你的女婿，以後封妻蔭子，也是你閨女賺便宜，你居然得了便宜還賣乖，跑我這裡來道喜。」

林清哈哈笑了兩聲，坐下說道：「辰兒這孩子運氣真是不錯，昨日添丁，今日就喜中會試，這真是妥妥的雙喜臨門。」

沈茹說：「可不是？這喜事一件接著一件，絕對是雙喜臨門。對了，你家桓兒這次也中了，可是大喜事一件。」

「嗯，他這一中，我便放下心了。不管以後怎麼樣，起碼他這輩子比多數人都強。」

「只要這兩個孩子不歪，咱們沈林兩家下一代無憂了。」

林清點點頭，很是贊同。

沈茹說到林桓，忽然笑著說：「剛才來道喜的，還有人從我這裡打聽你家桓兒呢！」

「打聽什麼？」林清奇怪地問。

「當然是打聽你家林桓有沒有說親，不少人想要你家兒子做乘龍快婿呢！」

「我家桓兒都小定了，這些人才想起來啊？」林清哭笑不得地說。

「你又沒大定辦酒宴，別人怎麼知道？」沈茹說道：「要知道，文官這個圈子裡，選女婿，最上等的，可就是中了進士的。」

林清知道沈茹說的有理，文官不像勳貴一樣有爵位繼承，哪怕是閣老的兒子，只要不能中舉人中進士，也沒有官身，除非這閣老去世，陛下念著他的好，賜給他兒子一個官身，這就是所謂封妻蔭子中的蔭子，可能被陛下記得的有幾個，所以文官的家族要想不衰敗，只能靠族中弟子中舉中進士。

舉人還好說，進士可是哪個家族都不能保證自己家的孩子一定能中，所以每年放榜，凡是中了進士的沒有婚約，都會成為各大家族惦記的香餑餑。

林清想不到他家這個有婚約的也因為別人不知道而問起，忙說道：「下次要有人問，你一定要把桓兒和齊家有婚約的事說出來。要不，這些人都來問，齊家知道了，還以為咱們吃了盤裡的看著鍋裡的。」

「放心，這種事我肯定不會含糊，不過雖然現在是國孝期間，你還是應該去跟齊家說一聲，讓他們把訂親的事往外說，也省得出現不必要的誤會。」沈茹提醒道。

林清點點頭，「今天散值，我就去齊家一趟。」

下午散值後，林清打算先回家一趟，換身衣服就去齊家，將兩個孩子的事徹底定下來，省得因為國孝他家一直沒動靜，齊家到時多想。

結果，林清一回家就傻眼了。

怎麼一屋子的媒婆啊？

林清目瞪口呆，看著坐在主位上明顯很不耐煩的王嫣，問道：「這是怎麼回事？」

王嫣見林清進來，眼睛一亮，連忙起身就要往林清這邊走。

還沒等王嫣邁步，一屋子的媒婆看到林清，就像看見一塊大肥肉，一窩蜂跑過來，將林清圍住，七嘴八舌叫了起來。

「林大人，小的是城南李府派來的媒婆，恭賀林公子喜中春闈。聽聞大人家家風嚴正，公子玉樹臨風……」

「林大人，奴家是王媒婆，奴家此次奉張大人之命，特來說媒，我家張大人是……」

「林大人，老身是成婆子，老身這次前來是……」

「林大人……」

林清被嚷得頭疼，突然大喝一聲：「住嘴！」

媒婆們被林清這麼一喝，頓時安靜下來。

趁著媒婆們閉上嘴，林清說道：「勞各位媒人掛念，犬子林桓已經定下親事，定的是兵部侍郎齊大人家的姑娘，各位的心意，在下心領了。」

林清本以為把事情說開就沒事了，誰知有個媒婆一臉笑意地說：「林大人，奴家是王媒婆，剛才林夫人已經把令公子有婚約的事說了，奴家等也都知道了。」

林清說道：「既然知道了，妳們為什麼還說媒？」

王媒婆諂媚道：「令公子這不是只定了正妻嗎？張大人除了嫡女，還有一位庶女，也是絕色佳人，堪為良妾，大人難道不為令公子考慮一下嗎？」

其他幾個媒婆也立刻說起自己要說媒的家中的庶女。

林清頓時無語，這是本來要拿嫡女來說媒的，一聽說有婚約，正妻之位沒了，立刻把候補的庶女拿出來，問要不要納妾？

林清看著眾媒婆還在說個不停，直接大聲說道：「好了，各位，林家有家規，三十之前不得納妾，任何理由都不行，各位不必說了！來人，請這幾位媒婆出去！」

小林本來就在旁邊候著，一聽到林清的命令，便讓幾個婆子把媒婆都半拉半拽地拖了出去。林清看著空了的屋子，終於鬆了一口氣。

王嫣這才有空幫丈夫把官服脫了，看著他有些頭疼，便幫他按了按太陽穴。

林清握住王嫣的手，拉著王嫣走到椅子上坐下，「這些都是誰家派來的媒婆，哪有女方這麼上趕著？」

王嫣倒了杯茶給林清，將旁邊的帖子遞給林清，「她們剛開始來為這些家族的嫡女說親的時候，確實是端著的。雖然是女方主動來說，可也只是誇誇府裡的姑娘是多麼溫柔賢淑，可等妾身說了桓兒有婚約了，她們便換了口風說庶女，這才這麼上趕著。二郎只不過是看了後半出而已，人家嫡女可金貴著呢，不值錢的是這些庶女。」

林清拿起帖子翻了翻，發現這些帖子都是京城的一些世家，頓時恍然大悟。

各大家族的嫡女是要用來聯姻的，聯姻通兩姓之好，所以各家族對於嫡女，尤其是嫡長女，那是相當重視的，畢竟這以後是家族的助力。

對於庶女，說句實話，各大家族的庶女真不值錢，畢竟一個世家子弟有那麼多的妾室通房，由於某些特殊原因，庶女存活率遠大於庶子，庶女簡直可以說是一抓一把，什麼多了，那也就不值錢了。

比起嫡女可以嫁門當戶對的嫡子，庶女一般只能嫁庶子，送給嫡子做妾，或者低嫁。而大多數家族為了利益，都把庶女給嫡子做妾，因為嫡子的身分更好，以後也更得利。

那些媒婆在說媒不成後，就想拉皮條送庶女。既然是送妾，自然就是上趕著了。

林清說：「這些媒婆也是吃飽了撐的沒事幹！」

王嫣笑著說：「誰說人家是吃飽了撐的沒事幹？人家媒婆就靠說媒吃飯，看你兒子定親了，人家可不是立刻換成送妾？要是送成了，人家回去也能拿一份賞錢。」

「這些媒婆還真是唯利是圖，怪不得人家說只要有錢，媒人能把死的說成活的。」

「所以說，結親一定要好好打聽，可不能只聽媒人的一張嘴。」

林清喝完茶，說道：「這些媒婆之所以上門，還是因為桓兒的親事沒有傳出去，她們都不知道，等會兒我去齊家將這事跟齊家說一下，省得齊家從別人嘴裡聽了，心生芥蒂。」

王嫣點點頭，「要是外面有什麼風言風語，確實對桓兒的名聲不好。」

林清去裡面換了身衣服，往齊家行去。

雖然他這才是第三趟登門，可身為齊家未來的親家，齊家上下對他還是很熟的。齊家管家看到他，立刻帶他去前院，並且派人去告訴老爺。

齊侍郎帶著兒子匆匆趕來，問道：「大晚上的，怎麼突然想到要到老哥這來了？」

林清笑說：「這不是好長時間沒見著親家公，特地來看看。」

齊侍郎聽見林清喊他親家公，頓時一樂，「今兒我還聽說我那準女婿中會試了，打算等過些日子他中了進士，去你家賀喜。」

林清說：「還準女婿？小定都定了，那就是女婿了，難不成齊老哥還想不認？再說，他一個晚輩，哪用你一個做岳父的親自去向他賀喜，豈不是折煞他了？」

齊侍郎被林清捧得高興，卻還是誇道：「你家桓哥兒真是不錯，會試那麼難，他居然一次就中了。我當初還覺得他三十歲之前能中就不錯了，誰想到這孩子這麼有本事。」

「那也是你家姑娘命好，你家姑娘進門就是有誥命的。」林清說道。

齊侍郎哈哈大笑，對旁邊的兒子說：「去把你妹妹叫來，讓她來見見長輩。」

齊侍郎的兒子應了一聲，下去叫自己的妹妹。

齊侍郎又問林清：「林老弟，你是不是有什麼事，以前沒見你這麼捧老哥我啊！」

林清心道，果然不能小看粗人，誰說粗人不會粗中有細呢？當下就把今天發生的事跟齊侍郎說了一遍。

「豈有此理，老夫還沒死呢，這些人就想搶老夫的女婿！」齊侍郎一拍桌子說。

「你也別生氣，俗話說『不知者不怪』，咱們兩家因為孩子還沒大定，沒好意思出去宣揚，別人不知道就來提親也在情理之中，這算不上有錯。」

「那老夫就看著他們來搶？」齊侍郎吹鬍子瞪眼。

「看大哥說的，那肯定不行，自然得想辦法解決，」

「你打算怎麼解決？」齊侍郎問道。

「桓兒和令千金既然已經小定了，齊大哥平時不妨就往外透一點，別人也好知道兩個孩子已經定下了。」林清說道。

齊侍郎點點頭，「下次我找個適當的時候往外說。」

林清又道：「今日我來，正好把大定的日子和齊老哥商量一下。今年是國喪不能行，明年國喪過了，齊大哥可有什麼中意的好日子？」

齊侍郎想了一下，說：「這個日子不能隨便定，這樣，過幾日我讓我夫人找個人算算，算個好日子，咱們兩家再定下來。」

林清點點頭，「就聽大哥的。」

兩人商量完，齊侍郎拉著林清要去喝酒，林清趕忙推脫說還要回去。齊侍郎當兵出身，酒量大得嚇人，他可不敢與他一起喝酒，那純粹是找虐。

林清見了未來兒媳婦一面，送了份見面禮，就起身告辭了。

回到家裡，正好碰到林桓剛回來，林清就問道：「去哪了？」

林桓說：「今天所有中會試的人，在城外萬壽寺開了個文會。」

林清點點頭，無論科考還是官場都很重視同年，因為這是人脈，所以同年同榜中會試，自然就成了一個圈子，而為了維持關係，就需要時常走動，文會、宴會便是拉近關係常用的方法。這本來就是互惠互利的事，林清也支持，自然不會多問。

林桓知道這不是散值的時間，便問道：「爹這是去哪了？」

林清笑著說：「剛去你岳父家看你媳婦。」

林桓聽了，忙說道：「爹，您去齊家了，怎麼也不帶兒子去？」

「你當時又不在家。」林清調侃道：「怎麼，想見見齊家姑娘？放心，就算你去了，人家也不會讓你見。你們倆還沒大定，人家怎麼會讓你見著？」

林桓撇撇嘴，「娘去能見，爹去能見，就我反而不能見！」

林清挑眉說：「誰叫你想娶媳婦？想娶媳婦就得憋著，哈哈哈！」

林桓：……

林桓跟著林清進了裡屋，看見他爹把外袍脫了，正在換常服。

林桓好奇地問道：「爹，這不過年不過節的，您怎麼突然想去齊家了？」

林清從屏風後走出來，在旁邊的椅子上坐下，「還不是因為你這臭小子的事！」

林桓一聽和他有關，忙又問：「什麼事與兒子有關？」

林清將今天的事說了一下，「我要是不去齊家把事情告訴人家，萬一人家從別人口中聽說，要是再有個閒言碎語，齊家還以為咱們家吃著碗裡的看著鍋裡的。到時結親不成，那可就成了結仇了。」

林桓頓時笑道：「還有這事？兒子都小定了，想不到還有來說媒的，也是奇聞。」

「不僅有給你說媒的，聽到你已經有婚約，還有來送妾的。」

「送妾？兒子嫡妻還沒娶，這些人就開始想著送妾了？」林桓覺得好笑。

林清拿起被扔在桌上還沒來得及收拾的帖子，遞給林桓，「喏，你自己看看。」

林桓好奇地拿過來翻看，吃驚地說：「這幾張帖子都是京城有名的世家，他們居然想讓族中的庶女給兒子做妾？一個官家小姐，哪怕兒子中了會試，也沒這麼吃香吧？」

林清笑了，「還官家小姐？桓兒，你是不是有什麼誤解，誰說世家小姐就是官家小姐？要真是官家小姐，哪怕是庶女，人家要真想拉關係，送的也是你爹我，而不是你一個連進士都沒中的。」

林清從林桓手裡隨意拿出一張，打開看了一下，「你看這張，這是京城城北李家的。李家現在的家主是通政使李大人，通政使是正三品，和咱們家算是門當戶對。李大人有個嫡幼女，今年剛及笄，你中了會試，人家覺得不錯，所以一開始是打算找媒人撮合的，等聽到你已經定下親事，媒人就絕口不提這位李小姐了。以人家的身分，沒了你也有別人，所以人家才不會自降身價。」

「可等送妾的時候，你看李家出的是誰？李家二房的一個庶女。據我所知，李家家主那代，只出了李大人一個進士，也就是說，這位庶女的父親，可能最多也就是個舉人，還有可能不是，你覺得她是官家小姐嗎？」

林桓認真看了看帖子，恍然大悟，「爹爹不說，兒子差點沒注意到這個問題，兒子還以為這位李大人送的是自己的庶女呢！」

「人家李大人就兩個嫡女，長女早已出嫁，只剩下嫡幼女，哪裡有什麼庶女給你？你倒是會想。」林清笑著說。

王嫣進來，看到林清和林桓，說道：「正好快到晚膳的時間了，你們爺倆正好回來。」

王嫣看著林桓手中的帖子，皺眉對林清說：「那東西你也不收起來，給桓兒看什麼，萬一他不小心起了心思……」

林桓把帖子扔到桌子上，「娘，兒子又不想納妾，哪裡是看看就能動心思的？」

王嫣把帖子收起來，對林桓說：「娘不管你有沒有這個心思，可娘的嫡孫一定得從你夫人的肚子裡爬出來，可別給娘弄那些不三不四的。」

「兒子知道。」林桓嘻嘻哈哈地說。

「好了，快點過來吃飯。」王嫣讓旁邊的丫鬟把菜都端上來，招呼林清和林桓吃飯，又把三個小的從屋裡叫出來，一家人開始用飯。

林清吃了幾口，想起一件事，就對林桓說：「從明天起，就別出去參加什麼文會了，過幾天就要殿試，快點把書再翻翻，溫習一遍。文會再好，關係處得再好，都沒有殿試最終的名次重要。」

林桓說：「爹放心，兒子知道輕重，明天起，兒子就在家閉門讀書，準備殿試。」

「多看看策論，殿試就考策論，你每天練一篇，等殿試時也不會手生。」

「兒子記下了。」

王嫣聽到兒子要考殿試了，不由有些擔心，「那娘明天讓廚房把補品燉上，你記得吃，省得讀書累壞了身子。」

林桓在會試前吃了兩個月，現在一聽他娘說補品就噁心，忙說：「娘，您可別再燉補品了，兒子吃太多了。」

「可是，你身子虧著怎麼辦？」王嫣擔心地說。

「娘，虧不著，兒子壯著呢！」

林清見林桓真的不想吃，就對王嫣說道：「他不想吃別勉強，當初會試前讓他吃，是因為會試要考九天，時間太長，萬一身子不好撐不下去，現在殿試就一天，不用多補。」

林桓聽林清發話了，附和道：「娘，您看爹也這麼說。」

王嫣這才鬆口，說道：「那明天就不給你燉補品了，但娘還是會熬些雞湯和魚湯送去給你，你記得喝一點。」

林桓鬆了一口氣，雞湯和魚湯還好喝一點。

林桓怕他娘又想出什麼，忙問父親說：「爹，您知道這次三甲的人數嗎？」

這個林清在禮部聽人提起過，便道：「你們這次會試是新帝第一科，人比較多，足足有三百人。聽說陛下和內閣商量，前三名為一甲，這是定例，不會變，二甲則取第四名到八十名，剩下的為三甲。」

林桓嘆氣，「殿試是南北榜一起，以兒子的成績，中二甲豈不是有些危險？」

林清說道：「所以你得加把勁，要不然真掉到三甲，以後可會吃不少虧。不說別的，光選庶起士這一條，二甲就比三甲有絕對的優勢。」

林桓無奈，「兒子原以為會試後可以鬆一口氣，誰想到反而更緊迫了。爹，等一下兒子就回去溫書。」

林清拍拍他，「使勁吧，等你中了進士，以後就輕鬆了。」

林桓看了林清一眼，「爹，上次考舉人之前，您不是說兒子中舉人就可以輕鬆些？還有，在考會試前，您不是說考完會試就可以輕鬆些？兒子怎麼覺得，您每次都在哄兒子？」

林清：……

◆　◆　◆

這天用完早飯，林桓起身去了正院。

整個正院早已燈火通明，他父母顯然起了多時。

林桓進了屋，看到父親正在喝茶，便走上前叫了聲爹，然後在旁邊坐下，順手給自己倒了一杯，剛要喝，就聽父親提醒道：「你少喝點，潤潤嗓子就行，可別多喝，小心殿試時想要去更衣。」

林桓手中的杯子一頓，問道：「殿試要一天的時間，不會都不允許更衣吧？」

林清說：「那倒沒有，不過會有三個內侍全程跟著。如果你在六隻眼睛盯著的情況下能面不改色地更衣，就當我沒說。」

林桓默默端起杯子，抿了一小口，潤了潤喉，便又默默地放下了。

林清又說：「不過，你到時候真要緊張內急，也不要憋著，省得越緊張越急，越急越緊張，影響到了答題。」

「知道了。」林桓有些尷尬地說。

林清笑了，「大清早看你有些緊張，跟你開個玩笑嘛！」

林桓看林清一身朝服，問道：「等會兒殿試的時候，爹也在？」

「今天是殿試，陛下親自主持，內閣、六部尚書和禮部都要在旁邊陪著。」林清看著林桓，忽然問道：「你不會是因為我在場才緊張的吧？」

「不，不是。」林桓說道：「只不過是擔心一不小心掉到三甲才有些緊張。」

林清拍拍林桓，「沒事，哪怕掉到三甲，也是進士。只要是進士，憑你是我兒子還有陛下的關係，也不一定比那些二甲的人差，所以你放心考就行。」

林桓說：「爹，您前幾日不是還要我努力念書，一定要考二甲的嗎？」

「那是怕你溫習功課不努力，所以給你壓力。」

「那現在呢？」

「都要考試了，當然要讓你別太有壓力了。」林清理所當然地說。

林桓聽了，頓時無言。

王嫣從外面走進來，看到林清和林桓，就說道：「好了，你們爺倆別光說話了，快過來吃飯，等會兒一個要殿試，一個要上朝，也不知道急。」

林清笑著說：「現在時辰還早。」

他看了看擺上來的早膳，對林桓說：「你娘今天做的這些東西倒是吉利。」

王嫣得意地道：「那是。這糕點有高中的意思，這竹筒飯有節節高的意思，這……」

林清嘗了一下，讚道：「味道不錯。」

三人用完飯，林清對王嫣說：「妳在家裡看著三個小的，等他們起床，讓他們吃完早膳就去書房做功課。」

囑咐完，林清就換上朝服，帶著林桓往皇宮趕去。

到了皇宮，林清得先進去，就又仔細叮囑了林桓一番，這才把馬車留給他，讓他等一下和其他貢士一起進去，自己就先去上朝了。

林桓讓車夫去了另一個宮門，禮部在前幾天就已經給他們演示了一遍殿試的流程，他們只要按規矩去做就可以了。

在指定的宮門外，林桓看到宮門兩側已經停滿了馬車，他讓車夫找了靠邊的地方停下，然後問車夫說：「沈家的車來了嗎？」

車夫站在車上張望，轉頭對林桓說：「少爺，姑爺的馬車也來了，在前面西北處。」

林桓掀開簾子，探頭出來看，本來還想著要不要過去，就看到沈家的馬車上，一個人也從裡面出來，向這邊看來，正是沈辰。

林桓正要打招呼，沈辰已經從馬車上跳下來，順著眾多馬車的空隙走了過來。

林桓有些奇怪地問：「姊夫，你怎麼過來了？」天還沒亮，正是春寒料峭之際，他都有些猶豫要不要過去，畢竟現在最重要的是殿試，萬一不小心凍著，那可就不好了。

沈辰說道：「先上去再說。」然後直接上了林桓的馬車。

進了馬車，沈辰把手中的暖爐放下，靠著車壁一倚，這才吐了一口氣。

「怎麼了？」林桓困惑。

「還不是被那些人煩的？真是的，馬上要殿試了，不在馬車上好好閉目養神，還想著要拉關係，簡直不知道輕重。」沈辰和林桓自小就熟，毫不遮掩地抱怨道。

林桓這才知道，沈辰今日來得早，別人知道他是禮部尚書的嫡長孫，就過來打招呼。要是一個兩個還好，可這個走了那個來了，一個接一個，哪怕沈辰平時脾氣不錯，在殿試前這樣緊要的關頭，也不想把歇息的時間用在這種毫無意義的寒暄上。

「難怪你跑我這裡來，原來是要躲人啊！」林桓笑著說。

沈辰揉了揉太陽穴，「要是直接趕人，他們肯定會說我目中無人，所以我只能來蹭大舅哥你的馬車了。」

林桓打趣道：「他們是不是看你會試考得好，故意輪著跟你打招呼，消耗你的體力？」

沈辰撇撇嘴，「我看這些人八成是這個想法。」

兩人說完，相視一笑。

可能是林桓的馬車停得比較靠外，再加上林清官職沒沈茹顯眼，倒沒幾個人來打擾。林桓和沈辰見離宮門開還有一段時間，就拿出被子蓋著，閉目養神起來。

一直等到東邊的天色露白，才聽到沉悶的開宮門的聲音。一眾內侍和幾個禮部官員走出來，領著眾位貢士進去參加殿試。

到了大殿，林桓按照會試的排名找到自己的位置坐好，又檢查了一下桌上擺好的筆墨紙硯，確認沒問題，就等著殿試開始。

約莫半個多時辰後，三聲鞭響，林桓與其他貢士一起起身拜倒，恭迎聖駕。

直到眾人聽到一聲「起」，才回到自己的座位上。

林桓一抬頭，正好與向下看的周琰看了個對眼。

林桓一愣，對周琰眨眨眼。

周琰本來在會試的名單上就看到林桓的名字，也知道林桓要參加這次的殿試，本來還在想，林桓再次看到他會是什麼表情，是否因為他成了皇帝而改變態度，如今一見，發現林桓還是那個林桓，不由心情大好，對旁邊的內侍說：「發題吧！」

拿到試題，眾位貢士開始收斂心神認真答題。

林桓也同樣把心思放在答卷上，開始審題做題。

因為是第一次主持殿試，周琰開始還覺得新鮮，一個時辰過去後，就覺得無聊了。旁邊的大臣見狀，就問殿下是否要回後殿歇息，畢竟雖然殿試是皇帝親自主持的，但沒有規定皇帝非得一直看著。

周琰本來想回後殿，突然想起不知道林桓考得怎麼樣了，就起身說：「朕去看看此次貢士都答得如何，等回來就和諸位去後殿歇息片刻。」

旁邊跟著的大臣拱手應道：「是。」

周琰帶著楊雲和幾個內侍下去轉轉。

他擔心自己只看林桓的卷子會引起不必要的非議，於是每隔幾個人就停一下，看看對方的考卷，再接著往後面走。來到林桓的座位，和前邊幾個一樣，看了看林桓的考卷。

周琰原本就想看林桓的考卷，所以在林桓的位置站得久了點。

林桓正絞盡腦汁地答題，突然發現有人走過來，斜眼一看，是周琰，也就放下心來，接著答題，可等了片刻，發現周琰還站在自己的邊上，他不由急了。任誰考試的時候被人盯著看，都會影響答題。可看的人是皇帝，他不能攆走。

林桓靈機一動，在一張草稿紙上三兩筆畫了一個圖案，再放到旁邊讓周琰看。

周琰正好奇林桓畫了什麼，定睛一看，居然是一隻烏龜。

周琰嘴角抽了抽，居然嫌他走得比烏龜還慢。

真是狗咬呂洞賓，不識好人心！

周琰憤憤地心想，等你中了，朕再收拾你，然後帶著楊雲和內侍回去了。

林桓：……

終於能繼續答題了，心好累！

◆ ◆ ◆

林清到了禮部，點完卯，進了辦公房坐下，就問旁邊的徐勝：「去大殿參與閱卷的那些大人回來了嗎？」

徐勝端了茶放在林清的桌上，答道：「還不曾，不過算算時間，今天也該出來了。」

殿試雖然由皇帝親自主持，可閱卷不可能全由皇帝親自來，甚至有時皇帝只是看看下面呈上來的前十份，定個前三名而已。

不過，今年是皇帝開科取士的第一次，所以周琰尤為重視，不但親自坐鎮，還準備親自定下前十名，可即便如此，還是需要許多人員參與改卷，而這些人多半出自內閣、六部尚書和禮部的一些大學士。

等禮部的那些人閱卷完成，殿試的成績差不多也就知道了。急著想知道成績的林清，這幾日一到禮部，就先問問那些人有沒有回來。

林清聽到禮部的人還沒回來，只好按捺性子，慢慢地喝茶。

徐勝知道他家大人心急，便說道：「大人不必著急，令公子既然已經過了會試，這殿試不過是排名，已經十拿九穩的事，大人何必焦急上火呢？」

林清嘆了一口氣，「雖然殿試只是排名，不會有人落地，可二甲和三甲是一道坎，桓兒那孩子會試正好在二甲的邊緣，哪怕我平時說不在乎，可又怎麼會真的不在乎？」

徐勝想到林清的兒子會試的名次是北榜三十七，這次二甲的名額據說卡到第七十，南北榜一加起來，林桓正好卡在二甲和三甲之間。考好一點就是二甲，考不好就落到三甲，難怪他家大人這幾日天天屁股下像針扎似的，怎麼都坐不住。

林清是他的上峰，徐勝自然要揀著好聽的話說，「大人不用太過擔心，大人深得陛下寵信，想必令公子這次必能中二甲。」

林清知道徐勝指的是什麼，問題是，殿試陛下只定前三或前十的名次，以林桓的水準，卷子只怕壓根兒到不了陛下面前，哪怕他和陛下關係再好也沒用。

再說，要是林桓能進前三和前十，那他還急什麼，早就悠哉地喝茶了。

林清想到這，又嘆了一口氣。不過，在這裡著急也無用，林清就問徐勝：「近來有什麼消息嗎？說來聽聽，讓我打發一下時間。」

徐勝想了想，說道：「近來最熱的消息，好像是關於這次科舉誰能中狀元，畢竟除了這個之外，沒有更大的事了。」

「外面怎麼說的，說來聽聽。」閒著無事，林清難得起了八卦之心。

「狀元最熱門的人選共有四位，」徐勝說道：「第一位是會試中南榜的第一名，會元秦景。秦景出自嶺南的秦家，是秦家長房嫡支。秦家從前朝就是有名的書香世家，家族底蘊深厚，秦景更是有名的神童，六歲入學，七歲過縣試，中案首，同年過府試，中案首，第二年過院試，中案首，是小三元。十三歲又中了嶺南鄉試的解元，本來第二年就該進京趕考，不過秦家希望秦景能是本朝第一個連中六元的，所以壓了他三年，今年會試果然秦令是南榜會元，所以此次殿試，大家都說只要不出意外，狀元必定是這位的囊中之物。」

林清嘴角抽了抽，這才是真正的學霸，無論什麼考試，人家都是第一，至於大家猜這位是狀元也很好理解。六元人家已經中了五元，哪怕陛下聽說了，最後一個狀元也得給他，畢竟任何時候，連中六元都是個好兆頭，尤其這次還是新帝第一次開科取士。

「第二位呢？」有秦景這個珠玉在前，林清對第二位也好奇起來，畢竟能與秦景爭第一的，那也絕對不會差了。

「第二位是文閣老的曾孫文漣，此次會試北榜的第一名。同為會元，雖然比秦景稍有不足，可這個想必就不用下官介紹了吧？」徐勝說道。

林清想到文漣，點點頭。確實，這位也非常有可能。

文閣老當初雖暗中幫助代王，文貴妃還是他的閨女，可等周琰繼位，太上皇去世後，文閣老知道代王肯定不能成事，所以很是識趣，主動把手中的一部分權力交給陛下，再加上文閣老年事已高，有打算要告老還鄉。皇帝為了安老臣的心，說不定真會給文漣一個狀元。

「第三位呢？」林清問道。

「第三位是南榜的第三名，浙江巡撫姚大人的公子姚凱。姚凱其實並不比會元秦景差，也是小三元和浙江鄉試的解元，不過他運道差了一點，會試只得了第三名，可殿試上誰也說不準。」徐勝說道。

好吧，又來了一個學霸！

林清心想，不愧是新帝開科取士第一年，這些家族還真是把家族中最精英的子弟給端來了。平時能出一個就不錯了，如今一下子來了三個。

「最後一位呢？」林清又問。

「最後一位是長公主的嫡長子孟輝。」

這位不用徐勝介紹，林清也知道。長公主是已故太上皇的長女，當年就是長公主一眼看上太上皇的瓊林宴上的一位探花郎，創了本朝公主駙馬選新科進士的先例，才讓後來所有考進士的舉子人人自危，畢竟之前太祖皇帝的公主選的駙馬都是與太祖皇帝一起打天下的勳貴家的兒子。

真是虎父無犬子，聽說長公主之子從小天資聰穎，琴棋書畫無一不精，科考也很順利，這次北榜第二名就是他，再加上他身上有一半皇室血脈，陛下確實也得考慮一二。

林清聽完，感嘆道：「這都是別人家的兒子啊！」

徐勝笑著說：「大人家的公子也不錯，犬子要是有令公子一半，下官就心滿意足了。」

林清想到林桓，點點頭，「桓兒確實不錯，這麼些年，起碼讓我省心。」

林清又對徐勝說：「你倒是打聽得很清楚。」

「大人，您這些日子天天著急上火，眼裡只有令公子一人，當然不會注意這些消息。別說下官，就是京城那些大人，有幾個不知道？城南的賭坊還以此次誰會中狀元開盤呢！」

「這些人也是閒著無聊。」

「大人您家裡有考生，自然一門心思想著考試，但是像下官這樣家裡沒有考生的，可不就是當消息聽聽，看個景而已。」

林清說：「你說的也是，確實是這個道理。」

這時，外面一個僕役跑進來，對林清行禮，稟道：「大人，此次去大殿內改卷的大人們都回來了，部堂大人要小的來叫各位大人去部堂大人那裡集合，商量明日放榜的事。」

林清刷一下從椅子上坐起來，說道：「本官知道了，本官這就去。」

僕役走後，徐勝對林清拱手說：「下官祝大人家的公子金榜題名，喜中二甲。」

「借你吉言。」林清說道，整了整衣冠，往沈茹的屋裡走去。

晚上林清散值回家，林桓忙拉住林清，問道：「爹爹，名次可是出來了？」

林清說：「你不是今日和他們一起去參加文會了，怎麼這麼快就回來了？」

「本來是參加文會的，可是作詩作到一半，文漣那傢伙的小廝跑過來說了幾句話，文漣就坐不住了，我們就都回來了。」林桓說道：「爹爹，是不是成績已經出來了？」

林清點點頭，「大體上已經定下來，如果不出意外，明天你們去大殿聽，也是這個。」

「兒子考了第幾名？」林桓緊張地問。

「你猜？」林清挑眉。

林桓扯著林清的袖子搖了搖，「爹快說，這個時候您還逗兒子，兒子都要急死了！」

林清見林桓真的急了，就笑著說：「六十八名。」

「六十八名？」林桓一驚，隨即一陣狂喜，「是二甲！」

林清點點頭，「不錯，是二甲。兒子，恭喜你了。」

「太好了！」平時一向穩重的林桓，直接跳了起來，拉住林清就往後院跑，等到看到王嫣，便高興地說：「娘，兒子中了，是二甲！」

第二日，在太和殿的傳臚大典上，林桓的名次果然是第六十八。沈辰則在前十名，被周琰親自定為了第七，也就是二甲第四名。

此次京城呼聲最高的四位狀元人選，名次也終於揭曉。狀元是秦景，榜眼是姚凱，探花是孟輝，傳臚是文漣。

對於這個結果，大家並不意外，秦景已經六元中了五元，無論哪個帝王在位，只怕也想錦上添花，湊個六六大順，更何況是新帝登基後的第一科，這已經算是某種祥瑞了。

等殿試的名次揭曉，落在四人身上的目光不但沒減少，反而更多了，因為四人不僅是才俊，還都很年輕，最主要的是未婚。一時間，四位青年才俊的門檻都快被媒婆踏破了。

然而，新科取士的事很快就被另一件大事取代，那就是文閣老上書乞骸骨。

文閣老已經做了近二十年的內閣首輔，他這麼一上書，帶來的影響絕對比幾個新科進士大多了，所以朝臣的注意力立刻轉到文閣老身上，連周琰也不例外。

周琰雖然看文閣老算不上順眼，畢竟文閣老曾為代王給他使過絆子，可文閣老現在很識趣，周琰身為帝王，自然得以大局為重，如今與文閣老相處得也還不錯，文閣老突然上書乞骸骨，周琰也懵了。

重臣乞骸骨還是有慣例的，周琰處理起來倒沒有手忙腳亂，按照慣例先是留中不發，然後把文閣老叫到宮中慰問一番，表示文閣老乃朝中棟樑，駁了文閣老乞骸骨的請求。

凡朝中重臣請辭，皇帝都會進行挽留，表示君臣情誼深厚，而此時如果重臣並沒有很堅定的請辭意願，一般會順勢留下來。

朝中大臣最初也覺得文閣老不過是想試探新帝的心意，畢竟這種做法不算稀奇，很多重臣老臣想刷刷存在感，都會來上這麼一齣，連周琰也以為是這樣。

誰知周琰剛駁了文閣老的摺子，文閣老第二道摺子又遞上來，居然還是乞骸骨。文閣老這是動真格的了！

上到皇帝，下到朝臣，第一反應都是這樣，周琰不得不開始考慮一旦文閣老離去，對朝中局勢的影響，而本來看戲的朝臣，瞬間變成了戲中人，也開始考慮起自己的得失。

林清聽到文閣老第二道摺子遞上去後，想了想，去了沈茹那裡。

沈茹正在煮茶，林清坐到沈茹對面，笑著說：「想不到你還有心思泡茶。」

沈茹煮好茶，倒了一杯給林清，又給自己倒一杯，這才放下壺，端起茶聞了聞，喝了一口，淡淡地說道：「如今我在風口浪尖上，怎麼能不穩著點？」

林清點點頭，要說文閣老請辭成功，最受影響的就是六部尚書，畢竟文閣老一請辭，內閣就會空出一個位置，而填這個位置的，機率最大的就是六部尚書，所以自從文閣老第二道奏摺遞上去，就有無數雙眼睛盯著六位尚書。他就是因為擔心沈茹，才過來看看。

「確實，如今朝中大臣只怕都盯著你們六人了，你這些日子要小心。」林清說道：「不過，文閣老這人還真是精明得可怕，他這一手可是打了一副好牌啊！」

沈茹抿了一口茶，慢條斯理地說：「可不是？他這一請辭，不但給新帝騰地方，哪怕他原來做過錯事，如今他主動請辭，陛下心裡也舒坦了，而且他是三朝元老，陛下為了安老臣的心，也得好好安置他，眼下他曾孫文漣正好中進士，他兒子也外放，他這一走，可不是給子孫留下香火情了？」

林清點點頭，「文閣老能當斷則斷，放下手中的權勢，非一般人所能及。」「他做內閣首輔二十多年，要是沒這點決斷，早被下面的次輔和群輔頂下去了。」

林清想想也是，能在內閣的人，可沒一個是省油的燈。

林清靠近沈茹，小聲問道：「那這次要是文閣老真退了，你能成嗎？」

沈茹笑了一下，「這個，得看天時地利人和，說不準。」

林清想了想，低聲道：「六部當中，吏部尚書勢頭最大，卻也是最難入閣的。凡事都講究平衡之道，吏部尚書本就掌管官員升遷，一旦入閣，權勢會威脅到其他閣老，因此反而最不可能。戶部也是同理，想必閣老應該在其他四部中選。」

沈茹笑道：「理是這個理，不過還是得看怎麼運作。雖然吏部尚書難入閣是眾所周知的事，卻也不是沒有，依張尚書那性子，怎麼可能死心？別說他，就是我，要我在那位置上，我也得搏一搏。」

林清點頭，只差一步之遙就可以坐到文官的頂端，有這個機會，誰也不可能放手。

沈茹又說：「我知道你擔心我，不過我已經在浪頭上，想退是不可能了，除了往前爭，別無他法。不過，你放心，我雖然不一定能爭得上，自保的能力還是有的。」

林清知道沈茹不是愛說大話的人，見他這麼肯定，才放下心來，又猶豫了一下，還是說道：「要不然……我進宮一趟？」

雖然入閣是閣老們廷推，可陛下也有一票，還是最重要的一票。

「不必，入閣本來就是群臣之間的博弈，如果連這一關都過不了，那即便入了閣，也在裡面待不下去，再說……」沈茹看著林清，認真地說：「我不想讓你拿你的情分去換我的升遷，不值得！」

林清聽了，心裡暖暖的，瞪他一眼，說道：「什麼值不值的？我又爬不上去，留著也沒用，何況，我也只是打算去問問，不可能去找他要。」

沈茹拍拍林清，「好了，這事你不要管了，只要注意別被牽扯進去就行。六部當中本來就數禮部清貴，入閣最有優勢，如果在這種情況下，我還要靠陛下才進得去，那豈不是顯得我沈茹太過無能了？」

沈茹不同意，林清只好說道：「既然你心中有數，我就不管了。你可要自己保重，無論行不行，千萬別把自己搭進去。」

沈茹微微頷首，「這是自然，我可是很惜命的。」

林清說道：「你曉得就好。」

沈茹突然笑道：「要是這次我可以更進一步，你倒是可以進宮去找陛下。」

「你都進了，我還去找陛下幹麼？」林清隨口說道。

「當然是為你自己求個官職。」

「為我自己？」林清疑惑。

「你可以去求求陛下，好接替我的位置。」

「噗……」林清一口茶噴了出來，然後咳了兩下，才緩過氣來，「你說什麼？我接禮部侍郎才一年，怎麼可能輪得到我？要接也是錢老，他的資歷我拍馬也趕不上。」

「錢顧年紀太大了，不用兩年也要乞骸骨，哪怕他資歷再好也上不來。」

「可是，我才做禮部侍郎一年。」林清喃喃地說：「尚書那位置，我可不敢想。」

「有什麼不敢想的？要是我真能進一步，到時誰接任，陛下必定會徵求我這個前任的意見。只要我推舉你，陛下再准了，又沒有誰來爭，那位置十拿九穩就是你的了，所以我才讓你先進宮提前和陛下打招呼。」沈茹喝著茶，悠悠地說道。

林清嘴角抽了抽，「還是等你能入閣再想這件事吧！」

沈茹點點頭，現在確實多想無益，先入閣才是重點。

沈茹又問道：「你家桓兒這些日子在家溫習功課？」

「是啊，在準備館選，看能不能考上庶起士。要是能考上，以後也多個籌碼。」

沈茹笑說：「辰兒也在家準備，他們這群孩子說不上到底是運氣好還是運氣不好，本來正受矚目，文閣老的事一出，館選這麼大的事，除了咱們禮部，連個關注的人都沒有。」

「太受矚目未必是好事，前些日子，這一科風頭有些過了，我還提心吊膽的，生怕出什麼亂子，畢竟越受矚目越容易有人眼紅生事，現在我反而放心多了。」林清嘆了一口氣。

「確實如此。木秀於林，風必摧之，太過顯眼都不是什麼好事。」沈茹贊同地點頭。

「你家辰兒這次是二甲第四名，通過館選肯定沒問題，要是桓兒也能通過館選，他們兩人以後在翰林院相互扶持，你我也能放心不少。」

沈茹想著兩個孩子，感嘆道：「確實，在官場上單打獨鬥太過艱辛，我現在就恨不得有七八個辰兒這樣的孫子，這樣就算不去爭入閣，我也放心了。」

林清：……

七八個？沈楓生得出來嗎？

陸之章 ◆ 修書刻碑傳後世

過了幾日，文閣老果然上了第三次乞骸骨的摺子。

事到如今，哪怕皇帝還不曾想好入閣的人選，也得先應許文閣老的請辭。

文閣老在內閣這麼多年，沒有功勞也有苦勞，周琰在挽留三次沒留住後，雖然准了文閣老的請辭，卻也給了文家不少封賞。

等封賞完文家，文閣老告老還鄉，朝中大臣尤其是重臣，開始盯著到底下一個誰入閣，六部尚書頓時成為眾人關注的焦點，而林清此時也第一次直面朝臣之間較量。

先是幾位尚書大人背後的御史相互彈劾，當然御史也欺軟怕硬，並不會直接彈劾尚書大人，而是彈劾他們的親信，甚至看起來沒什麼關連的人，林清有時還沒看出御史彈劾那人的用意，關係好的尚書大人就見招拆招，化解危險於無形，讓林清不得不感嘆，能坐上六部尚書的大人，一個個都是人精。

除了指使背後的人，幾位尚書大人也會親身下場，不是玩合縱連橫，就是玩遠交近攻，你來我往，鬥得風生水起。

林清此時才明白沈茹為什麼不讓他插手，依如今幾位部堂大人交手的情形，他一旦被捲入，妥妥的就是一個炮灰。

這種情況一直爭到廷推前，當然六位尚書在傾軋的時候，也沒忘了拉攏其他的閣老。

到了廷推這日，內閣幾位閣老、六部尚書和都御史，再加大理卿、通政使等九卿一起入宮，參加由皇帝主持的廷推。

其餘大臣包括林清，當然沒有資格參加，所以都在家裡老老實實地等著廷推結果。

林桓看著有些魂不守舍的林清，說道：「爹，您有心事？」

林清回過神來，見林桓已經將一份館選的題目做完，自己卻沒發現，不由嘆了一口氣。

「可是擔心沈爺爺的事？」林桓問道。

林清點點頭，「今日廷推，也不知道結果怎麼樣？」

「這些日子鬧得這麼大，沈爺爺都沒事，想必不是太大的問題。」

「可是，那幾位尚書也沒事。」林清擔心地說。

林桓見林清沒心思指點他作文章，就說：「爹爹心神不寧，不如兒子陪您下棋？」

林清不想下棋，卻也找不到更好的東西打發時間，便拿來棋盤和兒子下棋。

林清心裡存著事，棋下得不走心，沒一會兒棋子就被林桓吃得七零八落的。下了一盤，林清索性不再繼續，直接起身說：「我去院子裡走走。」

「要不要兒子陪您去？」

「不必了，我自己轉轉。」

林清走到外面的花園，看著滿園的綠意，焦急的心倒是平靜不少，索性在一張石凳上坐下，看著新開的各色花朵。

一隻黑白的鳥兒從遠處飛來，落在林清面前的桃花上，「喳喳」叫了兩聲，然後展翅向遠方飛去。林清看了心喜，剛才那隻鳥是喜鵲，喜鵲叫，好事到，豈不是好兆頭？這是不是說，沈茹這次廷推有望？

想到這裡，林清不看花了，起身往回走，剛走到書房門口，就看到去沈家等消息的小林匆匆穿過院子，高聲喊道：「老爺，廷推出來了，是沈老爺！」

林清的眼睛驀然瞪大，上前一把抓住小林，「他入閣了？」

小林用力點頭，「沈老爺已經回府，沈老爺確實入閣了。小的回來時，還有不少大人去向沈老爺道喜呢！」

「這些人得到消息倒是快！」林清驚喜地說：「快去備馬，我也去看看！」

小林忙應道「是」，就要去牽馬。

「等等！」林清突然說：「這時候沈家想必有很多人，我還是等晚些，人少了再去。」

小林有些不贊同，「老爺，人家這時候都急著去道喜好顯得親近，您怎麼反其道而行？這樣豈非顯得您不夠親近？」

林清搖搖頭，「親近不親近，難道還看送禮的速度？他只要能入閣，我就放心了。」說完，悠哉地回書房了。

晚上，林清用完飯，拿了一塊上好的碧玉做禮物，然後出門去了沈茹家。

林清以為這麼晚去，那些送禮的人應該差不多都回去了，誰知還沒到沈府，便看到沈家前面的街道已經被送禮的人的馬車堵死。林清無奈，讓馬車停在外面，自己又走去後門。

林清輕車熟路地從後門進去，沈管家匆匆趕過來，先把林清帶到沈辰的院子裡，讓孫夫人林榕接待他，這才去前院通知他家老爺。

林清在閨女這裡看了看外孫，和閨女說了一會兒話，就看到沈茹從外面進來。

林榕趕忙起身，把屋裡的丫鬟婆子都帶出去，空出屋子給父親和沈茹說話。

林清說道：「你前院還有那麼多客人，我又不急，正好在這裡看我閨女和外孫，你急著過來幹什麼？」

可能是由於心想事成的緣故，沈茹看起來紅光滿面的，聽了林清說的話，笑道：「不過是一群趨炎附勢的人，我正好有事跟你說，何必因為他們而耽誤時間？」

「什麼事？」林清好奇地問。

「今日廷推結束，陛下按慣例問我卸任後禮部尚書的繼任人選，我直接推薦你，陛下當場答應了，想必不用幾日，陛下的聖旨就下來了。」

林清愣住，感覺像被一個巨大的餡餅砸中，不可置信地說：「這麼簡單？」

沈茹見林清呆住，好笑地道：「升任的官員離職，都有推舉繼任者的慣例，當然，准不准，就看上面的意思。陛下既然准了，別人也說不了什麼。再說，禮部除了你，錢顧又快退了，也沒別人合適。」

林清聽完，腦中突然閃過一個念頭……

難怪今天喜鵲叫了！

……

在沈茹入閣後，過了幾日，周琰果然下旨，擢升林清為禮部尚書。

林清本來還覺得自己資歷淺，擔心朝中有人非議，再像上次那樣被人彈劾，誰知等他走馬上任了，朝中還風平浪靜，其他五位尚書和內閣閣老們不但對他繼任禮部尚書沒有什麼不滿，甚至還在不經意間對他散發善意，弄得林清摸不著頭緒。

林清特意拿這事偷偷問了沈茹，沈茹反而驚奇地問：「為什麼你會覺得你資歷不夠？」

林清理所當然地說：「我不曾從六部一步步升上來，人又年輕，也沒有什麼大的政績，哪有什麼資歷可言？」

沈茹頓時笑了，「什麼時候資歷按在六部待的時間算了？要是這樣，那六部那些快把板凳坐穿的，豈不是一個個都是尚書閣老了？你是正兒八經的庶起士出身，又做過郯王太傅，先帝賜給當今聖上的先生，還做過太子府的詹事，憑這資歷，要是說你資歷不夠，那還有誰的資歷夠？你這資歷寫出來，比不少尚書的資歷都要硬多了。」

林清沒想到自己一直視為短處的地方，竟然會是自己的強處，忍不住說道：「可是，我沒覺得我幹了什麼啊！」

沈茹說道：「沒覺得不一定算沒幹，天天覺得自己勞心勞力的也不一定算幹了。雖然陛下登基有很大的運氣在裡面，可你始終陪著陛下，這從龍之功就絕對少不了，要不，當年三王在的時候，為什麼那麼多人明知道有危險還往裡鑽，不就是為了這從龍之功？不說別人，就說我自己，如果當年我不是從先帝在東宮時就侍奉，你覺得當初和我同科的進士那麼多，為什麼偏偏就我一路往上升，坐到了禮部尚書，如今還入了閣？」

沈茹又說：「所以，從古至今，有一句話：幹得好，不如跟得好。能不能升官，關鍵是看你跟著誰幹。當初他們彈劾你，不就是看你的資歷硬，知道你以後肯定會飛黃騰達，才會擋一擋你，想阻阻你的步子。如今你都坐到了禮部尚書的位置，他們再擋也沒用了，自然不會做這種吃力不討好的事。」

林清點點頭，到了這個位置，只要不是什麼深仇大恨，一般不會撕破臉。就像前些日子六個尚書爭得你死我活，還不是見面熱絡得要命。

沈茹提醒說：「禮部在六部當中應該是最好做的，畢竟只要按祖宗規矩行事，也沒什麼太大的利益糾紛。你只要好好守著，便不會有太大的問題，不必太過小心。」

林清終於放下心來，老老實實回他的禮部幹活了。

所謂新官上任三把火，禮部眾人看著換了上峰，都等著林清新上任燒三把火樹立權威，而林清也不負眾望，一上臺就搞了一件大事，那就是修書。

眾人對此都不是很意外，對於禮部來說，既不像吏部那樣可以整治吏治，也不像戶部那樣可以增加稅收，所以能做出功績的事也沒幾樣，修書就是禮部功績中唯一比較出彩的。林清上臺先修書，禮部眾人絕對是雙手加雙腳地贊成，畢竟修書這種大家都可以參與的活兒，也能跟著撈點銀錢和增加些資歷。

讓眾人沒想到的是，林清修書有點不循常理，他修的不是前朝的史書，也不是整理先帝的豐功偉績，更不是弄個文章選集，而是要帶著禮部眾人為《九章算術》寫註釋。

聽到林清的要求，禮部眾人驚訝不已，錢顧更是親自找到林清，問道：「部堂大人，《九章算術》早已有註釋，魏晉時期的劉徽大人曾作《九章算術注》和《海島算經》，已經非常詳細了，為什麼還要修呢？我們再修也不會比劉大人修的《九章算術注》精妙多少。」

林清淡淡地說：「劉大人學究天人，知識淵博，所作的《九章算術注》確實極巧地解釋了《九章算術》，偏偏劉大人太有才了，解釋得太過深奧，我擔心後人看不懂，反而把老祖宗的東西忘了，不得不學外人的東西，最後還被外人否定了咱們老祖宗的東西。」

「你想想，要是千年之後，一位先生在教算數的時候，明明用的是《九章算術》裡就有的內容，卻不得不說成外族人的，他到時會有多麼尷尬和糾結？」

錢顧：……

為什麼林大人的話他聽不懂？

不過，林清現在是禮部尚書，既然他決定修，旁人也沒辦法。在看到林清堅持後，錢顧也只能去組織人手，等著聽候林清調遣。

林清送走錢顧，站在窗前，看著窗外發呆。

其實他早就有想要給《九章算術》重新寫註釋的念頭，只不過以前被各種事耽擱了，再加上人手不足，才只是想想。如今他在這個位置上，有這個能力，無論如何都要把《九章算術》好好修一修。

對於《九章算術》，林清一直有種非常糾結的情緒，或者後世的很多人都很糾結，就像

《九章算術》中很有名的一章——畢氏定理。華夏人都知道，咱們老祖宗在漢朝就已經會用畢氏定理求直角三角形，甚至在劉徽的《九章算術注》中，連平方、開方如何算都說了，可在世界上，畢氏定理叫什麼，叫畢達哥拉斯定理。畢氏定理的出現，比畢達哥拉斯定理要早好幾百年，世界偏偏認定畢達哥拉斯定律，為什麼，不就是因為人家搞的定理通俗易懂，總結得精闢，而《九章算術》中卻大多以實例出現，以經驗出現，還搞得艱澀難懂。

明明很多華夏先研究的東西，到後世甚至連個名字都冠不上，最後成了人家的東西。

每當想到這些，林清就一陣心痛，所以林清一有能力，立刻就決定要修《九章算術》，好好修這些科學典籍。外國人不是覺得這書只有經驗沒有總結，太難理解且看不懂嗎？好，他就搞一個通俗易懂、總結精闢的版本，並且刻到一百塊大理石上，埋在地裡，等著後世的考古學家來挖掘。

看後世的那些國家還敢不敢來和他們的老祖宗搶命名權！

於是，禮部眾人很快就發現，他們的部堂大人修書不但挑的書怪，修書的方法也怪。按照慣例，凡是修書，那都是大量查閱典籍，然後彙編整理成冊，也就是越修越豐富，越修越多，越修越完善。

他們的部堂大人恰恰相反。

他們的部堂大人確實帶著一眾禮部學士整理了大量的資料典籍，甚至親自逐一檢驗《九章算術》中的例子，卻把《九章算術》修得越來越薄，說是給《九章算術》編纂註釋，卻把《九章算術注》修成了一章一句話，最後一本《九章算術》被修成了九句話。

禮部眾人一看，頓時傻眼了。

連錢顧都顧不上林清現在是他的上峰，直接跑到林清的辦公房裡，哆哆嗦嗦地說：「大人，您不能這麼修啊，這樣修不符合慣例！」

錢顧真的被林清的不合常理舉動嚇怕了，雖然《九章算術》不算是儒家典籍，可作為「算經十書」中最重要的一本，唐宋兩代還曾是朝廷明令要求天下學子研讀的算經之一，所以林清要修，別人也說不出什麼來，大多覺得林清另闢蹊徑而已。只是，林清說要給《九章算術》編纂注釋，最後卻把《九章算術》給刪減沒了，弄成區區九句話，這要是修完了呈給陛下，那還不得引起軒然大波？到時林清身為陛下的心腹，被輕輕斥責兩句也就揭過，可他這個副主編，親自帶人幹活的，還不是頂缸的不二人選？

他再過兩三年就要乞骸骨回老家，一把老骨頭的，只想安安穩穩過日子，不想吃飽了撐的再起什麼波瀾，所以看到林清的舉動，錢顧立刻過來阻止林清這個可能出事的做法。

林清聽了錢顧的話，說道：「錢老，雖然這樣修不合慣例，可你沒覺得把每章總結過，更方便記憶和推廣嗎？」

錢顧心道：這就是你把一本書怎麼簡單怎麼修的原因嗎？統共九句話，居然還用的是唐宋以來的白話，連點文采都沒有。

「大人，您的想法很好，把書修得簡單明瞭，確實更利於天下學子記憶和背誦。」錢顧先昧著良心把林清修的那九句話誇了誇，接著委婉地說：「可是，您卻忘了，您修的書不僅僅是給別人看，還要呈給陛下，呈給朝廷。您想想，如果陛下和朝中大臣知道您風風火火修了好幾個月，只修出九句話，會如何看您？您是陛下的先生，陛下肯定不會因為這點事責怪您，可朝堂上的重臣呢？他們怎麼會放棄這件事不去攻訐您呢？」

林清皺眉想了想，雖然他確實是抱著總結定理總結公式的想法修《九章算術》，可別人不知道啊，如果等書修完了，他只拿著九句話呈給陛下，好像確實不妥。

林清問道：「不知錢老有何高見？」

錢老暗暗擦汗，心裡慶幸林清還是聽得進別人的意見，就說道：「大人不如還是按慣例修，反正禮部已經準備了這麼久，與《九章算術》有關的典籍都在，想要修一部完整的《九章算術注》也不難，至於大人總結的那九句話，不如放在《九章算術注》的最前面，當序言吧，這樣既不會浪費了大人的心血，也對陛下、對朝廷有個交代。」

林清一聽，覺得這個主意很不錯。

如果只總結九句話，確實算不上一本書，也顯得單薄，還不如好好地修一部《九章算術注》的典籍，再將這幾句話放在前面當序言，看起來更加完整。

林清說道：「錢老說的有理，是本官年紀輕考慮不足，就按錢老說的修吧！」

錢老大喜，「大人折煞下官了，下官不過是年紀大了，膽子小，沒大人這麼有魄力，擔心的事也多一些。」

林清搖搖頭，「要不是錢老提醒，等書出來，說不定御史又找到新話題彈劾本官了。」

錢顧見林清同意，也就放下心來，接著去修書了。

由於計畫的變更，本來林清打算修一兩個月的書，硬是用了大半年，一直快到過年了才修完，正好在新年的慶典上呈給皇帝。

周琰看到書倒是很高興，朝廷能有精力修書，起碼說明如今國泰民安，所以大手一揮，給了禮部修書的眾人不少賞賜。

對於林清提出想要用石碑刻書，以便流傳後世，也欣然應許。

林清得到周琰的應許，就開始思考如何把書刻成石碑才能流傳後世，畢竟要是傳不到後世，那他做的這些豈不是無用功？

在眾多能記錄文字的材料中，如紙、帛、毛皮和石碑，紙、帛、毛皮太容易損壞了，所以林清一開始就決定，等書修完就刻在石碑上，省得千年之後連渣都不剩。

當然，用石碑也不是萬無一失。書刻在石碑上，只要不是人為抹掉，一般不會消失，但不等於石碑不會不見。

林清就經常聽到一些古董行家說，前朝哪位著名的文人刻的碑，被某個不識貨的人當成石頭蓋房子或鋪路了，因此，如何讓這些石碑能安全地流傳後世是很大的考驗。

林清絞盡腦汁想了幾天，終於想出了幾條可行的辦法。

其一，刻石碑的石材不能用太好的，也不能選太差的。太好的，如漢白玉，不用想，肯定容易被賊惦記，丟的機率更大，而太差的，一看就是壘牆用的，遇到不識貨的人，更是容易被拿去蓋房子。

其二，多刻幾份，最好來上一百份，畢竟石碑多了，能流傳到後世的機率大些。

其三，林清直接向周琰遞牌子，打算請周琰幫忙。

……

周琰正陪著楊太后聽戲，先帝已經去世一年，國喪過去了，宮裡宮外也熱鬧起來，周琰擔心母后在後宮寂寞，特地從京城挑了一個有名的戲班進宮唱戲給他母后聽。

聽到楊雲在耳邊小聲地說先生打算面聖，周琰點點頭，對楊太后說：「母后，兒子有事要先出去一下。」

楊太后正好看完一齣戲，趁著空檔，隨口問道：「可是出什麼事了？」

周琰笑著說：「母后放心，不過是先生有點事要跟朕說。」

楊太后聽到周琰說「先生」，又問：「可是當初你的太傅林大人？」

周琰點點頭，「正是。」

「那讓他進來吧，反正不是外人。」楊太后接過旁邊王皇后遞過來的茶，喝了一口。

周琰覺得也是，林清大過年進宮，想必沒什麼大事，便讓楊雲去宮外傳林清。

林清跟著楊雲進了宮，本來以為會去太和殿，誰知來了後宮。幸好他今天要說的不是什麼政事，可以不用避諱。

林清進了慈寧宮，先向周琰和楊太后行禮，然後就立在一旁。

楊太后說：「先生也不是外人，賜坐吧！」

林清趕忙謝恩，才在周琰的下首坐下。

周琰對林清大過年進宮感到奇怪，便問道：「不知先生這時候來，有何要事？」

林清就將他用石碑刻新修的《九章算術注》的事說了一遍，又說了自己擔心石碑不能順利流傳後世。

周琰不知道林清為什麼會對這件事這麼執著，還是說道：「先生是擔心，世事變遷，這石碑可能會流傳不下去，所以希望朕想個辦法，找幾個地方給你藏石碑？」

林清點點頭，「臣知道不應該用這點小事麻煩陛下，可臣能想到的地方實在有限，所以想來找陛下討個主意。」

「先生都想了哪些地方？」周琰好奇地問。

林清想了想，說：「臣打算刻一百塊石碑，在禮部後院埋一塊，在京城有名的山裡，每座山埋一塊，在京城城牆外再埋一塊，然後帶兩塊送回老家，一塊放在族裡的學堂，一塊等臣百年後放在墓地裡。剩下的那些，臣打算送給朝中的大臣們，讓他們幫忙帶回老家，找個地方埋著。」

周琰嘴角抽了抽，他家先生對埋石碑這件事到底有多執著？難不成他家先生真打算憑這本書流芳千古不成？

只是一塊石碑的事，周琰懶得多說什麼，也覺得有趣，就說：「先生既然怕會弄丟，不如在朕的國庫也放上一塊吧，想必朕的國庫還是安全些的。」

林清大喜，在國庫的東西，流傳後世的機會大些，忙起身說：「多謝陛下。」

周琰笑道：「不過是一塊石碑，先生無須客氣。」

林清道完謝，剛坐下，就聽到楊太后悠悠地說：「林愛卿，不如哀家替你埋一塊。」

林清來不及多想，又起身說：「多謝太后，微臣刻好了就送一塊來。」

周琰隨口問道：「母后也有興致？不知母后打算埋在哪裡？」

楊太后淡淡地說：「哀家打算放你父皇的皇陵裡。你父皇的皇陵不是還沒封死嗎？留著門等哀家死後與他合葬。哀家和你父皇差三四十歲，等哀家百年之後，你父皇只怕連灰都不剩了，哀家去了也陪不了，乾脆就別陪了。你給哀家找個地方建個墓，哀家以後進去也清靜。至於你父皇的皇陵，找個吉利的日子，把斷龍石落了吧！」

楊太后又轉頭看向林清，說道：「林愛卿覺得哀家的提議怎麼樣？」

林清：……

皇陵好像比較容易招盜墓賊吧？

在得了周琰的許諾後，林清就把新編的《九章算術注》刪減了一下，當然重點保留了他那九句話，接著找工匠刻了一百塊石碑。

等石碑刻完，林清就按計劃開始了大放送的活動。

他先挑了刻得最好的兩塊，一塊送給周琰放在國庫裡，另一塊送給楊太后。楊太后會不會把它放在先帝的皇陵裡，他可就不敢過問了。

送完這兩位，林清在禮部的後院埋了一塊，又把京城周圍的山埋了一遍，除了給自己留了兩塊，剩下的分給幾位尚書和閣老，希望他們以後能傳給後人或回老家找個地方埋著。

幾位閣老和尚書收到林清送的「禮物」，有些哭笑不得，還以為林清想給新編的《九章算術注》打名氣，不過身為同僚，這點面子不能不給，因此一個個都收下了，至於有沒有把林清的囑咐放在心上，這就不得而知了。

林清送完石碑，終於把長久以來壓在心底的大事幹完了，不禁狠狠鬆了一口氣，也有心思做別的事了，而第一件要做的事，就是先幫兒子把媳婦娶進門。

林桓因為國喪耽擱了一年，年紀不小了，女方也快十八，更是不能耽擱，所以過完年，林清就帶著林桓上門，與齊家把大定過了，並且將親事的日子選在春天。

春天萬物復甦，不熱不冷的，正適合辦親事。

等到定下日子，林家就為準備林桓的親事忙碌起來。

在這之前，還有件必須做的事，那就是要先搬家。

林清買的袁家那個宅子在年前就收拾妥當，不過冬天天寒地凍，就沒有急著搬，現在林桓要成親了，自然得換個大宅子。

在搬之前，林清和王嫣商量道：「那邊的院子多，不如一次給孩子們分好院子。孩子們都大了，該有自己獨立的地方了，再跟著咱倆住不太好。」

王嫣有些猶豫，「桓兒成親，肯定是要有獨立的院子，橋兒、樺兒也不小了，是該有自己的地方，可是，楠兒是不是太小了？」

林清想到林楠才六歲，就說道：「把楠兒的院子也準備出來，如果他不想去，就讓他先跟著咱們住。要是不給他準備，只他三個哥哥有，他覺得咱們偏心怎麼辦？」

「那妾身到時就一次把四個孩子的院子備好，住不住隨他們。」

「別忘了榕兒的院子，咱們搬過去離沈家就近了，到時榕兒可以經常回來串門。」

王嫣聽了心裡歡喜，「二郎放心，妾身早就計劃好了，那座繡樓就留著給榕兒。」

林清和王嫣正說著話，林橋和林樺帶著林楠進來，聽到林清和王嫣在說分院子的事，林楠立刻嚷嚷道：「爹、娘，楠兒也要，楠兒也要自己的院子！」

王嫣扶額，林清在一旁偷笑，他就知道他家那幾個臭小子的性子。

林清和王嫣商量好，便選了一個吉日，全家搬到大宅。當然說是搬家，其實只搬了些細軟，大宅的大件，如家具什麼的，都是王嫣找工匠重新打的。

搬完家，林桓成親的日子也到了。

這次雖然是林桓成親，不是林清成親，可林清覺得比自己成親還要忙。當初他成親的時候，什麼事都由林父和李氏管，現在他兒子成親，什麼就得他和王嫣兩人管。

孩子都是父母的債，林清此時才明白這句話的意思。

相比於林清和王嫣忙得腳不著地，林桓就悠閒多了，雖然是他成親，可成親這種大事，還輪不到他管，所以林桓跟往常一樣，每天去翰林院坐堂，和其他庶起士一起抄書，整理書籍，每天閒得發慌。

◆　◆　◆

這人一閒了，就喜歡找事做，而林桓最近就迷上了給他未過門的妻子寫情書。具體說，是寫情詩。

一個丫鬟匆匆從外面走進來，看到坐在梳妝檯前梳妝的小姐齊瑤，屈膝行禮，「姑娘，姑爺送東西來了。」

齊瑤臉一紅，對身後梳頭的丫鬟擺擺手，才對進來的貼身丫鬟梅兒說道：「胡說什麼？什麼姑爺，本姑娘還沒出閣呢！」

梅兒見齊瑤嘴上雖然這麼說，面上卻是歡喜，故也不害怕，就笑著說：「林公子和姑娘您已經大定了，您又馬上要過門了，林公子可不是姑爺，連老爺都改了稱呼了。」

齊瑤臉紅得更厲害，笑著斥道：「臭丫頭，敢編排起我來了，還不快把東西拿過來！」

梅兒將東西放到梳妝檯上，「姑爺可是想著姑娘的，要不怎會隔三差五送東西來？」

齊瑤抿著嘴笑了笑，伸手把面前的包袱打開。

包袱裡面有一封信和一個精緻的匣子，她拿起匣子打開一看，卻是一支金釵。

給齊瑤梳頭的丫鬟笑道：「這是孟家銀樓打的。姑爺可真上心，孟家金樓的金釵，如今京城最流行這個。」

齊瑤也知道這些，可聽到丫鬟這麼說，還是忍不住歡喜。與其他未出閣的女兒家一樣，齊瑤對於嫁人也是既忐忑又期待，林桓的舉動，倒讓她少了幾分忐忑，多了一些期待。

齊瑤放下金釵，拿起旁邊的信，滿懷期待地打開，想看看林桓這次又作了什麼詩。誰知展開一看，居然是一張白紙。

齊瑤：……

他是什麼意思？

齊瑤翻來覆去地將白紙看了好幾遍，疑惑地問梅兒：「這是什麼意思？」

梅兒只是送東西的人，當然也是一頭霧水，「姑娘和姑爺都是雅人，梅兒一個下人，哪裡會懂這個？」

齊瑤很想說自己也不懂，不過被梅兒戴了一頂高帽後，不好意思說出來，只能拿著白紙在那裡獨自發呆。

想了良久，齊瑤才起身到旁邊的屋裡，寫了一封回信給林桓，然後遞給梅兒，「讓門房把這封信送給林公子。」

梅兒有些好奇地問：「姑娘，姑爺那張白紙到底是什麼意思？」

齊瑤手一頓，羞惱地說：「妳這丫頭問什麼，還不快點送去！」

梅兒偷笑，「好的，奴婢知道了。這是不是就是書上說的，只可意會不可言傳？」

齊瑤聽了，紅著臉伸手去錘梅兒，「死丫頭，胡說什麼？」

梅兒笑嘻嘻地說：「姑娘別惱，奴婢這就送去。」

齊瑤看著梅兒跑遠，跺了跺腳，又坐回梳妝檯前，拿著林桓送的金釵對身後梳頭的丫頭笑著說：「把這個給我戴上。」

◆　◆　◆

林清散值回家，剛進門就看到一個肉團飛撲而來，連忙一把抱住，「楠兒，跑這麼快幹什麼？小心摔著。」

林楠趕忙說：「爹爹快救我，大哥要揍我！」

「啥？」林清微懵。

還沒等到林清問明白，林桓就黑著一張臉走過來。看著林清懷裡的林楠，先對林清叫了聲「爹」，接著低頭看林楠，說道：「做了錯事，居然還想跑？」

林楠嚇得一哆嗦，往林清懷裡又拱了拱，「爹爹快幫楠兒跟哥哥求求情，楠兒不是有意的，楠兒只不過不小心用墨汁弄髒了哥哥寫給嫂子的信！」

林清聽了是寫給齊家姑娘的信，知道八成是林桓最近作的那些情詩。只是弄髒了再抄一遍就是了，也沒當一回事，就拍了拍林楠，說：「你怎麼那麼不小心？你哥好不容易寫的，快向你大哥道歉！」

他說完，又對林桓說：「讓楠兒跟你道歉，你再重新抄一遍好了。」

林楠剛要道歉，林桓就說：「爹，您別聽小弟避重就輕。什麼不小心用墨汁弄髒了信，要是這樣，我重抄一遍就是。這小子弄髒了信怕我罵，居然將信給替換，還送了出去。」

林桓憤憤地把事情經過原原本本地說了一遍，林清頓時無語。

原來昨兒林桓散值回家，經過孟家銀樓，想著好幾日沒送東西給未婚妻，就去銀樓精心挑選了一支金釵，還心情甚好地寫了一首詩，美滋滋地打算一併送給自己未過門的媳婦。

可他寫完了詩，還沒等墨跡乾，王嫣身邊的丫鬟就來了，說是夫人有事找他。林桓來不及裝信，便匆匆去後院見母親。

等林桓回來，就看到信被正在書房玩的林楠裝好，倒也沒多想，直接把東西和信包好，然後送到齊家。

林清聽了，扶額說道：「也就是說，楠兒在書房把你寫的詩弄髒，擔心你罵，就把寫詩的那張紙換成白紙，然後你本來要送詩的，結果送成了一張白紙？」

林桓鬱悶地點頭，「正是如此。」

林清不由頭疼，問道：「那你未婚妻是什麼反應，生氣了？」

想到齊瑤的回信，林桓頗為尷尬，「她沒生氣，不過，她好像誤會了，還以為我在跟她打啞謎，特地回了信，問我她猜的對不對。」

林清有些想笑，這算不算錯有錯招？

聽到沒什麼不好的影響，林清鬆了一口氣，但還是板著臉，對林楠說：「你知道自己錯在哪了嗎？」

林楠低著頭，小聲說：「不該弄髒大哥的信。」

「還有呢？」林清淡淡地說。

林楠摳著手指頭，「兒子不該偷偷換掉大哥的信。」

林清這才點點頭，摸摸他的頭，「你最大的錯，就是不該在做錯事後，不想著去彌補，而是故意隱瞞，想規避責任。你弄髒了信，只要告訴你大哥，你大哥最多念你兩句，再費點功夫重新抄一遍，可你換了信，你大哥這次歪打正著沒什麼損失，要是你大哥這次送信的對象不是你未過門的嫂子，而是他的上峰，或者他那封信寫了很重要的事，結果會怎樣？」

林楠低著頭，不敢看林清和林桓。

林清最後說道：「回去把《論語》抄一百遍，三天後拿給我。」

林楠立刻抬起頭哀求道：「爹爹……」

林清肅著臉說：「還不快去？」

林楠縮起脖子，轉身跑了。

林桓的氣早消了，就說道：「也沒出什麼亂子，讓小弟三天把《論語》抄一百遍，會不會有些太重了？」

林清搖搖頭，「我這是讓他長記性。他年紀還小，很多時候分不清事情的輕重，就像剛才，我都把事情掰開跟他說了，他還是聽得迷迷糊糊的，意識不到萬一真的出事，會有多大的危害，所以讓他累上三天，哪怕他不懂，以後遇到同樣的事，他也不敢再犯。等他長大，自然就會明白了。」

林桓這才知道父親為什麼突然罰得那麼重。

處理完林楠的事，林清問道：「你最近和齊家姑娘有書信來往，感覺怎麼樣？」

林桓微微咳了一下，小聲說：「還行。」

林清笑著說：「你們合得來就好，再過五日就到你成親的日子，可準備好了？」

「兒子有什麼好準備的，全憑爹爹和娘親做主就好。」

「親事爹娘能給你準備，可迎親、洞房難不成爹娘也能替你？」林清調侃道。

林桓聽了，耳朵微紅，「爹爹說什麼呢？就會拿兒子開玩笑！」

林清笑笑，對旁邊的小廝說：「把我今天買的那個匣子拿來。」

小廝將抱著的匣子遞給林清，林清把它遞給林桓，對他說道：「上次陛下成親的時候，爹送了一個，效果不錯，如今你要成親，爹也送你一個，省得你覺得爹偏心。對於弟子和兒子，爹向來一碗水端平。」

林桓拿著匣子的手一頓，想到什麼似的，臉通紅，支支吾吾地說：「爹，您送的該不會是，不會是，和陛下那個一樣的吧？」

「當然不是。」林清說道。

林桓頓時鬆了一口氣，剛要把匣子拿走，看看裡面是什麼，就聽到父親說道：「這次的可比上次的貴多了，上次是精裝版的，這次可是我提前一個月讓人特地訂做的。」

林桓：……

他突然想給他爹跪了！

過了五日，終於到了林桓成親的日子，林桓一大早就被禮官叫起來，在禮官的指示下，按部就班準備著娶親的事宜。

林桓踩著吉時到齊家，準備迎娶自己的媳婦。

林家族親離得比較遠，只來了幾位長輩觀禮，陪著林桓去迎親的是，兩個年紀大些的弟弟林橋和林樺，還有翰林院的好友狀元秦景。本來林桓也想拉沈辰去，可禮官說陪著迎親的最好比新郎的年紀小或輩分低，林桓只好作罷。

林桓原以為憑他們這隊人，要文采有文采，要學識有學識，去娶個新娘肯定沒問題，等到了齊府才發現他們想得太天真了，齊府此次守門的，一溜都是舞刀弄槍的小夥子。

齊家子侄看到林桓騎著馬過來，在門前一字排開，然後把手中綁著紅綢的喜棍往地上一戳，齊聲說道：「要想娶我們齊家姑娘，先過我們這一關！」

林家一眾人在齊府門前停下，秦景搖著紙扇，對林桓笑著說：「秀才遇到兵，有理說不清。林兄，只怕你今日娶美人要費點周折了。」

林桓看著齊家子侄們，調侃道：「你不是狀元嗎？狀元不是文能安邦武能定國嗎？」

秦景攤了攤手，「我是文狀元，不是武狀元，讓我作個催妝詩，我信手拈來，可要我衝鋒陷陣，我還是有自知之明的。」

林桓翻翻白眼，「作催妝詩的話，我自己也能信手拈來。」

秦景看著面前一溜擋門的人，問道：「林兄，那現在怎麼辦？」

林桓笑了笑，對旁邊的林橋和林樺說：「二弟、三弟，看你們的了。」

林橋和林樺應道：「知道了，大哥。」

兩人翻身下馬，走到一眾齊家子弟面前，還沒等齊家子弟開口，就從袖中掏出一大串荷包，一人塞一個，邊塞邊說：「兄弟們守門辛苦了，小小心意，不成敬意。兄弟們且行個方便，讓我大哥進去。」

齊家子弟本來還想攔，可荷包一入手，用手一摸，頓時一驚。

這硬硬的一大塊，可是銀錠啊！

俗話說，拿人手短，吃人嘴軟。這成親女方攔人本來就是試試男方的誠意，如今男方給的荷包如此重，眾人也不好再阻攔。

林桓和秦景瞅準時機，帶著林家子弟一擁而入。

進了大門，秦景搖著扇子笑道：「銀錢開道，林兄這一局破得痛快。」

林桓瞥了他一眼，「用我的荷包，你當然看得痛快。」

秦景笑道：「反正是你娶親嘛！」

兩人往裡走，遇到迎上來的齊家管家，齊家管家恭敬地帶他們到齊家小姐的繡樓外，然後看到一眾攔在門外的丫鬟。

梅兒上前一步說：「我家姑娘在裡面，公子要想娶我家姑娘，可要拿出真本事來，否則我等丫鬟可是不會開門的！」

林桓笑笑，張口來了兩首詩，林家帶的人在後面跟著敲鑼打鼓地應和著。

梅兒雖然不知道林桓的詩作得好壞，不過聽著琅琅上口，念的詞也吉利，就說：「這一關算是過了，只是我們這些丫鬟一大早就守在這裡，公子要想娶我家小姐，不能太小氣，要不，我等姊妹可不開門！」

林桓轉頭對林樺叫道：「三弟！」

林樺上前，又是一個丫鬟一個荷包。

丫鬟們得了荷包，歡喜地說：「謝謝姑爺！謝謝姑爺！」

大門敞開，眾丫鬟往裡跑，一邊跑，一邊喊道：「花轎來了！花轎進門了！」

林桓莞爾一笑，齊家把場面搞得倒是熱鬧。

林桓、秦景和林家一眾人帶著花轎進去，就看到院子裡的齊侍郎和齊侍郎的夫人張氏。

林桓上前行禮，叫道：「岳父、岳母，小婿來了。」

齊侍郎拍了拍林桓，「瑤兒以後就託付給你了，你要好好待她，要是你敢讓她受一點委屈，老夫可不依。」

林桓連忙保證道：「小婿一定好好待夫人，岳父大人放心！」

齊侍郎這才點點頭，看著吉時快到了，對旁邊的大兒子說：「背你妹妹上花轎吧！」

齊鳴應了一聲，走到林桓面前說：「以後好好待我妹妹。」

林桓應道：「是，舅兄放心。」

齊鳴看了林桓一眼，這才進屋去背齊瑤。

齊夫人看著女兒被送進花轎，有些傷感，偷偷拿出帕子擦眼角的淚。

林桓知道嫁女不比娶親，娘家人感情越好越傷心，就對齊夫人說：「岳母，您放心，我一定會好好待瑤兒，不會讓她受委屈的。」

齊夫人聽了，這才心裡舒坦一點，「好孩子，你以後一定要好好待她。」

林桓用力點頭，這才讓林家跟著來的人抬起花轎，一路敲鑼打鼓地往外走。

秦景終於找到用武之地，當場作了一首詩，祝林桓和齊瑤百年好合，早生貴子。

齊侍郎和齊夫人大喜。秦景是狀元，還是本朝唯一的六元狀元，他在女兒出嫁時作詩，不僅很有面子，更重要的是吉利。這絕對是一個好彩頭，畢竟誰不想自家的孩子日後金榜題名，高中狀元。

齊侍郎和齊夫人忙拉著秦景感謝他，並讓人拿來筆墨紙硯，希望秦景能夠寫下來，以便他們裝裱起來。

秦景本來作詩就是為了送給林齊兩家，如今齊家能喜歡，自然再好不過。聽到齊家想要他的墨寶，也沒推辭，大筆一揮，把剛才作的詩寫了下來，還掏出私印在上面蓋章。

齊侍郎高興地向秦景道謝，並且讓管家拿去裝裱，到時好送到林家，放在他女兒房裡。這樣寓意好又吉利的東西，不放在他閨女屋裡豈不是浪費？

秦景聽到齊侍郎說到林家，這才反應過來，往身後一看，院子早已空空如也。

秦景：……

林桓這是把他這個陪著接親的人給丟了？

事實上，林桓走到半路，有想起秦景，畢竟秦景來時就在林桓身旁，林桓剛開始忙著接新娘子還沒察覺，可等走到路上自然就察覺了。

可察覺也沒用，成親有一大忌諱，就是接親不可往回走，所以哪怕知道自己不小心把好友丟在齊家了，也只能繼續往前走。

反正秦景不是小孩子，不怕他走丟！

於是，林桓心安理得地帶著新娘子先行一步。

等進了林家的巷子，在巷口守著的林家下人一看到前面騎在馬上的林桓，立刻把早已準備好的鞭炮點燃。一時間，整條巷子都是熱鬧的鞭炮聲。

小林指揮著幾個小廝端來一篩子的銅錢，撒在巷子裡。旁邊來看娶親的路人、小孩子，紛紛蹲在地上開始撿銅錢。

林桓下了馬，小林就遞了一條紅綢過來。林桓拉起一端，另一端被丫鬟遞到齊瑤手裡，然後林桓拉著齊瑤往裡走。齊瑤蓋著蓋頭，所以有兩個丫鬟小心地扶著。

林桓帶著齊瑤跨過火盆，穿過迴廊，走過庭院，最後來到前院拜堂的地方。

林桓和齊瑤剛進前院，在門口守著的幾個小童就大聲喊道：「新娘子來了！」

在前院坐著的客人全都站起來，找個位置站好，等著觀禮。

林桓拉著齊瑤跨過正屋的門檻，看到已經在主位上坐定的林清和王嫣。

林清和王嫣看著進門的兒子和兒媳，對視一眼，笑著點點頭。

禮官讓旁邊的丫鬟在中間擺好蒲團，引著林桓和齊瑤在對面站好，接著大聲地說：「吉時到，新人一拜天地！」

林桓和齊瑤對著門外跪下叩首，然後起身。

禮官又道：「新人二拜高堂！」

林桓轉過身，齊瑤也在丫鬟的攙扶下，對著林清和王嫣叩首。

林清和王嫣點頭說：「好好好，快起來！」

禮官繼續高聲道：「夫妻對拜！」

林桓和齊瑤聞言，對著站，相互行禮。

最後，禮官道：「送入洞房！」

賓客們紛紛大笑，和林桓關係比較好的幾個同僚，更是在一旁故意說：「林桓，快送你媳婦進洞房！」

林桓和齊瑤大窘，林桓趕忙拉著齊瑤向後院走去。等林桓出了門，就聽到屋裡大家笑的聲音更大了，林桓和齊瑤走得又快了三分。

林桓將齊瑤送到自己的院子，等齊瑤坐在喜床上，林桓本來想伸手掀開蓋頭，可想到只能等晚上才能掀開，他現在還要去前面敬酒，就對齊瑤輕聲說道：「妳先在這裡坐著歇歇，讓丫鬟去弄點東西給妳吃，我到前院去敬酒。」

頂著蓋頭的齊瑤柔聲說：「夫君自去便是，妾身會照顧好自己。」

林桓想了想，又去門口把自己的丫鬟叫來，讓她去準備清淡的小菜和點心給少夫人用，這才急匆匆去前院敬酒。

林桓的大丫頭侍書端著小菜和點心放到桌上，這才走到喜床前對齊瑤行禮，說道：「少夫人，少爺讓奴婢給少夫人準備了些清淡小食，少夫人請用。」

齊瑤把蓋頭往兩邊撩一下，笑著問道：「妳是？」

侍書說：「奴婢是少爺身邊的大丫鬟。」

齊瑤點點頭，對旁邊陪嫁的奶娘點了下頭。

奶娘拿出一個荷包遞給侍書，「這是少夫人賞妳的，下去吧！」

侍書又行了一禮，「多謝少夫人。」然後退了出去，並且細心地把門關上。

齊瑤看著屋裡沒有外人之後，才鬆了一口氣，「奶娘，妳快幫我揉揉脖子，這鳳冠壓得我脖子好疼。」

奶娘聽了，趕忙幫齊瑤揉脖子，「姑娘再忍忍，一會兒就沒事了。」

齊瑤旁邊跟著的陪嫁丫鬟梅兒走到桌旁看了看，對齊瑤開心地說：「姑娘餓了吧？快趁著有空先吃點東西。姑爺心真細，知道姑娘一天沒能吃什麼，特地讓人送來。奴婢看了，都是清淡的小菜和點心，姑娘肯定喜歡。」

齊瑤聽了，讓奶娘和梅兒把她扶到桌邊坐下。齊瑤忍不住抱怨道：「這鳳冠霞帔也太沉了，幸虧一路上有人扶著，要不然我根本走不動路。」

奶娘安慰道：「不過是成親穿一日，小門小戶可是想穿都沒有。」

梅兒笑說：「嬤嬤記錯了，小姐過兩年就有誥命了，以後可是會經常穿的。」

奶娘想到林桓已經是庶起士，等過兩年授官，最低也是七品，她家姑娘可不是有誥命，頓時歡喜地說：「嬤嬤我可是糊塗了，咱家姑娘可是有誥命的。」

齊瑤想到林桓，羞澀一笑，小聲問道：「奶娘，妳覺得夫君他……他怎麼樣？」

身為奶娘，既然跟著陪嫁，那就是為了護著自家小姐的，自然得眼觀八方耳聽六路。

奶娘低聲說：「我看姑爺應該和咱們打聽到的差不多，剛才我出去轉了一趟，院子裡的應該就是伺候姑爺的。我看了一遍，那些丫鬟都是姑娘身，長得也端正，沒有那種妖裡妖氣的，剛才那個大丫頭和姑爺說話也本本分分的。」

齊瑤稍微放下心來，「爹和娘都說林家的家風好，我也不求他和公公一樣，一輩子只守著婆婆一個人，只要他真心待我就好。」

奶娘忙說：「姑娘，就妳這樣貌才情，姑爺見了妳，肯定會把妳捧在手心裡的。」

齊瑤對自己的長相還是很有信心的，糾結了一下就放下了，看著桌上的菜，感覺有些餓了，便拿起筷子，挑了幾樣不容易弄花妝的點心吃了起來。

相比於齊瑤在屋裡不用出來可以躲閒，林桓在外面可就忙得昏天暗地。

林桓出來後，去了擺在內院的第一桌。之所以擺在內院，是因為這桌的身分最為尊貴。

林桓進了屋，看到主位上的周琰，連忙行禮。

周琰叫起林桓，笑著說：「怎麼樣，朕來親自來，有沒有感覺很驚喜？」

林桓實話實說：「絕對又驚又喜！」

周琰哈哈大笑，「本來朕不打算來，不過想著你比朕才小一歲，如今朕的兒子都滿地跑了，你才剛娶上媳婦，朕怎麼都得來看看你，給你鼓鼓勁。」

雖然周琰嘴裡是埋汰林桓，可在座的眾人還是羨慕地看著林桓。皇帝要是真不想來，壓根兒不會來，這麼說，不過是不讓林桓顯得榮寵太過。

周琰看著林桓，說道：「快坐下吧，朕只能待一炷香的時間，要是待久了，御史又要在朕耳朵邊念叨了。」

林桓看了一圈，最後在末席坐下。因為周琰來了，本來可來可不來的內閣閣老和六部尚書都到齊了，他爹坐了主陪。雖然今日是他成親，可在一群大佬面前，他只能坐末席。

林桓坐下，周琰與他說了幾句話，又送了他幾件賀禮，就帶著楊雲匆匆回宮了。

即便如此，眾人還是羨慕無比，原來的內閣次輔，現在的內閣首輔楊經，便對林清感慨道：「你家這孩子，以後不用你操心了。」

林清笑笑，謙遜地說：「這孩子不過是運氣好罷了，平時傻乎乎的，我可沒少費心。」

楊經說道：「傻人有傻福，聰明的人未必比傻人活得舒坦。」

林桓被眾位大人看得渾身不自在，連忙起身向眾人敬酒，就從裡面退了出來。

剛走到前院，才鬆了一口氣，就被人從身後猛地拍了一下。

林桓一驚，轉過身來，發現原來是秦景。

他拍拍胸口說：「你幹麼突然拍我，差點嚇著我！」

「你還敢說？你倒好，光顧著抱著美人歸，結果把兄弟扔下了！」秦景不滿地說。

林桓自知理虧，連忙討饒，「我這不是沒想到你會落後頭嗎？等我發現的時候，已經出了齊家。你知道的，花轎是不能回頭的。」

秦景也猜到是這個原因，不過知道並不代表秦景想放過林桓，他拉著林桓說：「既然錯了，就得受罰，快跟我去花廳，咱們喝酒去！」

林桓聽了，忙說：「好兄弟，這可使不得，我等會兒還要敬酒，你要是把我灌醉了，等一下可會誤事的。」

秦景嘿嘿一笑，「來就是要灌醉你，反正我不灌，別人也會灌，結果都一樣。」

結果，在屋裡等著的齊瑤，最後成功收到醉鬼一枚。

看著醉得不省人事被扶進來的林桓，齊瑤、奶娘和梅兒連忙把他扶到床上，然後齊瑤讓梅兒去打水。齊瑤拿著帕子沾了水給林桓小心擦著，望著喝醉的林桓，齊瑤不由擔心起自己的新婚之夜，忍不住嘆了一口氣。

齊瑤剛嘆完氣，林桓突然睜開眼睛，開玩笑地說：「夫人，新婚之夜，嘆氣可不好！」

齊瑤一驚，隨即驚喜地道：「你沒醉？」

林桓從床上坐起來，把齊瑤按在床上，用旁邊的喜杆將她頭上半遮的蓋頭挑起來，接著又拿起交杯酒，與齊瑤對飲。

看著近在咫尺的齊瑤，林桓心裡樂道：幸虧他知道要裝醉，要是真醉了，今晚可就看不到漂亮的媳婦了！

……

林桓在洞房花燭中樂擁美人，林清和王嫣卻忙得腳不沾地，一直等到月上枝頭，將最後一波賓客送出門，這才有空回房歇息。

回到房中，林清和王嫣已經累得不想動了，直接叫丫鬟端來洗漱的水，草草梳洗一番，兩人上了床。林清原以為自己累得這麼狠，肯定倒頭就睡，誰知躺在床上，遲遲沒有睡意。他轉頭看旁邊的王嫣，發現她雖然閉著眼睛，眼皮卻在動，顯然也沒有睡著。

林清側過身，輕聲問道：「妳也睡不著？」

王嫣睜開眼睛，說：「渾身累得酸痛，可就是沒有睡意。」

林清嘆氣，「我也是。也不知怎地，一閉上眼睛，就想起桓兒從小到大的點點滴滴。我一直覺得他還是個孩子，想不到一轉眼他就長大了。」

「是啊！」王嫣也翻過身來，對著林清感慨道：「當初他剛生下來，抱在懷裡那麼小，還不出懷，如今卻是連媳婦都娶上了。」

「不過，他娶媳婦了，妳我也算了了一樁心事，以後桓兒有他媳婦操心，不用咱們倆管了。等咱們再把三個小的料理完，也就輕鬆了。」

「是啊，榕兒和桓兒算是拉扯大了，還有三個小的，唉，咱們當初要是把幾個孩子生得都只差個一兩歲就好了。」王嫣嘆道。

林清笑說：「這事哪是咱們說了算的？再說，就算各個孩子只差一兩歲，該忙的半點也少不了，不如隔幾年來一個輕鬆。」

「這哪裡輕鬆了？光是惦記著，哪裡比得上早料理完早輕鬆？」王嫣不認同。

「反正結果是一樣的。就算早料理完，依妳的性子，難道不會再操心孫子？」

王嫣一想也是，哪怕兒子都成家立業了，她只怕也閒不下來。

想到孫子，王嫣瞬間精神更好了，用手支起頭說：「現在兒媳婦進門了，說不定今年咱們就能抱上孫子了。」

「現在都四月初了，今年怎麼可能？」林清直接反駁。

「怎麼不可能？」王嫣說道：「今年是閏六月，有十三個月。」

林清瞅了她一眼，「哪有這麼湊巧，頭一個月就懷上？再說，兒媳婦都娶進門了，還擔心沒有孫女孫子？說不定過幾年，孩子多了，妳又開始嫌煩了。」

「自己的孫子孫女，哪有嫌多的？」王嫣白了林清一眼。

「還真有。妳想想妳當初剛嫁進來的時候，咱們二嬸、三嬸多稀罕孩子，兩家大堂兄家的孩子，兩個嬸子走哪帶到哪，可上次咱們回老家的時候，那些堂兄家，別說兒子，連孫子都成堆，二嬸和三嬸對後來的那些孫子、曾孫子，甚至是玄孫，一點稀罕勁都沒有了。」

王嫣想到老家各家的孩子那麼多，也笑道：「別說兩個嬸嬸不稀罕，我看得都覺得暈。那次過年來拜年，那一溜小子，咱們家花廳差點裝不下。」

「所以啊，妳不用擔心孫子孫女的事，就咱們家那四個小子，只要他們不會不想生，過上些年，只怕咱們還會愁孫子太多。」

「要是真因為這個發愁，倒也是好事。」王嫣喃喃說道。

第二日，林清和王嫣早早起來，收拾妥當，等著新媳婦過來敬茶。

林桓拉著齊瑤來到後院，林清看著眉飛色舞的林桓和滿臉羞紅的齊瑤，看來他兒子昨晚的洞房花燭夜過得非常幸福。

林桓和齊瑤走到林清和王嫣面前，林桓行了一禮，喚道：「爹，娘。」

齊瑤也福了福身，跟著小聲喊道：「爹，娘。」。

林清點點頭，「好。」然後轉頭對王嫣說：「叫三個孩子也過來，好讓兒媳婦敬茶。」

王嫣點點頭，還沒等丫鬟出去，就聽到外面傳來一陣腳步聲，接著就看到林樺和林樺領著林楠走進來。

林清笑著說：「這三個孩子，今天倒是積極！」

林橋和林樺對林清和王嫣行禮，然後叫道：「爹，娘。」

林楠鬆開林橋和林樺的手，蹦蹦跳跳地跑過來，拉著林清和王嫣說：「爹爹、娘親，楠兒要來看嫂子。」

林清伸出一根手指戳林楠，「你呀，學學你兩個哥哥，你這樣也不怕你嫂子笑話你。」

林楠聽了，看著旁邊穿著一身紅衣的新嫂子，突然害羞了，不好意思地摸了摸頭。

齊瑤莞爾，柔聲說：「小叔天真活潑，甚是可愛，媳婦喜歡還來不及，哪裡會笑話？」

林楠聽了，跑到齊瑤面前歪著頭看了看，突然對林桓說：「大哥，嫂子長得真好看！」

眾人頓時被林楠的童言無忌樂到了，林清笑說：「你才多大，還知道好不好看？」

林楠反駁道：「嫂子就是好看，和大姊一樣好看！」

好吧，這孩子判斷人家好不好看，是拿著林榕當作標準的！

林清看著人到齊了，就說道：「時辰不早了，開始吧！」

林清和王嫣回到主位坐好，三個孩子也在下首依次坐下，丫鬟在地上擺了蒲團。

林桓帶著齊瑤跪下，向林清和王嫣行了大禮。旁邊的丫鬟端來茶，齊瑤接過，先端給林清，說道：「爹，請用茶。」

林清接過喝了一口，「以後夫妻要和和睦睦的，有事多商量，家和才能萬事興。」

林桓和齊瑤齊聲應道：「是！」

林清放下茶杯，拿出一個匣子遞給林桓和齊瑤，「如今你們也成家了，桓兒在朝為官，難免需要應酬和打點，這些田產鋪子你們拿著。」

林桓聽了，忙說：「爹爹，這沒分家，兒子拿了不合適。」

不分家，諸子不得有私產。

雖然平時林清和王嫣也給過幾個孩子一個莊子一個鋪子，可那也就是當零用錢，如今這樣直接給田契、地契可就不同了。

林清說道：「讓你拿你就拿著，你弟弟們以後成親也有，這是給你們小家的零用錢。」

林桓這才順從地接過去。

林桓和齊瑤向林清敬完茶，齊瑤又端起茶奉給王嫣，「娘，請用茶。」

王嫣端過茶，也喝了一口，說道：「娘也不多說什麼，只希望你們小倆口能和和美美，早日讓娘抱上孫子孫女就行了。」

林桓笑道：「娘，您放心，不用兩年，您就能看到您的大孫子了。」

齊瑤紅著臉，輕輕點頭。

林清笑著說：「也不用太急，隨緣就好。」

王嫣讓旁邊的丫鬟捧來一匣子首飾遞給齊瑤，這是她特地讓銀樓打的。

齊瑤恭敬地接過，說道：「多謝娘！」

雖然她有很多首飾，可婆婆能送她首飾，這本身就代表著一種認可。

林桓和齊瑤起身，林桓又為齊瑤挨個介紹自己的三個弟弟。

齊瑤逐一送上親手做的針線，林橋、林樺和林楠也拿出東西作為回禮。

王嫣見時辰不早了，就讓丫鬟擺飯。

齊瑤很有眼色地站在婆婆旁邊幫忙。

王嫣帶著丫鬟擺好飯，正坐下打算吃飯，看著身後準備要伺候她的齊瑤，便說：「妳也坐，咱們家沒那些規矩。」

「能伺候婆婆是媳婦的本分。」齊瑤忙說道。

「好了，旁邊有一溜丫鬟呢！快去坐在桓兒身邊，他正瞅著妳呢！」王嫣笑道。

齊瑤向林桓看去，和林桓對上了眼，臉直接紅了。

王嫣拍拍齊瑤的手，「快去吧！」

齊瑤見婆婆是真心讓她坐，這才福了福身說：「那媳婦過去了。」

齊瑤輕移蓮步，走到林桓的身邊坐下。

林清拿起筷子說：「吃吧！」

眾人便開始動筷。

林清正吃著，抬頭隨意看，就看到林桓夾起一塊點心放到齊瑤的碗裡。齊瑤看著點心，對林桓微微一笑，甜蜜地品嘗，林桓還拿了帕子將齊瑤嘴邊的點心屑擦掉。

林清：……

臭小子，才剛成親就學會秀恩愛了！

林清看了看眼前的菜，想到他媳婦最喜歡吃桂花糕，便夾起一塊，放到王嫣碗裡，「這個妳最喜歡吃了。」

王嫣臉一紅，嗔道：「孩子們都看著呢！」

王嫣雖然這麼說，還是歡喜地吃了，然後又夾了林清喜歡的花生酥給他。

於是，飯桌上就出現了林桓和齊瑤你夾著我吃，我夾著你吃，林清和王嫣的你給我夾一個，我給你夾一個的情景。

已經懂事卻沒媳婦的林橋和林樺對看，心道：還能不能好好吃飯，有媳婦了不起啊！

柒之章 ◆ 伯叔送禮驚新娘

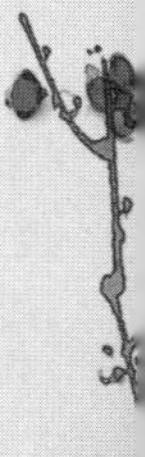

用完早膳，林清對林桓說：「等會兒我去禮部坐堂，你帶你媳婦去前院認認親戚。」

林桓說：「爹放心，我等一下就帶著瑤兒去。」

等林清走後，林桓小聲問齊瑤：「吃好了嗎？」

齊瑤微微點頭。

林桓轉頭對王嫣說：「娘，我帶瑤兒去前院。」

王嫣說：「快去吧，別讓大家久等了。」

林桓和齊瑤起身退了出去，齊瑤才低聲問林桓：「大郎，不知等會兒見的都有誰，妾身可要準備什麼？」

林桓說道：「我們先去前院見我姊和姊夫，然後帶妳去見林家的族親。為了我大婚，林家來了不少人幫忙，都是我的叔叔伯伯輩的，我爹的親兄弟和堂兄弟。」

齊瑤聽了，知道這算是比較親的親戚，就讓梅兒回房拿自己親手做的五色針線。

兩人來到前院，林桓先帶齊瑤去了東跨院的廂房，打算讓齊瑤見見他姊姊。

林榕和沈辰已經用過早膳，正在屋裡等著，看見林桓和齊瑤進來，林榕笑道：「來了？快點過來，讓姊姊看看你媳婦。」

林桓帶著齊瑤上前見禮，叫了聲：「姊，姊夫。」

林榕看了看齊瑤，對林桓說：「弟妹長得很標致，也端莊大方，你可是撿到便宜了。」

齊瑤聽了大姑姊對自己的誇獎，害羞地說：「當不得姊姊誇獎。」

「怎麼當不得？我這弟弟性子素來跳脫，妳看起來穩重多了，正好管著他。」

「姊可真是的，一見到瑤兒，我這個親弟弟就要靠邊站了。」林桓故作委屈。

林榕笑著說：「你都多大了，還跟自己的媳婦吃醋？」

林桓轉頭看向旁邊的沈辰，問道：「姊夫昨日休息得可好？」昨天喜宴到了很晚才散，林清擔心女兒和女婿半夜回去不方便，就留他們在林家歇下。

沈辰說：「還好，正好今日你姊也想看看你媳婦。」

林桓和齊瑤陪著林榕和沈辰說了一會兒話，齊瑤將自己做的五色針線送給林榕，林榕送了齊瑤一副首飾當作見面禮，林桓這才帶著齊瑤離開。

沈辰笑著對林榕說：「這下妳可放心了？」

林榕端起茶喝了一口，「俗話說『婦賢夫少禍，婦惠安到家』，桓兒是家裡的長子，齊氏以後就是宗婦，我不親眼看看，怎麼能放心？不過桓兒眼光不錯，挑的人沒話說。」

林桓和齊瑤出了東跨院，往西跨院走。到了西跨院，還沒進門，門口的小廝看到林桓，就對裡面喊道：「大少爺和少夫人來了！」

簾子被掀開，裡面走出幾個人。

林桓忙帶著齊瑤行禮，叫道：「見過眾位叔伯。」

行完禮，林桓領著齊瑤走到帶頭的林澤面前，為齊瑤介紹：「這位是我大伯父。」

齊瑤在成親前就打聽過林家的家世，聽到林桓一說，就知道這位應該是公公的親大哥，忙行禮道：「侄媳見過大伯父。」

林澤點點頭說：「好好好，快起來。」然後讓身後的小廝拿來一個匣子給齊瑤，對林桓笑著說道：「你這小子，本來覺得你還小，想不到一轉眼連媳婦都娶上了。」

林澤一直很疼林桓，林桓也跟林澤很親，聽了大伯父的話，不由笑說：「大伯父，如今侄兒成親了，算是大人了，您可不能小子、小子地叫了。」

林澤一巴掌拍在林桓頭上，「你雖然成了親，難不成在我眼裡就是大人了？你堂兄現在孩子都出來了，在我眼裡也還是娃娃。」

林桓聽了，在心裡為自己的大堂兄默哀。

林桓又引著齊瑤走到林澤左邊那人面前，「這位是二爺爺家的湖堂伯。」

齊瑤行禮道：「湖堂伯。」

林湖忙叫她起來，讓小廝把見面禮端上來，然後誇讚道：「侄媳婦這樣貌氣度都是上上等，桓兒，你這孩子福氣不錯。」

林桓笑道：「大堂伯，侄子眼光不錯吧？」

「我這是誇你媳婦，又不是誇你。」

「夫妻一體，堂伯誇我媳婦，不就是誇我嗎？」

林湖指著他搖頭笑道：「你這孩子！」

林桓帶著齊瑤又走到右邊，介紹說：「這位是三爺爺家的濟堂伯。」

齊瑤上前見禮，林濟也送了見面禮，然後拍拍林桓，只說了一句：「侄媳婦不錯，好好對待人家。」

林桓忙說：「濟堂伯放心，侄子曉得。」

齊瑤見完禮，就讓丫鬟把自己做的針線奉給幾位長輩，然後隨著他們往屋裡走。

進了屋，幾人坐下後，林澤問林桓：「你父親昨日跟我說，過幾日你和你兩個弟弟要與我們一起回去？」

林桓點點頭，「侄兒已經成親，按照慣例，婚後可以請假，侄兒打算去翰林院告假，帶齊氏回老家一趟，一方面是祭祖，另一方面也是帶二弟和三弟回去考院試。上次院試，爹爹覺得三弟火候不夠，就壓了他一屆，本來想讓二弟自己回鄉考的，可二弟不想自己回去，就等著和三弟同行了。」

林澤點頭，「讓橋兒一個孩子自己回去，就算帶著僕役，可路這麼遠，別說他不願意，就算他願意，咱們也放心不下。」

「爹也是這麼考慮的，所以也沒強求，如今正好讓他們兩個作伴回去。」

「那正好，過兩天我帶你們兄弟一起走。」

「麻煩大伯父了。」

林澤擺擺手，「什麼麻煩不麻煩，本就是為你的親事來的，現在正好把你們捎回去。」

林澤又對齊瑤問道：「過兩天，我們打算走水路回去，侄媳婦可會暈船？」

齊瑤忙說：「不曾，我坐過多次官船，不曾暈過。」

「那就好，我等會兒讓人先去訂船。」

林桓和齊瑤陪三位伯父坐了一會兒，見天色不早了，便起身告退。

林澤要留飯，林桓推辭說：「等會兒瑤兒還要去娘那裡。」

林澤知道新婦第一天吃飯都得去婆婆那裡，給婆婆留個好印象，就不再留，「那等回老家，帶你媳婦上大伯父家吃飯。」

「大伯父放心，侄子一定帶媳婦去蹭吃蹭喝，到時您可不能趕侄子。」林桓打趣道。

林澤大手一揮，「你就算天天住著吃鮑魚、燕窩都沒事，大伯父還能被你吃窮不成？」

林桓：……

他大伯父還是一如既往的豪爽！

林桓帶著齊瑤回到自己的院子裡，就讓下人們都下去，然後興奮地說：「來，看看咱們今天行了一上午的禮，都收了些什麼？」

齊瑤有些驚訝，沒想到一向風度翩翩的林桓，居然也會在意錢。

林桓噗哧一笑，「妳那是什麼表情？吃飯穿衣，哪樣離不開錢？難不成妳覺得妳的丈夫是個清高的，天天喝西北風不成？再說，爹娘、大伯父、堂伯父送咱們見面禮，肯定是送咱們喜歡的，難道妳不好奇他們送了什麼？」

齊瑤覺得林桓說的有理，便好奇地看著林桓打開匣子。

林桓先打開父親送的匣子，只見裡面果然是幾張地契。

齊瑤伸手拿過去一看，吃驚地說：「這是京城的三個旺鋪和三個莊子！」

林桓瞅了一眼，「這應該是娘近兩年置辦的。」

齊瑤看著這六張地契，雖然只是薄薄的六張紙，卻不低於萬兩白銀，不禁說道：「這、這是不是太貴重了？」

目前還沒分家，這算是公公給他們的私房錢，而且聽公公的意思，以後小叔也有，齊瑤忍不住懷疑公公是不是偏袒她丈夫了，要不，來上同樣的四份，那就是四萬兩，林家還不得被掏空了？

誰知林桓只是看了一眼，就把地契塞給她說：「哪裡算貴重了？爹不過是擔心咱們剛成家，怕咱們手頭緊又不好意思開口，會委屈了自己，才送給咱們零花錢。」

「零花錢？一萬兩？」齊瑤看著手中的地契，有些不敢相信。

林桓看著齊瑤，知道她八成被他爹的大手筆嚇到了，就笑著說：「爹那人素來大方，不過雖然給了咱們，卻也不是讓咱們一次花用的，這些鋪子和田產每年都有進帳，咱們只要用這些就好了。」

齊瑤心道，這些鋪子和田產，哪怕每年光進帳，也得有上千兩銀子，猶豫了一下，還是問道：「爹平時都是這麼大方嗎？」

林桓知道她要問什麼，「爹那個人從小啣著金湯匙長大，對錢財一向大方，不過爹從來不亂花，或者說他想不到要花錢。再說，家裡的錢都是娘管，妳不用擔心爹把錢敗光。」

齊瑤臉一紅，「我哪裡是問這個？」

「爹不太會打理庶務，當然也可能他懶得用心思在上面，所以家裡的帳目都是娘在打理的。」林桓伸手攬過齊瑤，「以後我的帳目也由妳來打理。」

齊瑤瞬間臉紅，忙從林桓懷裡出來，「好好說話，大白天拉拉扯扯的，像什麼樣子？」

林桓哈哈大笑，見齊瑤惱羞成怒，趕緊說道：「快看看後面幾份。」

齊瑤被轉移了注意力，將王嫣送的匣子打開。王嫣送的是一整套的首飾，從釵、簪到手鐲都有，是現在京城最流行的款式，無論是出門做客還是在家戴，都很不錯。

林桓直接說：「這些妳收在妳的梳妝盒裡，平時可用。首飾本來就是拿來戴的，放在庫房裡也是白瞎了。」

齊瑤點點頭，打算等會兒去婆婆那裡時就先戴上一兩件，討婆婆歡心。

林桓又把剛才收的三個匣子拿出來，齊瑤突然發現，林家人好像很喜歡用匣子裝禮物，不由猜測：難道這樣比較有神祕感？要不，她丈夫為什麼拆匣子拆得這麼順手？

林桓先把大伯父送的匣子放在面前，對齊瑤說：「妳猜大伯父會送我們什麼？」

齊瑤搖搖頭，「這個妾身哪裡猜得到？」

林桓狡黠地說：「肯定很值錢！」

他直接打開匣子，看見裡面同樣是紙，只不過是一疊。

林桓拿出來一看，笑了，然後遞給齊瑤。

齊瑤接過，疑惑地問道：「這是什麼？」

「就知道妳不認識，不過妳一定聽說過，這個就是鹽引。」

「鹽引？這個是鹽引？」齊瑤萬分驚訝，拿起來仔細看，「這個我聽我爹說過，當初我爹在北方關口鎮守的時候，北方關口的軍糧不夠用，那時關內外也很荒蕪，無糧可徵，朝廷運糧也很難支撐，太祖皇帝曾經下令，凡是運一石糧食去關口大營者，可得鹽引一張。」

林桓笑道：「原來這事妳也知道。家祖當年就曾經是北上運糧中的其中一個，林家也正是憑此從私鹽販子變成名正言順的鹽商。」

齊瑤沒想到自己隨口一說，居然是林家的發家史，「聽爹爹說，當初運糧北上，雖然利潤可觀，但一路上風險極大，而且朝廷要求運一石，光路上的消耗，就有一石多，所以能撐下來的人極少。」

「是啊，當初光死在北上的商人就不計其數，家祖也是三個兄弟齊力才勉強撐下來。」林桓想起當初從爺爺那裡聽來的發家史，唏噓不已。

齊瑤拿起鹽引細看，又數了數，這才瞪大眼睛，「這裡居然有二十張鹽引！」

林桓收回思緒，「嗯？」

齊瑤見林桓沒什麼反應，直接說道：「二十張，一張三百斤，就是六千斤鹽，你知道現在京城的鹽一斤多少錢嗎？」

林桓笑著說：「林家最不缺的就是鹽。」

「可是，這禮也太貴重了吧？」齊瑤說道。這要是她公公婆婆送的，她肯定不會驚訝，可這是大伯父啊，而且只是侄媳婦的見面禮，這簡直有些貴得燙手。

林桓笑著搖搖頭，把鹽引放到匣子裡，推給齊瑤，「放心，這點不過是大伯父的心意，大伯父既然敢給，那肯定是考慮好了，妳收著就是。」

齊瑤有些猶豫地接過這個燙手的見面禮，林桓笑笑，再把林海送的匣子拿過來。

齊瑤看了是海堂伯的匣子，鬆了一口氣，心道，這海堂伯和公公是堂兄弟，是另一房的人，想必送的見面禮也就一般了。

林桓拿著匣子在手裡掂了掂，「妳猜海堂伯送的是什麼？」

齊瑤看著林桓的舉動，笑道：「難不成你掂掂就知道是什麼？」

林桓挑眉，「海堂伯不愧是二爺爺的長子，性子就是隨二爺爺，真是個實在人！」

齊瑤正好奇丈夫怎麼這麼感嘆，就看到他把匣子打開，然後齊瑤愣住了。

居然是滿滿的一匣子金元寶！

林桓悠悠地說：「果然不出我所料。」

齊瑤：……

齊瑤伸出手指頭點了點，正好十個，又拿起一個掂了掂，應該是十兩的。

她瞬間倒抽一口氣。

一百兩黃金，這可是一千兩銀子，這禮比他丈夫的親大伯父送的也一點不差！

齊瑤沒想到自己去見個禮，就收到兩份這麼重的禮，不禁猶豫地道：「長輩所賜，按理說晚輩不應該有異議，可是，這是否太重了？」

林桓笑笑，沒有說話，又把第三個匣子拿出來，推到齊瑤面前，「打開看看。」

齊瑤看著眼前這個細長的匣子，她現在已經完全不敢小看這匣子了。她小心打開匣子，往裡一看，眨了眨眼，又看了一下，頓時鬆了一口氣。

裡面是一幅畫！

齊瑤心道，好歹收了一個不算太貴重的見面禮了，頓時壓力大減，伸手從裡面把畫拿出來，打算看看送的是什麼畫。

齊瑤剛解開綁畫的紅繩，將畫一點一點地展開，就聽到林桓突然急切地喊道：「停，別動！小心，我來！」

林桓連忙從齊瑤手中接過畫軸，親自打開，平放到桌子上，然後趴在桌上仔細看，這才嘆了一口氣，「三奶奶真是大方啊，居然連自己的嫁妝都拿出來了。這可是她最喜歡的一幅畫，想不到會送給妳。」

齊瑤見林桓這麼謹慎，也有些緊張，不過她對書畫不熟，看不出什麼，只好問了一句最俗的：「大郎，這個畫大概值多少錢？」

林桓正欣賞著畫，隨口說道：「得上千兩銀子吧，要是碰上喜歡的，肯定價更高。」

齊瑤：……

她突然覺得，她嫁的人家，好像，非常非常有錢，超乎她想像的有錢！

齊瑤看著眼前的見面禮，遲疑地問道：「大郎，這見面禮是不是太貴重了？雖然這是長輩們的一番心意，可人情往來，要是太貴重了，難免是一種負擔。」

林桓聽了齊瑤話裡的未盡之意，笑了笑，「妳是不是擔心親戚們送這麼重的禮，是想要求爹爹辦事？」

齊瑤沒想到林桓會直接道破，不過她身為林家的媳婦，自然得為自己這房考慮。

「妳能不被眼前這些錢財迷了眼，這很好。」林桓讚賞道：「不過，妳放心，大伯父和堂伯們之所以給這麼重的見面禮，不是有求於爹爹，而是因為當初大伯父和堂伯家的堂兄們成親，爹爹給的見面禮差不多就是這樣，如今不過是禮尚往來而已。」

齊瑤驚訝地說：「公公隨了這麼重的禮？」

林桓笑道：「當初大堂兄成親的時候，因為是第一個孫子輩，難免稀罕，所以長輩給的見面禮就重了些，後面的自然不好降下來。好在林家不缺這點東西，林家各支男丁人數也差不多，長輩中也沒有小家子氣故意占便宜的，所以這見面禮不過是你隨我，我還你罷了。其實最後也就是送給晚輩，幫扶一下晚輩而已。」

「原來是這樣……」齊瑤聽了，恍然大悟，隨即有些羞愧地道：「是妾身想多了，差點辜負了長輩們的心意。」

林桓拉起齊瑤的手，說道：「不知者不怪，妳以前又不了解，哪知道這裡面的內情？再說，妳能不為錢財所惑，還能想著要委婉地提醒我，得此賢妻，是我林桓的福氣，我高興還來不及呢！」

齊瑤的臉刷一下紅了，想從林桓手中把手抽出來，卻不想林桓拉得更緊，不由臉越發的紅，當下羞惱地說：「大白天的，拉拉扯扯做什麼？」

林桓不以為意，「咱們今天走了一上午，妳不累嗎？不如咱們去歇息一會兒？」

齊瑤當然覺得累，她是新婚第一天，昨晚折騰了大半夜，今天早晨又一大早起來敬酒和認親戚。雖然公婆和其他長輩都是和善人，不曾為難她，可她也累得不輕。

不過，想到等會兒還要去伺候婆婆用午膳，齊瑤拒絕道：「妾身不累，大郎要是累了，就去內室歇歇吧！」

「妳不累？」林桓疑惑地看了齊瑤一眼，「我看妳臉色不太好，怎麼會不累？」

齊瑤推脫不過，只好實話實說：「等會兒要去正院，現在歇息了不好。」

「妳是說要去正院用膳吧？放心，現在離用膳還有一個多時辰，咱們歇半個時辰，等一下我陪妳一起去。娘要是問起，就說我乏了，讓妳陪我回來歇息。」林桓說完，不由分說地拉著齊瑤往內室走去。

兩人歇了半個時辰，林桓看齊瑤面色好了很多，這才起身，帶著齊瑤去正院。

王嫣正忙著登記昨日來賓的帳冊，見林桓和齊瑤來了，隨口說道：「你們來了。正好，齊氏過來。」

齊瑤頓時有些緊張，以為自己來晚了，惹婆婆不喜，忙低眉順眼地叫了聲：「娘！」

王嫣卻是問道：「會記帳嗎？」

齊瑤身為齊家嫡女，從小跟著齊夫人學習管家，記帳也是會的，但還是謹慎地說：「以前在家的時候，跟著家母學過一些，略通些皮毛。」

「那就好。」王嫣把一本冊子遞給她，「這是昨日桓兒的同僚隨的禮，妳把單子列出來好存檔，以後人家要是有個紅白事，也好還人家。」

「是，媳婦知道了。」齊瑤鬆了一口氣，拿著冊子在旁邊記錄。

林桓看著母親和媳婦在做事，就走到母親身邊，給她捏捏肩，「娘何必一大早就忙活，小心累著。您歇歇，過兩日再弄也不晚，反正兒子都成親了，以後也有空。」

王嫣對兒子的關心很受用，慈愛地說：「這都是人家的隨禮，不快點整理出來，萬一不小心漏了，豈不是要得罪人？對了，你帶著你媳婦把親戚都認完了？」

林桓在王嫣身邊坐下，「都見過了，大伯父和堂伯父們還給了見面禮，挺貴重的。」

王嫣點點頭，「既然是給你們的見面禮，收著就是了，不過等會兒列個單子給娘，以後你那幾個堂弟成親，也不能少了人家的。」

林桓說：「兒子等會兒就列出來。」

王嫣又想到幾個孩子要回鄉的事，便問道：「你和你大伯父可商量好回鄉的事了？」

「已經跟大伯父說了，大伯父說過幾天走時正好捎帶我們。」

「有你大伯父一路上照應，娘也就放心了。」

想到兒子馬上要回老家，王嫣沒心思整理帳冊了，讓丫鬟把東西收拾起來，然後開始幫三個兒子打點行裝。

看到旁邊的齊瑤，王嫣對齊瑤招招手，「妳跟我一起收拾，等陪桓兒回去，路上需要什麼，也知道東西在哪。」然後又對林桓說：「幸好有你媳婦跟著，也有人替你們路上收拾，娘也放心些。」

林桓看著王嫣指揮丫鬟婆子收拾這收拾那，忙說：「娘，兒子只是回家祭祖，還有帶著弟弟們考院試，不用帶這麼多東西。」

「怎麼不用？」王嫣說道：「你們回去一次，不但要祭祖，要考院試，還要帶新媳婦見族裡的長輩，最重要的是，要見你的爺爺和奶奶，不多準備些東西怎麼成？再說，你們走的是水路，有官船，東西好帶，現在備齊了，回去也不用現置辦，多方便啊！」

林桓聽到王嫣提起爺爺和奶奶，頓時不反對了。爺爺和奶奶自小疼他，如今多帶些東西孝順他們，他也是很樂意的。

於是，林桓看著母親和媳婦忙活了兩天，才終於將他們此次要回鄉的東西收拾妥當，而等到看到母親把東西全裝上馬車後，林桓傻眼了。

母親幫他準備的東西，裝了整整十大車！

林桓：……

娘，就算走水路好帶，您也不能這個帶法！咱們家的東西，是不要錢的嗎？

三日後，林清親自送幾個孩子上官船，並把林橋和林樺兩個小的託付給他大哥。等船離開碼頭，一直到看不見了，林清才有些不捨地從碼頭往家裡走。

家中只剩下他們兩口子和最小的林楠，他忍不住嘆了一口氣。

王嫣忙了兩天，才剛剛鬆了一口氣，正想歇歇，就聽到林清嘆氣，不由走過來，溫柔地問：「怎麼了？孩子才剛走你就開始嘆氣？」

林清拉著王嫣坐下，說道：「今天在碼頭送孩子，看到船漸漸離去，突然想孩子了。」

王嫣笑了，「才剛走你就想，前些日子是誰看孩子們鬧騰得厲害，揚言要把他們快點送回老家，好清閒幾日的？」

林清想到自己前陣子正忙禮部和桓兒的親事，忙得腳不沾地，幾個孩子卻不省心，氣得和王嫣這樣抱怨，不禁再次嘆氣，「孩子在眼前的時候，看著他們上竄下跳的，煩得慌。如今孩子一走，想到好幾月見不著，難免又想得慌。」

「這不正應了那句老話，遠的香近的臭。」王嫣笑道。

林清深以為然，「確實是這個理。」

林清說完，突然轉頭看王嫣，疑惑地問：「平時孩子們出門，妳都想得難受，怎麼這次反倒比我還沉得住氣？」

王嫣聽了，指了指桌上的帳冊，斜睨了林清一眼，「你一個大閒人，當然有時間想東想西，我這些日子都快累死了，今天好不容易才把帳算完，現在只想睡一覺，你覺得我有心思胡思亂想嗎？」

林清看著王嫣眼底的青色，知道他媳婦因為最近家裡的事一件接一件，沒好好歇歇，連忙拉著她說道：「那妳快去歇歇，可別累著。要是累壞了身子，我可是會心疼的。」

「都老夫老妻了，還是這麼會說話。」王嫣說著，打了個哈欠，「我真乏了，得去歇一會兒，你今日正好休沐，要不要一起歇歇？」

夫人邀請，林清哪裡會推辭，當下拉著王嫣去內室休息。

相比於林家因為孩子離開而變得靜謐，官船上的林家人就熱鬧多了。

林澤、林海和林湖三個長年在外東奔西跑，坐起船來也輕車熟路，一上了船，就在甲板擺了個小桌，弄了些酒菜，一邊喝酒，一邊欣賞運河兩岸的風景，順便還能照看著甲板正在玩耍的幾個孩子，很是悠閒。

林桓上船前還擔心坐船無聊，畢竟他前幾次坐船，開頭兩天還好，後面就很枯燥，可這次帶著齊瑤，林桓突然覺得有意思起來。例如一個人看兩岸的景色，看久了會很無聊，可兩個人看，不僅可以聊天，討論風景，還可以趁此機會增加感情。

林桓瞬間覺得，這樣的航行，哪怕再來一個月，他也不會覺得乏味。

至於林橋和林樺，比起上次坐船皮得讓林清提心吊膽，如今兩人都大了，自然穩重些。兩人一人拿了一根魚竿，坐在船上邊釣魚，邊商討著此次回去考院試的事。

正當林家一眾人在甲板一角玩得其樂融融時，突然聽到重物落地的聲音，眾人不由轉頭循聲看了過去。

就見一名姿色甚美的女子不小心摔在地上，手中端的酒杯也掉了。女子看著酒灑了，嚇得哭了起來，哭得梨花帶雨，很是傷心。

齊瑤想要上前把女子扶起來，卻被林桓一把拉住。

齊瑤一臉困惑，林桓卻是搖搖頭，對旁邊跟著的丫鬟說：「妳去扶她起來，順便給她五錢銀子，讓她別哭了。」

官船上最好的酒也才五錢銀子一壺，林桓讓人給她錢銀，算是幫她解了眼前的困境。

丫鬟依言過去將那個女子扶起，掏出五錢銀子給她，勸說道：「別哭了，這五錢銀子送妳，妳拿著錢再去買一壺補上，這樣妳送酒的客人就不會說妳什麼了。」

女子聽了，連連道謝，收下了錢，卻往林桓這邊走來。

丫鬟看著女子往他家公子那邊走，連忙阻攔，卻不想女子往旁邊避開，繞過了丫鬟。

女子走到林桓面前，柔弱地行禮，說道：「小女子玲兒，多謝公子出手相助。要不是公子高義，小女子回去肯定免不了一頓毒打。」說著，抬起頭來，看著林桓，流下了眼淚。

女子原以為林桓會好心詢問她為什麼會被毒打，或者被誰毒打，誰知林桓看了她一眼，淡淡地說道：「不必了，剛才扶妳的人是我的丫鬟，給妳錢的人也是我的丫鬟，妳要謝就謝她好了，本公子可不曾幫一點忙。」

玲兒一噎，隨即反應過來，對旁邊的丫鬟福了福身，「多謝姊姊相助。」

她又轉頭看著林桓，柔聲說道：「小女子也得謝謝公子，姊姊是公子的丫鬟，姊姊幫了小女子，自然就是公子幫了小女子。公子幫了小女子，小女子無以為報……」

林桓直接打斷這名女子的話，「主子的人情是主子的，下人的人情是下人的，我長這麼大，還從來沒聽過主子替下人擔人情的！」

旁邊的丫鬟也撇撇嘴，嘲諷道：「奴婢可是個下人，沒這個能力影響主子，再說，奴婢家中只有一個哥哥，可沒那種上趕著的妹妹！」

玲兒被擠兌得臉色青白。

齊瑤在一旁看了這麼久，此時要是再不知道這女子是「別有居心」，那她就是傻子了。

想到剛才她還打算要親自去扶對方，更是氣悶，可又不好當著眾人的面發作，只能狠狠地瞪了女子一眼，然後拉起林桓，拽著他回房。
丫鬟也瞪了這個叫玲兒的女子一眼，接著趕忙跟上自家少爺。
玲兒看著眼前飛快消失的三人，再想追已經來不及了，不由轉頭向某個方向的一個人看去，結果對上那人警告的眼神。
玲兒突然打了個寒顫，趕忙低下頭，匆匆下去了。
人群中那個人看了玲兒一眼，輕輕吐出兩個字：「廢物！」
……
齊瑤拉著林桓氣沖沖地回到艙房，林桓笑著說：「好了好了，別氣了，為那種人氣壞了身子不值當的。」
齊瑤是真的氣到了，想到她剛才還好心地想要去攙扶對方，轉眼間那女子就打算撬她牆角，她今日可是知道「白眼狼」三個字怎麼寫了。
林桓拉著齊瑤坐下，看到她還氣得喘大氣，便倒了一杯水給她，哄勸道：「來來來，喝杯水消消氣。」
齊瑤接過去卻沒喝，而是奇怪地問林桓：「你剛才不讓我過去扶她，是不是早就看出那女子居心不良？」
林桓搖搖頭，「我哪裡看得出來？不過是多個心眼罷了。」
「多個心眼？」齊瑤問道：「什麼意思？」
「凡是在外行商之人，都會多個心眼，就是不要小瞧老人、孩子和女人，尤其是看起來可憐的人。」林桓解釋道：「我沒做過買賣，可從小經常聽爺爺和大伯父念叨這些道理。」
「老人、孩子和女人……」齊瑤在嘴裡重複了一遍，想了想，說道：「女人，剛才我是見識到了，可老人和孩子有什麼？」

「有行商之人看到老人和孩子在路邊乞討，覺得可憐，會施捨些錢財，可往往因此被盯上，最後落得人財兩空，所以才有這個忠告。」

齊瑤皺眉，「你是說……這些人是在『釣魚』？」

林桓點頭，「不錯，老人、孩子和女人，這些人看起來比較弱小，容易讓人卸下防備，也容易讓人同情，所以有些人喜歡指使這樣的人謀利。」

「剛才那個女子，也是這樣？」齊瑤問道。

「我也不清楚，不過從她後來的表現，她肯定是有所圖。」

齊瑤沒好氣地說：「那是，人家看上你了，當然有所圖！」

「這可不一定，人家未必是看上我，說不定是看上咱們的盤纏了。」林桓笑著說。

「那咱們要怎麼辦？」齊瑤不由有些擔心，他們現在可不是在家裡，而是出門在外。

「不必擔心，妳忘了，還有大伯父和堂伯父他們在。他們剛才在甲板上也看見了，現在肯定讓人去查了。」

齊瑤這才想起大伯父他們正在甲板上喝酒，想到剛才她氣得直接拉林桓回來，忍不住不好意思，支支吾吾地說：「妾身是不是有些太過了？大伯父他們不會說什麼吧？」

林桓哈哈大笑，「妳這才想起來啊？」

齊瑤氣得捶了林桓一下，「我不是氣忘了嗎？」

「放心，大伯父他們才不會念叨呢，他們只會在旁邊看戲。在他們眼裡，咱倆都是小孩子，小孩子賭個氣，鬧著玩，吃個醋，都是再正常不過的。」林桓忍著笑說。

齊瑤聽了，鬆了一口氣，卻還是瞪了林桓一眼，「誰吃醋了？我只不過是看那個女人眼睛都快黏到你身上了，才把你拽回來，哼！」
「好好好，妳沒吃醋！都這麼酸了，還說沒吃？」
齊瑤氣得就要用手去擰林桓。
林桓連忙按住她，「好了好了，不鬧了，妳在這裡別出去，我去找大伯父，問問到底是什麼事。看是有人盯上咱們的財了，還是有人盯上我了。」
「會不會有危險？」
「想什麼呢，這可是官船，再說，我身邊有不少隨從，無論暗處的人怎麼想，難不成他們還敢來明的？」
「那你快去快回。」
林桓正要出去，就聽到敲門聲，然後就傳來他大伯父的聲音：「桓兒在裡面嗎？」
林桓起身應道：「在呢！」
林澤推門進來，看到齊瑤，笑著說：「侄媳婦也在。」
齊瑤起身說道：「大伯父，您快來坐，我去沏茶。」說著，端起茶具去外面泡新茶。
林澤坐下來，對林桓說道：「你也坐。」
林桓說道：「侄兒正要找大伯父呢，想不到大伯父先過來了。」
「你是要問剛才的事吧？」林澤肯定地說道。
林桓點點頭，「不錯。」
齊瑤從外面端著茶水進來，給林澤和林桓都上了茶，然後忍不住問道：「大伯父，剛才是怎麼回事？」
「侄媳婦也坐。」林澤等齊瑤坐下，才對林桓說：「剛才我讓人去找船上的人了問，船上的夥計說，那個送酒的姑娘不是船上的人，是上次停船，有人託了往船上送酒的商家，才在船上送酒的。」

林桓皺眉，「我當時看到那女子就覺得奇怪，這麼美的女子怎麼會做在官船上送酒這種拋頭露面的活計，還安安穩穩的，原來是才剛做，難怪了。」

齊瑤這才知道林桓早就有所懷疑，剛才還哄她說什麼留了心眼，不由瞪了林桓一眼。

林桓無辜地瞅她，心道：我要是在妳面前誇別的女人漂亮，才是傻呢！

林澤看著這小倆口在那使眼色，也不點破，接著說：「我又花錢找了人查，別人也不知道這個女子的底細，不過，我打聽到這女子不是單獨上船的，有人看到她和一個男子一起，只是我還沒查出那名男子在哪。要想查，得費點事，畢竟這是官船，不是沂州府。」

林桓點點頭。這是在路上，他們的人不在這邊，查事情確實不方便。

林桓問道：「大伯父，您覺得剛才那個女子是來求財，還是來搞事的？」

林澤想了想，說：「搞事倒不至於，要搞事用不著使女色，八成是來釣肥羊的。」

林桓笑了，指著自己說：「我這樣的，很像肥羊？」

林澤笑道：「怎麼不像？一看就是不常出門的公子哥兒，年紀輕，穿的又好，出手也大方，你這樣不算肥羊，什麼樣的才算？道上那些人，最喜歡哄你們這樣的公子哥兒。」

林桓：……

他看起來像是人傻錢多嗎？

林桓決定這幾日先不出去晃蕩了，甚至把林橋和林樺兩個弟弟也拘在艙房裡。雖然他們不怕對方，不過在不知對方意圖的情況下，還是不要亂跑，誰知對方有什麼來頭。

過了幾日，派人偷偷關注那名送酒女的林澤來找林桓，告訴他這幾日查到的結果。

「那個女子又重新釣了一個？」林桓驚訝地說。

林澤笑道：「你一直不出去，人家沒機會，難道還在你這棵歪脖子樹上吊死，當然是要另謀高就了。」

「還另謀高就？大伯父，您直接說她去釣另一個肥羊得了。」林桓嘴角抽了抽，「那這次的肥羊是誰？」

「是二樓的一個姓姚的富家少爺，家裡是開銀樓的，在他老家也算是富甲一方。來到金陵遊玩，現在從金陵返回老家。」林澤淡淡地說。

「大伯父認識那個人？」林桓問道。

林澤搖搖頭，「不算認識，他家離沂州府很遠，又是從事金銀行當，與咱們販鹽的關係不大，只不過同在生意場上，他家也算有些名氣，所以我才會知道。」

林桓笑說：「看來這位姚少爺也是肥羊了。」

「可不是？這位姚少爺是家裡的獨苗，從小就是家裡的金疙瘩，一家人都小心捧著，好在這孩子本性不壞，沒被寵成紈絝，只是單純了些，哪裡玩得過這些江湖老手。」

林桓忙問道：「大伯父，您這是查出來了？」

林澤笑道：「這都兩日了，你大伯父要是還查不出來，怎麼好意思來見你？我查到了，這送酒的女子確實是被人指使的，用美色釣肥羊。背後的人叫周進，這個周進，在這水道上也有幾分名氣，當然，不是什麼好名聲。」

林桓點點頭，知道周進應該是道上那種專門坑蒙拐騙之人。行商的大多知道他，可他本身狡猾，再加上算是地頭蛇，走商的又本著多一事不如少一事，息事寧人的態度，再加上在異地沒有人脈，就算不小心被騙，也奈何不了對方。

只是，別的人沒辦法，卻不代表他沒辦法。他是官，在摸清對方不是有什麼大背景的情況下，他自是可以請官府出手。

想到這裡，林桓對林澤說：「大伯父，既然對方曾打過我的主意，雖然最後沒成，不過這人這些年只怕也騙了不少往來的商人，等船靠了岸，不如我派人去當地府衙送張帖子，讓官府拿下他，也省得他們再去禍害人。」

林澤笑說：「不用了，這個周進馬上就要倒楣了。」

「此話怎講？」林桓奇怪地道。

「他這次不是打算把姚家公子當肥羊宰嗎？」

林桓若有所思，「這姚家公子莫非有什麼背景？」

「不錯，你當姚家怎麼捨得他們家的金疙瘩一個人出來玩，還不是因為姚家和徐州府的知府有關係。徐州知府的姚姨娘就是姚家家主的長女，也是這位姚公子的親姊姊。只不過當初姚家為了利益，送長女做妾，有些不好聽，再加上這些年姚家和徐州知府有錢權來往，所以為了避人耳目，姚家從來不向外人提起這層關係。不過，官船很快就要到徐州了，到了徐州，這位姚公子肯定要去拜訪他姊姊，到時依他姊姊的精明，能看不出這是個局嗎？所以，這個周進肯定落不了好。」

林桓想不到其中還有這樣的祕辛，如此一來，他倒是不擔心姚家少爺了，至於周進，騙錢騙到知府的小舅子頭上，那也只能自求多福了。

「不過，這姚家居然送長女去做妾，著實不講究。」林桓隨口說道。

林澤對姚家家主也看不上，淡淡地說：「這姚家家主也是個狠人，也可能因為這樣，他家這麼多年才這麼一個獨苗苗。」

雖然有些商賈會為了利益將女兒送給官員做妾，可一般不會送長女，畢竟長女都是盡心培養的，可以與其他商戶聯姻做宗婦，再說，既然做妾，那排行第幾就沒有影響。一般商賈家族也都會挑選庶女，實在沒有，才會從嫡女中選，但很少會選嫡長女。

這是人家的家事，林桓和林澤懶得理會，說了幾句也就放下了，至於周進的事，林桓還是拜託林澤再派人盯著些，要是那位姚姨娘沒發現，他就送張帖子請官府處置了，省得他再坑過往的人。

過了幾日，官船終於到了徐州府，林桓也聽到下人來報，那位送酒的女子玲兒，成了這位有些「單純」的姚公子的貼身丫鬟。

林桓聽了不由搖搖頭，這種不知底細的女子，也敢收做貼身丫鬟，這幸好只是求財，要是索命，這姚家公子還不得立刻見閻王？

林桓一行人也在徐州下了船，由於林桓記掛著這件事，便也沒急著轉陸路，而是打算在徐州府休整兩天，再啟程回沂州府。

結果，就在這兩天，林桓和林澤看了一齣大戲，或者具體地說，是聽了一齣大戲。

姚公子進了徐州知府的後院，拜會了姊姊姚姨娘，他姊姊對寶貝弟弟噓寒問暖之後，就發現了他弟弟在進京前還沒有的丫鬟，理所當然地問了問，而姚公子也實誠地說了。

姚姨娘在後院待了這麼久，這點手段哪裡夠看，自然看出了不對勁，找人一查，差點給氣炸了。好嘛，騙錢騙到她弟弟頭上了，這怎麼能忍？她當下對徐州知府吹了吹枕頭風，然後玲兒和周進及周進的那些混混手下，自然被官府抓了。

本來要是到這裡還正常，誰知這位叫玲兒的女子將姚大公子哄得太服貼了，姚大公子不僅不計較玲兒騙他，居然還找自己的姊夫徐州知府求情，說她也是被逼無奈，並且還拿出證據，證明玲兒是被周進拐來的，然後被逼著當誘餌。

於是，本來只是騙錢的周進，又背上拐賣人口的罪責，直接從蹲大牢變成了秋後問斬，而玲兒則從騙子搖身一變，成了被拐賣的良家女，最後為了報恩，做了姚公子的丫鬟。

林桓聽完這齣大戲，心裡唯一的想法就是：千萬別小看女人！千萬別小看枕頭風！

林清自從三個孩子回老家後，就清閒了許多，閒來無事，便將大部分的精力轉移到了最小的兒子林楠身上。林楠已經六歲，是時候啟蒙了。

比起林桓啟蒙有林榕和周琰兩個大的帶著，林橋和林樺啟蒙有兩個人相互較勁，林楠啟蒙，是既沒人在前面帶著，也沒人與他相爭，所以毫無目標、毫無競爭的林楠，表現出許多孩子的通病，那就是惰性。

比如林清散值回家，看到正在院子玩的林楠，問道：「今天的功課做完了嗎？」

林楠看了他爹一眼，怯怯地說：「還沒。」

「做了多少了？」林清又問。

林楠小聲說：「做了一些。」

林清說道：「拿來給爹看看。」

林楠磨磨蹭蹭地去書房把今天的功課拿給林清，林清一看，竟然還是他今天早上走時寫的那些。這孩子在他離開的大半天，一個字未動。

林清揉了揉太陽穴，嘆了一口氣，這就是只有一個孩子獨自學習的弊端。沒有對照，沒有競爭，孩子才六歲也沒有自制力，指望他能在家自己做功課，簡直是癡心妄想。

於是，林清每天散值回家的第一件事，就是先教導兒子，陪著兒子做功課。

林清陪著林楠學了大半個月，林楠才逐漸有自覺地做功課，林清這才鬆了一口氣。果然習慣成自然，好的習慣就要用時間慢慢地養成。

不過，林楠雖然意識到學完要做功課了，可學習畢竟枯燥，比不上玩耍有趣，所以林楠即使知道白天應該先做功課，還是時常因為貪玩而耽誤功課。

對此，林清很有經驗。

他沒有一味地阻止林楠玩耍，而是給他定下時間，只要他上午能學夠一個時辰，剩下的時間他可以想怎麼玩就怎麼玩，他還與林楠約定，只要林楠能連續十天都做完功課，等到休沐的時候，他就帶他出去玩，順便買好吃的給他。

林楠年紀小，不能自己出門，所以出去玩對他而言，有非常大的誘惑。聽到了父親的提議，他就滿口答應下來，在好不容易堅持了十天後，林清果然帶他出門，還買很多好東西給他，他也因此能夠每天靜下心來學一個時辰了。

林清也沒有再多增加要求，畢竟林楠才剛啟蒙，要是一開始就壓迫他，導致孩子起了厭學的心理，那就得不償失了。

林清看著林楠學習的習慣逐漸養成，就開始把重點放在功課上。

他已教完《三字經》，想到林楠識了不少字，卻還是不夠紮實，就接著教《千字文》。

兩本書在用意上其實是一樣的，都是為了給剛進學的孩子啟蒙，不過《千字文》比《三字經》難一些，在《三字經》後學習，不僅可以多認些字，更可以鞏固前面《三字經》學的，所以林清就開始教《千字文》。

比起一般私塾都是先生讀，學生跟著讀，然後讀完了背，講究書讀百遍其意自見，林清卻是先用小故事啟發，等孩子生出興趣，再告訴他這個小故事的出處，接著教他讀原文，為他解釋其意，最後再來背誦。

林清當老師的時候，天天看著書上批判古代私塾的先生講課只要求死記硬背，不知道講解，簡直快把它批判成反面教材。當時林清也很不理解，認為這種教育方式很差勁，甚至不明白為什麼這種教育方法能延續上千年。

等林清自己參加科舉，一步步從童生走到進士後，他才明白，私塾這些先生這種教學方法是有道理的，因為這種方法教出來的都是天才。

在啟蒙時，先生只是教讀，學生就能背下來，並且從背誦中自己領悟到正確的意思，這是多麼厲害的悟性，所以能撐下來的都是天資聰慧的。

而科舉如此低的錄取名額，非天資聰穎者中不了，所以古代教育根本是精英教育。

至於為什麼後世老師一遍遍地講，一點點地教，不過是因為教育已經普及，老師要教的是大多數的學生。

林清對於如何教導自己的幾個孩子，曾經也思考過，他確實在考慮要不要像私塾那樣讓孩子自己去領悟，可想了想，最後還是放棄了，天才畢竟是少數，他自己都算不上天才，怎麼能保證兒子都是天才？

思前想後，林清最終還是決定按照自己熟悉的方法教，雖然可能培養不出天才，卻可以盡最大的努力培養個人才出來，故而林清選擇了啟發式教學。

林清這日照例跟林楠講完關連的故事，又講了故事的出處，然後問林楠：「學完了這一課，你有什麼感受？」

林楠抱著書，撲閃撲閃大眼睛，「爹，兒子可以問一個問題嗎？」

「什麼問題？」

「爹爹，您知道《千字文》是誰寫的嗎？」

「當然知道，《千字文》是梁武帝命梁朝的給事中周興嗣所編纂的，怎麼了？」

「爹爹，您剛剛問我感受，如果我說實話，您會不會揍我？」

林清笑了，「爹爹什麼時候因為學業上的事揍過你？你想說什麼就說。」

林楠聽了，大聲地說道：「爹爹，兒子的感受就是，我討厭周興嗣，要不是他編了《千字文》，我就不用天天學天天背了，我討厭他！」

林清：……

周興嗣何其無辜？

林清除了教導小兒子，也一直關注著老家的三個孩子，可惜這個時代通信不便，他只能隔三差五地通過驛站送信回去。

林桓知道父母放心不下，每次收到信，都會把自己和弟弟在老家的大事小事記下來，甚至老家的一些大事也會寫在裡面寄回來，所以林清即使人在京城，也能知道孩子的事。

林清在書房看林桓寄來的信，信裡說他已經帶著齊氏祭完祖，林橋、林樺再過幾日也要考院試了，這次院試又輪到沂州府，倒是不用再長途跋涉。

林清不由鬆了一口氣，能在家門口考，出現意外的機率就小很多，而且在熟悉的地方考試比較方便，看來這次只要兩個孩子不臨場失誤，中院試應該不是難事。

林清繼續往下看，下面就是林家最近發生的事，多是些雞毛蒜皮的小事，不過，即便如此，林清還是看得津津有味。他已經好幾年沒回去了，平時雖然忙碌，可閒暇下來也難免有些想念老家，尤其是林父和李氏。

林清正看著，看到其中一行，突然頓住，林桓寫到他爺爺前幾天身體有些不適，請了蘇大夫，如今已經沒事了。

看到這裡，林清忍不住嘆氣。他爹已經六十多了，近幾年身子大不如從前，時常有個小病小痛的，平時他爹寫信給他，怕他擔心，多半報喜不報憂，從來都說一切都好，可林清前幾年在家，對林父的身子看在眼裡，心裡怎麼可能沒數。

想到林父的身子，林清很是無奈，他爹倒是沒什麼大病，只是早年操勞過度，年輕的時候又不注意，現在年紀大了，各種毛病就出來了，經常有個頭疼腦熱的。

對於這種情況，林家雖然是巨富之家，大夫也不缺，可除了好好休養，也沒有其他的辦法，畢竟年紀大了，體弱多病，這是誰都無法避免的。

林清想了想，給林桓回了一封信，信裡著重讓他在家帶著媳婦多去大宅走走，看看他爺爺和奶奶。其實他更想自己回去看，可惜條件不允許，只能讓兒子替自己盡盡孝心。

林清正寫著信，聽到幾下敲門聲，抬起頭便看到王嫣端著一盅東西進來，忙放下筆，起身接過，說道：「妳怎麼來了？讓丫鬟端過來就行了。」

王嫣笑著說：「你散了值就在書房沒出來，我擔心你餓了，就給你端一盅粥來。」

「我正準備要過去吃飯，只不過寫了封信，有些耽擱了。」

王嫣看到桌上林桓的來信，這信是驛站送到家裡的，所以林清還沒散值時她就看完了。想到信上提到的事，便說道：「看信上桓兒說的，孩子他爺爺前些日子身子不爽快，妾身備了些藥材，打算等過些日子差人送回去。」

「夫人有心了，我也是因這事有些擔心，才想寫信囑咐桓兒。」

王嫣拿起林清剛寫的信看了看，「如今桓兒和他媳婦在家，確實應該讓他們多去他爺爺奶奶那邊看看。公公和婆婆年紀大了，有孫子承歡膝下，二老想必會很高興。」

林清聽了，有些落寞地說：「本來應該是我這個兒子侍奉的，現在卻只能讓桓兒代替，我這個兒子也確實不孝。」

王嫣忙安慰道：「夫君何必怨怪自己？如今你執掌禮部，根本走不開。妾身知道夫君和公公婆婆素來親厚，可林家同樣也得靠夫君撐著，公公和婆婆想必不會願意因為自己而耽誤了夫君的大事。」

「我何嘗不知道是這個道理？只是爹娘向來疼我，如今卻只有我不在他們身邊，我難免心裡有些不好受。」林清嘆道。

林清看著王嫣，突然說道：「妳說，如果過幾年等桓兒起來了，我致仕怎麼樣？」

王嫣聽到林清冒出這句話，嚇了一跳，「二郎正居高位，又深得帝心，何出此言？」

林清也是一時感慨，可說出來之後，卻越想越覺得是這麼回事，當下又說道：「我不是要現在就致仕，而是打算過幾年，等桓兒再升一升。」

「就算過幾年，二郎你年紀也不算老，還沒到致仕的地步。」王嫣不解地說。

「我知道我離告老還鄉的年紀還早，只是我已經算是位極人臣了，要想再進一步，也只能是入閣，可一旦入閣，那就不是在禮部這麼輕鬆了，不說政事繁重，就是平時的決策，我有自知之明，也是做不來的，所以我的仕途算是到頂了，再進一步的可能性並不大。就算是陛下和我關係好，在這種關乎朝廷的大事上，也不會徇私的。」林清解釋道。

「可林家眼下只有二郎你獨自撐著……」

「所以，我才說過幾年，等桓兒在陛下面前能排得上號。有陛下在，只要桓兒不出大亂子，想必用不了多久就能起來。待桓兒差不多能撐起來，我就退下，到時不僅能給桓兒騰位置，也能給陛下留個不戀權的印象。」

王嫣聽了，沒好氣地說：「這樣你便可以回老家，承歡膝下，順便還能偷懶！」

林清不惱反笑，「知我者，夫人也。夫人覺得怎麼樣？」

王嫣知道林清一旦決定什麼事就很難改，只能嘆了口氣說：「你都打算好了，妾身還能說什麼？不過，二郎你要答應我，必須得等到桓兒起來了，你才能退下，你可不能半路撂挑子，耽擱了孩子。」

林清難得認真地說：「妳放心，不用妳說，我也不會坑了咱們兒子的。」

王嫣：……

你是還沒坑兒子，但你現在就已經打算讓他頂缸，還想怎麼坑？

終之章　返鄉盡孝終圓滿

林桓和齊瑤吃過早膳，收拾了一下，就起身去林家大宅。

到了大宅，還沒進門，就看到林澤的長子林桐正要往外出。

兩人忙上前與林桐相互見禮，林桓問道：「大堂兄這是要出去？」

林桐點頭說：「鹽號有點急事，爹叫我去一趟。」

「爺爺今日感覺可還好？」

「剛才我去請安的時候，爺爺剛用了早膳，喝了兩碗粥，看起來比昨日好多了。」

林桓放下心來，見林桐急著出門，便道：「堂哥快去忙吧，我和齊氏去看看爺爺。」

林桐點頭，「我今日有事，就不陪你和弟妹了。」說著，匆匆騎馬出去。

林桐走後，林桓帶著齊氏去後院，進門就看到大伯父家的幾個堂弟都在。

相互見完禮，林桓走到內室，看到爺爺躺在床上，奶奶正陪著他說話，大伯母小李氏在旁邊服侍，遂喚道：「爺爺，奶奶，大伯母。」

李氏看到林桓，忙拉著他的手說：「怎麼這麼早就過來了？可用早膳了？」

林桓笑著回答：「已經用過了。昨天二弟和三弟進場，孫兒沒事就過來了。」然後轉頭看著床上的林父，問道：「爺爺今日可好？」

林父前些日子有些不舒服，休養了幾日，今天倒是精神許多，還抱怨道：「人老了，難免有個小病小痛，你奶奶和你大伯父就大驚小怪，非讓我在床上養著。」

林桓反握住林父的手，看著爺爺臉色紅潤多了，才放下心來，笑著勸道：「奶奶和大伯父也是擔心您，再說，大夫也說了，您只要在床上靜心養幾日，很快就能好。您好了，奶奶和我們這些做晚輩的也放心。」

林父嘀咕道：「再在床上躺著，你爺爺我身上就長繭子了。」

話雖這麼說，林父也知道自己現在的身子不適合逞強，就倚在枕頭上問道：「橋兒、樺兒和柱哥兒還有椿哥兒一起進場了？」

「昨天傍晚進去的。」林桓答道。

有林清、林桓和林杉在前，如今林家上下對科舉的事也算是門兒清，林父估算了一下，說道：「看來這個月月末幾個孩子就能考完，但願能過，要不一次次地考也是辛苦。」

林桓知道爺爺說的是林柱和林椿，他二弟和三弟因為路途遠，被他爹壓了一屆，可上一次林柱和林椿都參加了，卻都名落孫山。

林桓說道：「柱堂弟和椿堂弟有上次院試的經驗打底，想必這次應該沒問題。」

「希望如此吧！」經過幾個孩子考院試，林家上下對院試的難度總算認識到位了，甚至還有些矯枉過正，所以林父對兩個弟弟家的孫子中院試這件事，真沒抱太大的希望。

林父轉而問起林橋和林樺的事，可能由於林清和林桓的科考一直比較順利，林橋和林樺雖然年紀更小，林父反而更看好，「你覺得橋兒和樺兒這次怎麼樣？」

林桓平時就經常教導兩個弟弟讀書，對兩個弟弟的學習狀況很清楚，「只要不出意外，過院試應該沒問題。不過，三弟年紀小了點，想進前十做個廩生恐怕不容易。」

林桓是除了林清之外，林家唯一的進士，林父對林桓的話還是比較信的，當下鬆了一口氣，「能過就好，什麼廩生不廩生的，咱們家又不缺那點銀子。」

「爹也是這麼說的，所以這次才把樺兒也叫來考。」

「你爹那人雖然懶了些，看事還是很準的。既然他這麼說，我也就放心了。」

林桓嘴角抽了抽，他爹是有多懶啊，都好幾年沒回老家了，爺爺還記得一清二楚。

說到他爹，林桓突然想起來，從袖子拿出一封信說：「驛站今天早上送來我爹的信和一個包袱，裡面有一封是給爺爺您的，包袱裡是藥材，我讓林管家收了。」

林父聽到是兒子的信，連忙接過來拆開，打算看看兒子寫了什麼，可拿到眼前卻發現眼花看不清楚，忙遞給李氏說：「快幫我讀讀，看清兒信裡說什麼？」

李氏嗔道：「看你猴急的，清兒不是每隔幾日就寄一封信回來嗎？」

林父嘆氣，「這些孩子，就清兒不在我身邊，多看看他寫的信，我也才知道他在外面過得好不好。他一個人，哪怕是做了官，在外面也不容易。」

李氏聽林父這麼說，也不由想起兒子。他丈夫還有林澤天天在近前，可她的兩個孩子，出嫁的出嫁，在京城的在京城。淑兒離得近，逢年過節還能回來看看，清兒卻是好幾年都見不著一面，一時間竟平添了三分傷感，眼眶微紅。

林桓、齊瑤和小李氏看著突然沉默的老兩口，知道兩人八成又在思念遠方的兒子，擔心兩人會想出病來，忙插科打諢，揀著家中近來有趣的事說，才讓林父和李氏漸漸忘了傷感。

林桓見林父和李氏終於又有說有笑，這才鬆了一口氣。看著奶奶把信讀完，奶奶和爺爺兩人終於放下心的表情，突然明白：即使他爹已經身居高位，在奶奶和爺爺眼裡也還是個孩子，時刻讓他們牽腸掛肚。

兒行千里母擔憂，從來不是空話。

◆　◆　◆

時光荏苒，歲月如梭，十年的時間如白駒過隙，眨眼間就過去了。

在這十年之中，由於沒有奪嫡，沒有皇權更迭，朝堂上難得出現了短暫的安寧。當然，這只是表面上，私底下，黨派之爭從來沒有消停過。

不過，最近發生了一件大事，讓忙著爭權奪利的大臣們紛紛歇手，那就是：一向深得帝心，年紀不過五十的禮部尚書林清，居然主動辭官。

眾大臣聽到這個消息，第一反應就是誰吃飽了撐的瞎說，林尚書正值壯年又簡在帝心，正是入閣的熱門人選，怎麼可能想不開主動請辭？

等到林清在大朝會拿出奏章，眾人才驚得險些掉了眼珠子，原來自己聽到的不是傳言，而是事實。更令大家驚訝的是，林清辭官的理由居然是父母年邁，打算回去侍奉雙親。

雖然朝廷上下講究以孝治天下，大臣們也自詡為孝子，經常把孝道掛在嘴上，也身體力行努力盡孝，可為了盡孝而辭官的沒幾人，尤其是到了林清這樣的官位。

因此，林清的奏摺一上，可謂是滿朝皆驚。眾人甚至弄不明白，林清是真的腦子想不開為了盡孝請辭，還是只想賺個孝子的好名聲？

當然，大多數人都覺得是後者，畢竟林清一旦請辭，以陛下和林清的關係，陛下肯定會挽留，到時林清順勢留下，不但對官位沒影響，還可以得一個孝子的名聲，穩贏不賠。

因此，眾人只當林清是在為入閣作秀，聽聽也就算了。

然而，林清的奏摺一出，卻驚著了兩個人，一個是周琰，另一個是沈茹。

兩人深知林清的性子，不是那種會玩欲擒故縱的，所以周琰一下了大朝會，立刻把林清召到宮裡問詢，而晚了一步的沈茹，只能在內閣氣得吹鬍子瞪眼。

林清進了大殿，還沒行禮，周琰就急急地問：「先生這是何意？怎麼突然想辭官？」

林清不慌不忙地行完禮，才對周琰說：「陛下，前些日子老家傳來信，臣的父身子骨大不如前，臣擔心臣父才請辭的。陛下放心，臣是真的想回去侍奉雙親才辭官的，非是為了其他的緣由。」

周琰看著林清認真的表情，這才知道林清在奏章上說的是真的，忙揮揮手，讓大殿的人都下去，然後拉著林清到旁邊坐下，推心置腹地說：「先生要想盡孝道，把雙親接來就是，怎麼會因此辭官呢？」

林清嘆了一口氣，說道：「臣也曾想過把雙親接到京城來，甚至早年也曾這麼做過，可現在接來，不說年邁的家父家母能不能適應京城的氣候，就算能適應，家父家母年紀大了，也想著落葉歸根，怎麼肯輕離故鄉？」

周琰也明白這個道理，老人年紀大了就不愛出門，怕不小心客死他鄉，「令尊、令堂想要落葉歸根，不願來京城，也是人之常情，不過並未聽到兩位老人有什麼不妥，先生也不必太過擔心，失了分寸。」

林清看著周琰，正色說道：「家父和家母如今確實身子骨還好，不過，陛下可曾聽說過一句話，子欲養而親不待。」

周琰一驚，沒有說話。

林清罕見地拉起周琰的手說：「陛下，臣知道陛下是真心待臣，臣無以為報，按理說不應該在這個時候辭官，可臣父已經七十多了，七十古來稀，臣父早年又操勞過度，這些年身子雖然養得還好，可能撐多久誰都說不準。當年因為臣是么子，臣父和臣母最是疼臣，若臣不能侍奉膝下，萬一臣父臣母有什麼意外，等他們百年之後，臣只怕會抱憾終身。」

周琰聽了林清的肺腑之言，不由動容，「先生意已決，不後悔？」

林清起身對周琰行大禮，伏在地上說：「臣意已決，不悔！」

周琰嘆了一口氣，親自扶林清起來，「先生何必行此大禮，朕准了就是了。只是，若二老百年之後，先生還想起復，儘管來找朕就是。」

林清心道，只怕他這輩子沒這個打算了，卻還是對周琰說：「多謝陛下恩典。」

周琰想著林清將要離去，難免有些傷感，就和林清聊起當初林清教導他的事，想到當年他只是一個不受寵的皇子，如今卻已貴為天子。

說及林榕和林桓，周琰不禁問道：「先生既去，林桓幾個可有打算？」

「桓兒已經是戶部郎中，自然是在朝中效力。橋兒和樺兒還在翰林院當值，也不可能跟著臣回去。楠兒明年要參加會試，當然也得留在京城，」林清有些不好意思地說道：「臣要走了，幾個孩子還望陛下看在臣的薄面上照看一二。」

周琰：……

敢情你拍拍屁股走了，就把孩子都留給我了？

林清剛出宮，就被在外面等候多時的沈茹堵了個正著。

看到黑著臉的沈茹，林清嚥了嚥唾沫，硬著頭皮上前說：「你沒去內閣坐堂嗎？怎麼有空在這裡等我？」

沈茹斜睨了林清一眼，沒好氣地說：「你幹了這麼大的事，我還有心思去內閣嗎？」

林清尷尬地笑笑，「這個，在內閣坐堂還是很重要的，空值總是不好。」

沈茹翻了個白眼，「放心，我已經跟其他幾位閣老打過招呼了，再說，如今我是內閣首輔，就算我不說，他們也不會因為這點小事與我作對。」

林清想到沈茹用了十一年的時間，成功熬走了前面的六位閣老，成了朝堂上下炙手可熱的內閣首輔，再對比自己的不爭氣，忍不住有些心虛，只好乾笑兩聲。

沈茹看到林清的樣子，再加上這是在宮門外，不好發火，只得氣得一甩袖子，丟下一句

「跟我來」，就往外走去。

沈茹帶著林清去了一個酒樓，要了個包廂，讓小二上了些茶水，就關上門，問道：「你真的打算辭官？」

林清正喝著茶，想著怎麼說才顯得比較有理有據，聽到沈茹問，點點頭說：「是。」

「為什麼？」沈茹看著林清，大有「你不說出理由，我跟你沒完」的架勢。

林清說道：「我真是因為父母年邁，想回家侍奉雙親。」

為什麼他說的是真話，就是沒人信呢？還都覺得他別有用意！

沈茹皺了皺眉，「要是想侍奉雙親，把他們接來不就得了。」

林清只好把對周琰說的理由又說了一遍。

沈茹嘆了一口氣，「子欲養而親不待，你這個理由，我都不好多說什麼。朝堂上那些身居高位，父母去世，還不情不願不想去丁憂的，聽了你的話，只怕得汗顏得沒臉見人。」

聽了沈茹的諷刺，林清又是乾笑，「哪有你說的這樣？大家還是很守孝道的。」

「守孝道？呵呵！」沈茹看著林清，說道：「要是丁憂不是官場上默認的慣例，不丁憂就會被彈劾，你看看有幾個人會在父母去世後願意丁憂三年，尤其是品級高的。」

林清嘴角抽了抽，那肯定沒幾個人願意。一旦丁憂，不僅自己的職位要被人取代，三年後還不一定能起復。想做官的那些人，絕對沒幾個人願意。

沈茹又說：「我現在問你一句，你真的打算辭官？」

林清點點頭，「陛下已經准了。」

沈茹氣得想要揍林清，不過事已成定局，揍他也沒用，於是問道：「那你辭官後，你家那幾個孩子怎麼辦？現在你家就桓兒起來了，可也不過是個郎中，你這一走，下面的那些孩子怎麼辦？」

林清對件事考慮很久了，便也沒有藏著掖著，直接把自己的打算說出來。

「桓兒已經在戶部郎中待了兩年，資歷也有了，前幾日戶部右侍郎不是告老還鄉嗎？戶部正好空出一個侍郎之位，如今我這一退，陛下肯定會蔭子，而蔭子一般是封賞長子，到時那個右侍郎，十拿九穩是桓兒的，這樣桓兒就能跨過四品這個坎，不用再熬許多年。以後有陛下照拂，桓兒的仕途也能一帆風順。」

沈茹恍然大悟，他就說林清怎麼突然會想到要辭官，原來是為了給兒子讓路，順便給兒子做墊腳石。林清如今是禮部尚書，在禮部做了這麼多年，沒有功勞也有苦勞，再加上他和陛下的情分，他一旦辭官，陛下肯定會封賞林清的兒子。

對於這樣的封賞，哪怕是朝中大臣也說不出一個不字。

這是慣例，顯示陛下善待老臣。

不過，雖然朝臣都知道這個方法，真正會用的卻沒幾個。哪怕眾人知道林清的心思，也只會笑他傻，畢竟哪個聰明的人捨得用禮部尚書的位置去換戶部侍郎。

沈茹想明白了，對林清說道：「這個才是你想辭官的真實原因吧？」

林清搖搖頭，「想回去盡孝才是，這個排第二。」

沈茹懶得聽林清辯解，又說：「可是，林桓現在還年輕，哪怕在郎中上多待幾年，以後也耽擱不了，你現在就退下來，實在是太虧了。」

「什麼虧不虧的，正好早歇歇。」林清隨口說道。

沈茹猛然看向林清，「這才是你的真心話吧？」

林清趕忙捂嘴，暗罵自己怎麼不小心吐露真言。

沈茹看著林清的表情，哪裡還不知道自己說中了，頓時有些恨鐵不成鋼，「這麼多年，你的性子怎麼還是沒改過來呢？」

林清不敢看沈茹，小聲嘀咕道：「江山易改本性難移，哪裡就是那麼好改的？」

「你還嘴硬？」沈茹氣不打一處來。

林清見沈茹發怒了，連忙倒了一杯水，雙手端著奉上，討好地說：「喝杯水消消氣。別生氣，我真是經過慎重考慮才辭官的，不是因為想偷懶，我知道分寸的。」

沈茹接過茶，喝了一口，淡淡地說：「那你把你所謂的慎重考慮說一遍，我也好心裡有底，省得被你今天一齣明天一齣地嚇個半死。」

「前面幾個理由我也說了，主要是我想回去陪陪我爹我娘，也給桓兒讓路，畢竟要是等桓兒做了侍郎，哪怕我退了，陛下也不會讓他直接做尚書。最後，就是我想趁著我還能動，回去做點我想做的事。」

沈茹問道：「你想做什麼事？」

林清堅定地說：「我想回去辦個書院，圓一圓我曾經想做卻沒能做的一個想法。」

沈茹嘴角抽了抽，「辦書院？」

「對，我要辦個書院，自己做山長！」林清認真地說。

沈茹簡直被林清的突發奇想弄懵了，「你為什麼會突然想要辦書院，還要做山長？」

林清沒有回答，而是看著眼前的茶水，心道：不想做校長的老師不是好老師，他是一個好老師，所以他想試試當校長是什麼滋味，不行嗎？

就在眾人還在思索林清到底打什麼主意的時候，周琰下了旨，准了林清辭官。

消息一出，所有人都震驚了，誰都沒想到林清是來真的，一個禮部尚書說辭就辭。至於陛下後面的封賞，加封林清為太傅，蔭林桓為戶部右侍郎，直接被眾人忽略了。

太傅雖然聽著好聽，卻早已不是秦漢時期的要職。從前朝起，就用來加封皇帝的老師，或者一些致仕的重臣，甚至追封一些對社稷有功的已故重臣，其實也就是虛職。

林清曾做過帝師，又是在禮部尚書的位置上退下來的，加封一個太傅，算是坐實了帝師的名頭，眾人自然沒有異議。再說蔭林桓做戶部右侍郎，雖然林桓連跳兩階，可是，用一個尚書換一個侍郎，大家怎麼看都覺得林清虧了。

就在眾人還沒弄明白到底發生了什麼事，以及對林清空出來的禮部尚書的位置蠢蠢欲動的時候，林清已經開始和王嫣收拾行囊，打算回老家了。朝堂上那些大臣怎麼想，反正他都走了，管他們幹麼？

知道林清要回老家，以往與林清關係不錯的官員陸續都來林家坐坐，算是送林家一程。林家的親戚，如沈家、齊家，還有林橋的岳家劉家、林樺的岳家張家和林楠的岳家喬家，也都上門了。

林家和沈家中間就隔了一家，林榕和沈辰來得最早。沈辰如今已經是大理寺少卿，和林桓一樣是有名的朝中新貴，再加上有沈茹這個內閣首輔的祖父做後臺，可謂是前途無量。當然，最讓林清滿意的，不是沈辰多有前途，而是沈辰對他女兒這些年確實不錯。

林清看著他女兒這十年又給他新添的兩個外孫和一個外孫女，加上老大，總共三個外孫一個外孫女，不由樂開了花，連忙從袖子裡掏出糖，塞到四個孩子手裡，又挨個抱了抱，這才有空對林榕和沈辰說：「你們來了。」

林榕笑著對丈夫說：「唉，自從有了外孫和外孫女，爹就再也看不到我這個閨女了。」

沈辰笑了笑，心道：就算是沒生兒子和女兒，你爹也沒看到我呀！

林清正逗著外孫，聽到林榕說的話，笑道：「妳，我都看大了，現在是改看我外孫和外孫女的時候了。」

林榕搖搖頭，抱著王嫣的胳膊搖了搖，「娘，您看，我在爹爹那裡失寵了。」

王嫣摸摸閨女的頭，「咱們丫頭這都多大了，還跟自己的孩子吃醋。」

「娘，您也不疼我了！」林榕故作傷心地說。

眾人聽了，哈哈大笑。

林清把孩子遞給王嫣，對女婿說道：「我過些日子就要帶你岳母回老家，再相見就不像現在這麼方便了，以後榕兒就交給你了，希望你們能一直和和睦睦的，我也就放心了。」

沈辰連忙說：「岳父大人放心，我會照顧好榕兒的。榕兒嫁給我這麼多年，小婿是什麼人，岳父大人難道還不清楚？」

林清點點頭，其實他也不是很擔心。林榕嫁給沈辰已經十五年了，兩人早就是老夫老妻了，沈辰這些年也不曾納妾，連個通房也沒有。雖然有林清和沈茹的原因在，可是在這個時代，也算是難得了。

再者，林榕已經有三個兒子和一個女兒，只要沈辰不會突然想不開，他閨女這輩子應該沒什麼大礙了。當然，就算沈辰突然想不開，有沈茹和沈楓鎮著，林清也不怕他翻出什麼浪來，敢讓他閨女受委屈。

不過，林清還是仔細叮囑了一番。

說完女兒的事，林清又問道：「你爹最近可給你來信了？」

沈茹當年為了讓沈楓躲避朝中的三王奪嫡，才把獨子外放。等到先帝去世後，沈茹曾想過把沈楓調回來，誰知沈楓在山省做得不錯，居然爬到了知府的位置。

既然如此，再調回來混六部就有些可惜，所以沈茹乾脆讓他在山省待著。十年過去，沈楓再差一步就能坐上巡撫，成為封疆大吏了。

沈辰說道：「爹昨日來信，說他已經知道岳父大人辭官的事，還覺得可惜，說如今山省的巡撫去年致仕後，他代任一年，眼看就要轉正，本來還想找岳父分享喜訊，誰知岳父居然辭官了。爹他得到消息時正在吃飯，驚得筷子差點掉了。」

「看來我把你爹嚇到了，不過聽到他終於把那個『代』字去了，我便放心了。看來等回了老家，我可以去投奔你爹了。」林清笑道。

「爹正盼著見岳父呢！以前爹來信還常說大家都在京城，就他一個人被丟在山省，連個說話的人都沒有。如今岳父回去，爹正好有人說話了。」

「我也好幾年沒見到你爹了，怪想他的。」林清感嘆道：「也不知道那傢伙現在老成什麼樣了，可別老得我都認不出來。唉，我這幾年都感覺自己老得厲害，不知你爹現在是個什麼樣子？我很後悔早年沒好好保養，如今只怕養不回來了。過幾年，你們這些晚輩就該嫌棄我們這些老頭子了。」

沈辰看著岳父連絲皺紋都沒長的臉，嘴角抽了抽。

他岳父到底是從哪裡看出自己老得厲害的？

想到岳父今年都五十了，比一些三四十歲留著鬍鬚的人還顯年輕，不由腹誹道：您老可別保養了，再保養，以後我出門，都不敢叫您岳父了！

林清送走了各家來訪的，又去宮裡向周琰道別，就準備和王嫣一起回老家。

在回家之前，林清還有一個打算，那就是把家分了。

「分家？」王嫣詫異地道。

「不錯，我打算在走之前把家分了。」

「夫君怎麼突然想起要分家了？」王嫣不解。

「如果咱們還在京城，平時家中的開支都從咱們手中出，自然不會有什麼問題，可是，等咱一走，若不分家，家中的開支肯定要交給齊氏。齊氏是長媳，錢財從齊氏手中，短時間還無妨，但時間長了，不說齊氏心裡不痛快，就是底下的三個兒媳只怕也不痛快。要知道，養兒子和養弟弟可不是一個感受，哪怕那錢是公中的。」

王嫣平日就管帳，聽林清一說，哪裡不明白，卻還是有些猶豫，「只是，這一分家，他們兄弟之間的情誼會不會淡了？桓兒、橋兒和樺兒現在都有差事，可楠兒還沒考會試，以後還需要兄弟幫扶。」

林清搖搖頭說：「混在一起才容易生分。這天下啊，錢可是最傷感情的，再好的兄弟，也架不住利益糾紛。如今趁著四個兄弟感情好的時候把錢財分好，以後四個兄弟來往只論親情，沒有錢財上的瓜葛，這樣才能長長久久。」

林清見王嫣仍是遲疑，就問了一句：「如果當初我和大哥不分家，妳和大嫂兩妯娌間，還能像現在這樣關係好嗎？」

王嫣聽了，說道：「還是分吧，省得孩子以後怨咱們。」

林清拉起王嫣的手，注視著她說：「我知道妳擔心孩子們一分家就生分了，可他們都已經長大，也成家立業了，不再是當初那個躺在咱們懷裡的娃娃了。他們有自己的家庭，咱們是時候該放手了。」

王嫣有些傷感，「你說的對，兒子們都大了，一個個翅膀都硬了，都要飛走了。」

林清把王嫣擁在懷裡，抱著她說：「別難受，孩子們大了，該飛的就讓他們飛吧。有我一直陪著妳，咱們老兩口作伴就夠了。」
王嫣依偎在林清胸前，拉著林清的手，微微閉上眼，「那二郎你可要說話算數，可別走在妾身的前面。」
林清輕輕拍了拍她，卻沒有說話。
林清決定要分家之後，就和王嫣一起把家裡的財產列出來。看著這些年攢下的身家，林清倒抽了一口氣，突然發現自己真的好有錢。
王嫣看著林清呆滯的樣子，突然覺得很有趣，「二郎這是什麼表情？看自己家的東西，還一副震驚的樣子？不知道的，還以為二郎搶了別人家的。」
林清呆呆地說：「搶別人家的也沒這麼多，我平日又不看帳冊，哪裡知道咱們家竟然又多了這麼多錢。」
王嫣笑道：「二郎幸虧是遇到妾身這樣顧家的妻子，要是攤上個喜歡藏私房錢，或者顧著娘家的，妾身把家搬空了，二郎也不知道。」
「妳是什麼人我又不是不知道，妳管家，我放心。」
王嫣聽了心裡歡喜，卻還是白了林清一眼，「你慣是會哄我。好了，你快點看看到底要怎麼分才恰當。」
林清把一疊良田的地契和鋪子的地契拿過來看了看，對王嫣說：「咱們這次回去，以後回來的可能性不大，京城的田產和鋪子不如都分給孩子，公中的錢也分給他們，至於在沂州府的田產、鋪子和銀兩，咱們自己留著，等咱倆百年之後再分給他們。」
王嫣點點頭說：「這樣也好，京城的田產和鋪子是我當年特意挑的，都是上等的，給幾個孩子也不會糟蹋了。」

既然王嫣同意了，林清就把京城的鋪子和田產取出來，問說：「妳覺得該怎麼分？」

「這事我一個婦道人家哪裡懂？二郎自己做主就好。」

林清刮了下王嫣的鼻子，「妳倒是會推。既然這樣，不如就按律法來分吧，這樣誰都說不出什麼，也顯得咱們一碗水端平。」

「二郎是打算按律法中的『諸子均分』？」

「不錯。自古家業傳長子，家財諸子均分。咱們家沒有爵位，文官的官職也不能子承父業，所以這家業不用說了，至於這些錢財，是家財，自然要均分。」

王嫣遲疑地道：「雖然律法是這麼規定的，可一般長子都要分多一些，要是咱們真的完全平分，老大家的會不會有怨言？」

「桓兒成親最早，一切開支都是從公中出，這些年花費也最多，再說，我如今一退，桓兒受益最大，底下幾個孩子不是長子，就沒有蔭封，也是委屈他們了。這事我會先跟幾個孩子挑明，幾個孩子平分，也算彌補一些。」

「那你跟幾個孩子說好，省得他們覺得虧了。」

「這是自然，分家最忌貧富不均，要是這樣，還不如不分。」

林清和王嫣商量好，就把四個兒子叫到書房，告訴他們分家的事。

「分家？」四個孩子有些錯愕。

林清點點頭，把前因後果說了一遍，還將分的方法也說了，然後看著四個兒子。

林桓幾人好一會兒才反應過來，知道他爹打定主意要分家，便率先說道：「爹爹既然決定要分家，兒子沒有異議，至於諸子均分，爹不用擔心，兒子身為老大，本來無論仕途還是人脈，就比弟弟占了不少便宜，要是再在錢財還占大頭，就枉為兄長了。何況兒子已是侍郎，俸祿比弟弟們高很多，爹爹理應再多分給弟弟們一些才是。」

其他三人連忙搖頭，「哪裡能將大哥應得的給我們？本來就是長幼有序，豈能因為大哥出生早，就貼補我們。」

林楠還說：「哥哥們現在都有侄子侄女要養，我和珞兒就兩個，給多了我也沒處花。」

林清很欣慰幾個兒子能不因為一點錢財爭得傷感情，「好了，你們也別推辭了，做為父母的，都想一碗水端平，可生活中那麼多雞毛蒜皮的事，哪能真的那麼容易公平對待？所以，這次咱們直接按律法來，諸子均分，也省得日後麻煩。你們回去先跟你們媳婦通通氣，明天用過早膳後，咱們就在正院分家。」

林桓四人恭敬地應道：「是。」

林清說完，就把四個孩子趕回去。

林桓回到自己的院子，齊瑤迎了上來，好奇地問：「爹叫你去幹什麼？可是有事？」

林桓隨口說：「爹打算分家，把我們叫去，跟我們說明天分家的事。」

「分家？」齊瑤驚訝地問：「爹和娘都在，怎麼突然想到要分家了？」

林桓讓屋裡的下人都下去，接著將父親說的話複述了一遍，感嘆道：「爹一走，身為長子，我自然要在這裡撐著。妳是長媳，也要管家。爹現在分家，是怕咱們倆難做，畢竟管家這事從來都是出力不討好。」

齊瑤天天跟著婆婆管家，比林桓深有體會多了，她這些日子還擔心，公公婆婆回鄉，以後她管家要怎麼處理，才能把事情辦得盡善盡美，正愁得天天掉頭髮，現在一聽林桓說要分家，立刻問道：「爹打算什麼時候分？」

林桓瞥了她一眼，沒好氣地說：「妳倒是急！」

齊瑤知道林桓因為分家有些難受，畢竟兄弟天天吃一個鍋裡的飯長大的，可她也沒有什麼壞心，只是知道現在分家最好，就坦誠地說：「妾身知道大郎不好受，畢竟兄弟從小在一起，可大郎不妨想想，現在爹娘在這裡，一切都好，可等爹娘回鄉，要是不分家，只能由妾身掌家。雖然妾身自認為可以公道持家，三位弟妹都是大家出身，不是那種斤斤計較的人，可一年能行，兩年能行，十年、二十年呢？只要不分家，三位小叔賺的錢就得放在公中，每家除了當初爹娘成親時送的那些，就不能有別的私財，時間久了，大郎覺得弟妹們能沒有怨言嗎？光是人情往來這一條，只怕摻和久了也會出問題。再說，等到咱們的孩子大了，就算是大郎你，也不能就真把兒子和侄子一碗水端平吧？」

林桓嘆了口氣，「妳說的雖然刺耳，卻是實話，爹也是考慮到這個，才要提前分家。」

齊瑤說道：「妾身本來就是武將家出身，也說不出那些委婉的話，不過咱們成親最早，一直跟著公婆，也算占了便宜。公公這次退了，陛下也只蔭了夫君，大郎不妨跟公公說，讓公公多分點錢財給三個小叔，省得三個弟媳覺得虧了。」

林桓沒想到齊瑤居然和他爹想到一塊去了，難怪他爹在私底下曾誇他媳婦，說四個媳婦中，他媳婦雖然看著最粗，卻粗中有細，做事也夠大氣，堪為一族宗婦。

林桓此時也不得不佩服父親的眼光。

林桓就把父親打算諸子均分說了一下，齊瑤點點頭，「這樣三個小叔多分一點，三個弟媳心裡肯定歡喜，也覺得虧欠咱們，以後我們妯娌相處，能多幾分敬重，至於那點錢財，大郎放心，妾身不是眼皮子淺的人，多那一成，難不成還能發了？再說，大郎的俸祿本來就比幾位小叔高，幾年也就賺回來。」

林桓拉著齊瑤的手說：「得此賢妻，夫復何求？」

齊瑤捶了林桓一下，嗔道：「就會油嘴滑舌，不理你了！」說著，用帕子甩了下林桓，直接去內室了，林桓忙屁顛屁顛地跟上。

林橋回去也把父親打算要分家的事跟妻子劉雲說了，劉雲聽了很是吃驚，畢竟在大家族裡，很少有父母在就分家的。

不過，聽到能分家，劉雲頓時歡喜起來。誰能自己關門過小日子，會想靠別人生活？再說，她嫁的是老二，以後肯定會分出去，那晚分自然不如早分，小家還能多攢些錢，因此對於林清要分家的打算，劉雲簡直是贊成得不能再贊成，又聽到林清準備諸子均分，更是歡喜得要命，卻有些擔憂。

「公公要諸子均分，大嫂會不會不高興？」劉雲問道：「雖然朝廷律法規定諸子均分，可實際分家，還是長子占大頭。」

林橋倒沒覺得這是個事，「大嫂要是不高興，就讓爹爹多分一些給大哥好了，咱們這樣的人家，犯不著為了那一點錢財生分。」

劉雲本來還想說什麼，一想也是，要是能提早分家，真沒有必要為那點錢鬧得難看，便說道：「二郎說的是，妾身還有嫁妝，等分了家，妾身可以買一些鋪子和田產，到時生了利，確實不用計較這些。」

林橋笑道：「妳忘了，我還有俸祿呢！再說，以後在官場上，我們四個兄弟也得相互扶持，不應該因為一點錢財疏遠。」

劉雲點點頭，「還是夫君想得長遠。」

同樣的話，也在林樺和林楠的屋裡出現。

第二日，林清吃完飯，就把兒子、兒媳叫到正院，當著幾個人的面，將在京城的田產和鋪子分成四份，讓四個兒子抓鬮。

林清本來還擔心兒媳們會有不樂意的，可看到四個兒媳婦臉上掩飾不住的笑意，這才放下心來。等孩子們都退下，林清攬過旁邊的王嫣，感慨道：「以後就咱們老兩口過了！」

分完家，林清又想到兒子們如今住在同一個宅子裡，雖然宅子夠大，每人都有獨立的院子，院子也離得不近，可等一二十年過去，他的孫子都成長起來，以他們家現在這個人口增長的速度，只怕到時會擠得慌。

於是，林清在第二天用膳的時候，特地加了一條家規：十年後，這個大宅歸林桓，剩下的三個兒子，可以自己在京城挑一個與大宅一樣大的七進大宅，買宅子的錢由支付，算是補償。當然，要是林桓不喜歡這個宅子，也可以買一個七進的宅子，錢同樣由他來出。

林桓聽了，笑道：「爹，別人家都怕孩子以後分開，您倒好，怕我們住一起。」

林橋也笑說：「是啊，爹，我們兄弟住一起挺好的，平時還有個照應，串門也方便。」

「在爹眼裡，好像他一離開，我們就要打架似的。」林樺調侃地說。

「就是就是，其實我們的院子都是獨立的，爹真的不用這麼擔心。」林楠忙說。

幾個兒媳婦也在一旁點頭，雖然都說妯娌難處，可她們都是大家出身，如今分了家，她們也不會小家子氣地想要占別人便宜，所以處得也不錯，再說，都在自己的院子裡關門過日子，誰也犯不著誰，反倒平時裡喜歡串個門說說話，畢竟她們的丈夫一去各部坐堂，她們在屋裡也悶得慌。

林清看到兒子們和兒媳們的反應，心道他真是白操心了，就說：「我知道你們兄弟感情好，只是現在孫子孫女多了，我擔心過些年孩子大了，要娶孫媳婦，這宅子會住不開，到時委屈了我的孫子孫女們，才先把話說在前頭。」

林桓看了看自家的四個，林橋看了看自家的三個，林樺看了看自家的兩個和媳婦肚子裡正揣著的一個，林楠倒是剛成親還沒有孩子，不過看了看他三個哥哥家的，突然發現他爹真是高瞻遠矚，他家的孫子輩真的好多。

林桓突然說道：「爹何必擔心這個？等以後孩子大了，兒子們直接給他們每房買個大宅子，讓他們兄弟們一起出去住不就得了？我們兄弟留在老宅，以後老了，也好串門。」

林清瞪眼，「你打算直接把我孫子們都丟出去啊？」

「我哪有？」林清說道。

林桓反駁道：「我是等他們成親再讓他們出去，再說，爹，您不是也這麼幹嗎？」

林桓四人看著林清，林桓說：「爹，您不是拍拍屁股回老家，把我們丟在京城了嗎？」

林清：……

敢情這是跟他學的？

不過，林清自己做了初一，兒子們如今想做十五，他也沒辦法。

讓林清沒想到的是，林家後代成親後就分家，不與父母一起過的慣例，從這個時候開始了，也正是因為如此，林家後代中依靠父母的少，父母插手的也少，反而讓林家這一支更加繁盛起來，久經朝代更迭而不衰。

林清將京城的事都處理完，便帶著王嫣和大包小包回老家。

由於林清向來不喜和別人爭，為人又踏實，所以做官這些年，雖然沒有結什麼朋黨，可在朝中的人緣出乎意料的好，因此聽到林清今日離京，上至內閣閣老，下到禮部的官員，有不少人來相送，連周琰都偷偷從宮裡跑出來，來送他一程。

林清被周琰的出現嚇了一跳，連忙把他帶到旁邊，小聲地說：「陛下怎麼來了？這碼頭人來人往的，多不安全。」

周琰難得出宮，說道：「太傅不必擔心，朕帶了一隊貼身侍衛，都挑了身手最好的，再說，朕只待半個時辰，不礙事的。」

林清四下瞅了瞅，果然看到周圍雖然都是穿著尋常衣服的人，但這些人一看就是底盤極穩，雙目有光的宮中侍衛，這才放下心來，對周琰打趣道：「陛下就算帶了侍衛，可今日送臣的都是臣的同僚，其中不乏朝中重臣，陛下也不怕回去被朝臣們上書？」

「反正朕天天什麼都不幹，他們也沒少上書，不差這一本，何況，朕來送送太傅，也算師出有名。當初鍾太傅出殯，魏明帝還親自出城拉棺材上的韁繩，為其送葬，被後世傳為尊師重道的佳話呢！」周琰不以為意。

「臣哪能和鍾太傅比？人家鍾太傅文能安邦武能定國。」林清搖著頭笑說。鐘繇那種神人，豈是他這種凡俗夫子能比的？

「先生雖然沒有鍾太傅的天縱奇才，可對朕來說，卻不輸於鍾太傅對魏明帝。」

林清擺擺手，「陛下可別這麼誇，您再這麼誇，臣會不知道自己姓什麼的？」

周琰哈哈大笑，笑完又說：「太傅這一別，不知道咱們什麼時候才能再見。太傅可有什麼心中想卻沒完成的心願，不妨告訴朕。」

林清瞪大眼睛，這是打算最後給他一個退休大禮包？

林清思緒飛快轉了起來。

要錢？不，他不缺；要官職？他都辭官了，還要什麼官職？至於他的兒子們，現在已經比同齡人強不少，再讓他們升官，那就太打眼了，不是好事。

林清糾結地想一個否定一個，不由感嘆，周琰要是早點說就好了，這樣他就能好好想一想他到底缺什麼了。

林清想著想著，突然靈光一閃，支支吾吾地說：「陛下，什麼都可以嗎？」

「只要不對社稷有害就可以。」

周琰看著林清的表情，很好奇自己的先生會提什麼條件。

林清搓著手，有些不好意思地說：「陛下，這個，等臣百年後，陛下能否找個文采好的史官為臣寫一篇好的傳記放在史冊裡？臣知道自唐朝太宗皇帝以後，歷朝皇帝就可以看本朝的史冊，等寫到臣的時候，還請陛下讓史官多誇臣幾句。」

周琰：……

他怎麼從來沒發現他家太傅好「名」呢？

不過，這也就是一句話的事，周琰點點頭說：「這個太傅放心，等修到太傅的傳記時，朕一定讓他們好好寫。」

林清得到周琰的承諾，頓時放下心來，「多謝陛下。」

周琰覺得林清提的這個要求有些輕了，想到林清可能比較在意身後名，便說道：「既然先生這麼在意這個，等先生百年之後，朕送你一個『文正』的謚號。」

「可別如此！」林清忙說：「這兩個字臣萬萬擔不起，陛下要是有心，不妨把『文清』兩個字留給臣。這兩個字不顯眼，其中還有一個字是臣的名，以後後人說起也順口。」

周琰想了想，說道：「那就依太傅所言。」

「多謝陛下。」林清行了一禮。

周琰扶起林清，「太傅不必多禮，朕也不曾給先生什麼。」

「已經夠了，反正臣也不缺什麼。」林清心滿意足地說。

林清和周琰又說了一會兒話，看著時辰不早了，就和旁邊來送行的大臣們道別。這些大臣本來想送林清的，見周琰來了，也沒敢上前，倒是大家很高興，起碼多了一次在陛下面前露臉的機會，所以儘管被丟在一邊，還是沒有半點不耐煩。

周琰讓楊雲端來酒，倒了三杯，拿起第一杯，對林清說：「太傅將要遠行，朕特意帶來酒為太傅餞行。這第一杯，祝太傅老家的父母身體安康。」

林清連忙接過，「多謝陛下吉言。」然後替父母飲下。

周琰端起第二杯說：「這第二杯，祝太傅身體安康。」

林清接過說：「臣，謝陛下！」同樣飲盡。

「這第三杯敬天地，願太傅一路平安。」周琰說完，把第三杯酒灑在地上。

林清看著周琰，看著自己的四個兒子，看著身後的群臣，忽然有一種想落淚的感覺，卻還是眨眨眼，對周琰拱手說：「陛下，臣走了！」

接著，他對旁邊的同僚們說：「各位大人，林某告辭了！」然後拍拍幾個兒子，「好好聽你們大哥的話！」

最後，對前來送行的眾人說：「諸位，保重！」

林清說完，帶著王嫣上了官船，只怕一耽擱，他就不想再走了。

上了官船，站在甲板上，看著船慢慢駛動，看著岸上的人漸漸變小，最終看不見了。

林清望著逐漸遠離的京城，想起三十年前拖家帶口進京，不由搖頭笑笑，嘆了一口氣。

三十年後又要回去了，果然天生不是做官的命啊！

（全文完）

番外篇

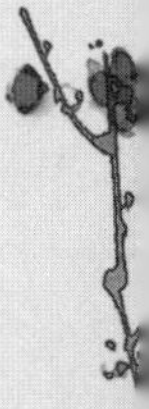

之一：整頓林氏學堂

林清回到老家，雖然林父和李氏對林清突然辭官感到很可惜，不過兒子能回來，對於自覺不知還能活幾年的林父無疑是極大的安慰，所以林父也只是念了林清兩句，就沉浸在一家終於團圓的歡喜之中。

林清在老宅陪了林父和李氏一個多月，等他爹和他娘的歡喜勁頭過了，閒來無事，林清才開始動手清理林家的學堂。

林氏學堂當初雖然被他狠抓過一次，風氣好了許多，可近幾年培養出來的人才並不多，除了林柱和林椿在鍥而不捨的努力下，終於成為舉人，在這十多年，林家總共只多了兩個秀才，還是在全族鼎力支持的情況下。

林清看在眼裡，急在心裡，所以有了閒暇，就打算重新整頓林氏學堂。

這不，林清拿著冊子開始到學堂去聽課。

學堂原來的主事華夫子早已老得教不動，在林家養老了，如今管理學堂的是林杉。林杉當年中了舉，也曾幾次進京參加會試，卻都名落孫山，前幾年終於考厭了，不再考了。好在他已經是舉人，在沂州府這個地方，也算是有身分的人，再加上他是三房長孫，不缺錢財，如今過得很舒坦。他平時清閒，學識也夠，林澤就把學堂交給他打理。

林杉看到林清來了，連忙迎出來，行禮道：「二堂叔！」

林清擺擺手，「不必多禮，我就來看看。」

林杉引林清進了學堂，林清一邊往裡走一邊問道：「如今學堂教書的都有誰？」

「學堂有侄兒、杜堂弟和侄兒的二弟椿兒三個舉人，還有這幾年族中考出來的兩個秀才。」說到這裡，林杉有些臉紅。他們學堂撐腿的這幾個，都是他堂叔當年教出來的。

林清看了林杉的表情，哪裡不知道他的想法，也沒多說，又問道：「現在杜哥兒和你二弟椿哥兒都在這裡教書，不打算進京參加考試了？」

「杜堂弟考了三次鄉試，用了九年才吊尾通過，杜堂弟就決定再也不考了，所以不曾進京趕考過，至於我弟弟，他鄉試中了倒是進京考過，但是堂叔也知道他那次的經歷，他回來家裡人都嚇破了膽，爹娘也不許他再考了。」

當初林椿在考會試的時候被凍出風寒，在裡面發高熱差點燒傻，當時出來後，林清連夜請了太醫，才讓林椿的燒降下來。林清也嚇得不輕，等他好了，才派人把他送回老家。不過林椿沒有他當年的運氣，會試結果出來，他理所當然地落榜了，因此對於他堂兄堂嫂不讓林椿再考，林清也能理解，畢竟會試再怎麼重要，也比不上命重要。經了那一齣，林清都不敢勸林椿再考。

林清說道：「你弟弟的身子骨不算好，不考也好，會試畢竟在二月，要真凍出個好歹，也不值。如今他已經是舉人，光舉人的免稅免勞役，就夠他三代內吃喝不愁了。」

林杉點頭說：「家父家母也是這樣說的，二弟平時不愛動彈，從小文文靜靜的，會試條件這麼差，怎麼也不敢讓他再去一次。」

「那你們現在是如何帶班的？」林清問道。

「現在林氏學堂有三個舉人、兩個秀才，本來是打算按照您的吩咐讓秀才帶丙班和丁班的，不過這兩個秀才年紀都還不大，正是考舉人的緊要關頭，侄兒不敢讓他們分心，就沒讓他們帶課，一直在甲班由我們三個親自教導，至於乙班、丙班和丁班的孩子，反正我們三人也閒著，就輪流去代課。」

林清皺了皺眉，也就是說，現在的林氏學堂，上課的老師都是舉人，那按理說這師資絕對甩平常的私塾一大截，可為什麼這十年裡，只才出了兩個秀才呢？

要知道，在學堂上學的，都是他侄子侄孫一輩的，人數都快破百了。

想到這裡，林清直接問林杉說：「現在哪個班在上課？」

林杉看了下課表，答道：「現在是下午，只有乙班和丙班在上課。甲班上午上課，下午讓兩個秀才自己練策論，丁班還是按您原來定下的，下午在後院玩。」

林清點點頭，想了一下，說道：「帶我去丙班。」

丙班是啟蒙兩年後經過考試擇優進去，為考科舉的第一場縣試準備的，也是基礎班。這樣的班，最容易看出問題所在，所以林清想要先去丙班看看。

來到丙班外面，林清聽著裡面正在講課，就對林杉擺擺手，讓他不要出聲，然後自己在窗外聽了一會兒。

屋裡講課的人是林柱，這節課林柱講的是四書五經中的《論語》，林清聽了片刻，不由點點頭，雖然講得不算多有新意，可知識點說得很透徹，條理也清晰，看來經過這麼多次鄉試，林柱對於四書五經理解得絕對算得上是登堂入室了。

可越是這樣，他越是納悶，明明看起來都好，為什麼教出來的孩子越來越差呢？

林清偷偷從窗臺的縫隙往裡觀察這些族中晚輩，看了半天，突然轉頭問林杉說：「這些孩子平時都在家做什麼，上課這麼沒精神？」

林杉一驚，走過去趴在窗臺往裡看，不仔細看還發現不了，表面上在那聽課的孩子，不少在底下小動作不斷，甚至有幾個用手撐著偷偷打瞌睡。

林杉看了看旁邊的林清，頓時尷尬了，小聲地說：「是侄兒們管教不嚴。」

林清搖搖頭說：「現在是下午，精神頭不好情有可原，不過當初我規定中午凡是甲班、乙班和丙班的孩子中午必須午休，想必你們也沒有執行吧，或者執行得不徹底？」

林杉更是尷尬了，「剛開始是執行的，後來這批孩子年幼，中午都回家去，後來升到丙班，也已經習慣回家。您也知道，雖然我們告訴他們的父母讓他們中午在家睡覺，省得下午打盹兒，可孩子在家，有幾個能老老實實地休息？」

林清也知道這個有困難，就說道：「我來想辦法，實在不行，就讓丙班以上的孩子中午都在學堂住，由學堂管飯。」

林杉：……

這些孩子的好日子到頭了！

林柱講完課，推門出來，看到林清，頓時一驚，忙見禮道：「二堂叔！」

林清看著林柱，笑道：「不必多禮，我不過是來看看現在學堂怎麼樣了。」

林柱聽到林清說起學堂，有些臉紅，「都是侄兒們不爭氣，讓堂叔失望了。」

林清擺擺手，「這是哪裡的話？科舉本就是萬千人馬過獨木橋，就算是世家大族、書香門第，也不能保證代代人才輩出，何況咱們這樣的人家？不必太苛責自己，盡心就好。」

林杉和林柱聽了心裡稍微好受些，只是想到如今的成績比當初他們堂叔執掌時的遠遠不如，而且當年他們那批學生資質還差，兩人的心又難受起來。

林清看著裡面的學生快出來了，就對林杉和林柱說：「先回耳房吧，我有話問你們。」

進了耳房，林清說道：「坐吧！」等林杉和林柱坐下，才又問：「你們也教孩子不少時間了，對班裡的孩子有什麼想法？」

林杉和林柱對視一眼，紛紛陷入思考中，過了一會兒，林柱率先說道：「侄兒覺得，這些孩子的資質還算可以，起碼比我們那時要好的多，只不過這些孩子貪玩，沒有定性，只要一離眼就玩瘋了。」

林杉也附和道：「就是，他們一點也不覺得學習有多重要。想侄兒小的時候，哪天不是怕學得不夠，可這些孩子不是被逼著，壓根兒不學習。」

林清用手指敲了敲桌面。

學生不想念書，這是千古不變的問題，哪怕到了後世，很多老師也為此跳腳。

林清說道：「對於很多孩子來說，念書很乏味，不想念也很正常。至於你們倆，林杉，你當初之所以喜歡念書，一方面是因為你學得好，另一方面是你喜歡學習帶來的榮耀，所以你喜歡學，而林柱，你當初認真學的時候已經十四歲，明白念書和科舉意味著什麼，你有明確的目的，所以你想學。」

「可是，對於這些孩子來說，他們還小，又沒幾人體會到念書帶來的好處，再加上科舉離他們還遠，他們怎麼可能放棄玩耍而喜歡枯燥無味的書本呢？」

林杉和林柱聽了，恍然大悟，難怪他們天天恨鐵不成鋼地嚴加管教，甚至道理講成堆，仍是一點用都沒有。

林杉問道：「堂叔，這道理您一說我們就懂，可這些孩子雖然小，卻正是讀書的年紀。等他們大了，哪怕他們明白了，也就晚了。」

林柱也點頭說：「就是。侄兒當初就是明白晚了，到了十四歲才在堂叔的教誨下認真讀書，等到侄兒考中舉人，侄兒的兒子都娶媳婦了，侄兒也沒有再往上拚的勁頭。要是侄兒當初醒悟早，侄兒怎麼也得去京城搏一搏。」

「念書乏味這事，要想解決幾乎不可能，畢竟天生愛讀書的人極少，說鳳毛麟角都不為過，不過，要想讓孩子們主動念書卻不難。」

「要怎麼做？」林杉和林柱激動了，連忙問道。

林清淡淡地說：「這天底下認真讀書的，難道你們以為他們真的天生喜歡念書，真的覺得念書很快樂？可為什麼還有這麼多學生頭懸樑錐刺股地念書，那是因為念書可以達到一些別的目的，例如父母的誇讚、周圍人的吹捧，或者為了以後的未來，甚至做官，所以大多數人認真念書，不是因為喜歡念書，而是為了念書帶來的好處。」

「所以，我們沒法改變讀書本身的枯燥，就只能增加讀書帶來的好處，例如最簡單的，設置獎學金。」

林杉和林柱沒聽說過獎學金，可是他們經歷過林清當初那一屆誰考中縣試獎勵二百畝良田的事情，林柱試著問說：「堂叔的意思是，打算給考中的林家子弟賞田產？」

「不一定非得賞田產，銀子也可以。」林清看著林杉和林柱，問道：「你們難道不覺得銀子比念書更有吸引力嗎？」

林杉：……

林柱：……

沒法反駁怎麼辦？

「可是，用錢財去誘導孩子念書，會不會太功利了？」林杉猶豫地說道。

林清看了他一眼，笑著說：「宋真宗曾作的《勵學篇》中有兩句，『書中自有黃金屋，書中自有顏如玉』，說的是讀書的好處，結果激勵天下多少學子讀書上進。許多讀書不多的以為是誇書好的，可你們倆都考過科舉，應該明白真正的意思。這說的是考取功名後，通過功名就能得到錢財和美女，你們看，宋真宗一個天子都知道要用錢財和美女去誘導天下學子讀書，難道你們覺得我用銀子去誘導很俗氣嗎？」

林杉和林柱頓時不說話了，他們考科舉的時候，何嘗不是為了黃金屋和顏如玉？

林杉有些羞愧地說：「是侄兒想差了。」

林清笑道：「外面有些讀書人清高得很，彷彿沾一點錢就覺得有銅臭味，可他們也不想想，人吃五穀雜糧，如果沒錢，難不成他們靠喝西北風過活？所謂君子愛財，取之有道，只要錢財來得正當，有什麼好丟人的？莫被那些酸腐之人帶壞，要按他們說的，那戶部尚書掌天下財政，豈不是銅臭味隔八百里就能熏死人？」

林杉和林柱聽了，噗嗤一聲笑了。

林柱說：「堂叔這個比喻好，要是以後再有人這麼說，侄兒就拿這個懟他。」

「說著玩玩而已，何必和那些人計較，憑白落了身分。」林清搖搖頭，能酸到那種程度的，大多數是人生不得意的，就算不酸這個，也會怨那個。

林杉問道：「那堂叔打算怎麼做？」

林清想了一下，說道：「我打算把幾家人聚起來，讓他們每家出幾百畝田地，當作族中的祭田。每年秋收從其中拿出一部分，做為獎學金，獎給成績優等和進步較大的孩子。」

雖然他自己也可以出這些地，可畢竟林氏學堂是林家的，不是他一家的，所以林清還是打算讓各家均攤，省得以後有糾紛，反正林家各房不缺這點地。

林杉和林柱點點頭，這個主意確實不錯。

林杉說道：「那我今兒回家，就跟我爺爺說說。」

林柱也忙說：「我回去也跟爺爺說，讓他把田產備出來。」

林清說道：「不急，我先把學堂的事理一理，將所有問題想好，再把各家聚起來，到時候一起公布。」

「是，侄兒都聽堂叔吩咐。」

林清正和林杉、林柱說著話，門突然被推開，林椿快步走進來，一邊往裡走一邊氣得大聲說：「這幫臭小子，簡直是氣死我了……」

正說著，猛然看見林清，說到一半的話瞬間卡在喉嚨裡，然後嗆得劇烈咳嗽，好不容易順過氣來，才磕磕巴巴地說：「二堂叔，您來了！」

林清有些好笑地說：「下課了？來，過來坐吧。怎麼了，被學生氣到了？」

林椿漲紅著臉向林清行禮，這才坐下說：「侄兒不知堂叔在這裡，讓堂叔見笑了。」

林清不以為意地笑笑，「都是自家人，這麼客氣幹什麼？對了，這些孩子闖什麼禍了，讓一向好脾氣的你都受不了？」

林椿打小性子靦腆，待人溫和，長大後雖然開朗許多，可好脾氣卻沒變，能把他氣得跳腳，看來這群孩子鬧得不輕。

林椿尷尬地說：「不過是侄兒指派了些功課，這些孩子沒做好，侄兒有些急，才失了分寸，不是什麼大事。」

林清暗暗搖頭，林椿性子好，平日看是優點，可身為老師，性子太好會壓不住學生。

林清看著林椿手上拿著一疊紙，猜測應該是學生的功課，便問說：「這是孩子們寫的功課吧？拿來我看看。」

林椿猶豫了一下，還是把孩子的功課遞過去，同時說道：「這是我昨天下課時指派的功課，孩子們寫得不怎麼樣，堂叔看了不要生氣。」

林清心道：他都看了多少年的作業了，哪還有什麼作業能讓他生氣？

林清還沒用手翻，就看到最上面一份作業，上面赫然畫著一條小蛇。

林清：……

看著那條吐著信子的小蛇，他的嘴角抽了抽，原來他林家還有有繪畫天賦的孩子。

林椿見林清盯著那條小蛇看，忙說：「都是侄兒沒教好。」

林清沒有說話，繼續往下翻，然後問道：「這是乙班孩子的功課？」

林椿點頭說：「是。」

林清此時也明白林椿為什麼生氣了，乙班是只有過了縣試才能進的，在林家也不過才一巴掌的數，可以說這些人才算入了科舉的門。雖然最後這五人都可能考不出一個秀才，可仍然是林家培養的重中之重，與後世資優班的學生一樣。

如今這些孩子卻不好好學習，作業也不認真寫，身為老師，當然會恨鐵不成鋼加著急上火，又看到孩子在作業上亂畫，難怪以林椿這樣的脾氣也忍不住。

林清沒有說功課的事，而是問道：「乙班這五個孩子，你覺得他們平時學習怎麼樣？」

說起他們的學習，林椿就有一肚子的話，「二堂叔，你說這些孩子怎麼回事？當初在丙班的時候，也都是班裡最頂尖的，念書也認真，最後不負眾望通過縣試，可到了乙班，一個個卻好像勁頭用完了似的，開始不願意念書了，就連功課也隨便應付。」

林清皺眉，只是換了個班，就讓本來愛念書的孩子不想念了，什麼班威力這麼大？不過，沒見到孩子，只是聽林椿單方面的說法，他不可能知道具體情況。他想了想，直接起身說：「你們在這裡坐著，我去看看乙班的孩子。」

林椿忙說：「堂叔，侄兒陪您去。」

林清按住林椿，「你剛上完課，就在這歇歇，我去看看就來。」

當初林清設立甲乙兩班，因為這兩班是為了科舉準備的，所以當初選教室的時候，特地選了兩個獨立的小院，讓甲乙兩班一班一個，以保證裡面的孩子讀書不會被外界打擾。林清出了門，就往乙班的院子走去。

走到乙班的小院，看到小院的門雖然關著，卻沒有上鎖，就伸手推開門進去。

進去以後，看到五個十多歲的少年正在裡面玩耍，見林清進來，幾人停止嬉戲，其中一個年紀較大的少年走過來問道：「請問您是？」

林清雖然回來一個多月了，可主要都是待在林家大宅陪著林父和李氏，當然也去見了二叔、三叔和幾位堂兄弟，但對於這些已經是他孫子輩的孩子，卻沒見幾個，畢竟他的那些堂侄成親後就大多分出去，他們的孩子自然不在老宅。

他二叔和三叔倒是提過讓孩子們去大宅讓林清見見，卻被林清婉拒了，反正再過些日子就要過年，到時祭祖肯定能見著，林清也懶得讓孩子們特地跑一趟，所以對於林清這個在外十多年沒回來的長輩，這些十多歲的孩子理所當然的不認識。

林清笑道：「我是你們的一個長輩，聽說你們在這裡讀書，所以來看看。」

「長輩？」對面的少年聽了，有些不相信，不過想到這裡是林氏學堂，外人也進不來，就好奇地問：「您是哪房的長輩，我怎麼沒見過您？」

林清沒有回答，而是說道：「你們都是乙班的？我聽說乙班的過了縣試才能進來，你們才不到十五就能通過縣試，只要好好努力，想必中個舉人不愁。」

誰知對面的少年聽了，嗤笑道：「還中舉人？就是秀才我們都中不了！」

林清反駁道：「怎麼會連秀才都中不了呢？舉人確實要運氣和天賦，可秀才，你們都已經過了縣試，府試和縣試的內容幾乎差不多，只是錄取的人少些。你們既然能通過縣試，努力準備個一兩年，過府試應該不成問題。過了府試就是童生，院試雖然難，可多考幾次，說不定就能過，你怎麼這麼肯定自己過不了？」

對面的少年聽了，搖搖頭說：「這位長輩，您沒考過科舉吧，不知道這其中的難處。誠然我們乙班都是考過縣試的，過府試確實不難，可過了府試呢？也不過才是個童生。可童生有什麼用？既不能免稅也不能免勞役，什麼都沒有，而要想免稅免勞役，就得接著考，只有秀才才行。可要想成為秀才，就得過院試，但院試哪有這麼好過？您看林家近十年，乙班每年都好幾人，最終通過院試的只有三個，三年都攤不上一個。與其費力學習，最終考不上成為老童生一無用處，不如滿十五歲就進去林家鹽號幫忙，還能得一份產業好養家糊口。」

林清眨眨眼睛，這話怎麼聽起來這麼耳熟？

哦，這不就是讀書沒有打工有用，所以這是古代版的讀書無用論？

林清問道：「你們怎麼會有這種想法？你們都不曾努力試過，怎麼就知道一定過不了？再說，你們還不到十五歲，就算多試幾年，哪怕撐到二十放棄，也不耽誤到鹽號幫忙，畢竟鹽號前五年只是跟著長輩打雜啊！」

「就算努力了，也過不了。」對面的少年聽林清勸他們讀書，有些煩燥地說：「你去看看松堂叔就明白了。」

少年說完，就不理林清，和另外四個少年玩去了。

林清看了五名少年一眼，轉身離開。

他此時已經明白為什麼乙班的這些孩子都不願意念書了，因為他們的心已經亂了，或者確切地說，他們的心思已經不在學習上，所以功課自然好不了，畢竟再好的老師，也教不會不想念書的學生。

想到剛才那個少年提到的林松，林清皺了皺眉，那是他二叔四子林浪家的孩子，當初也是林清教過的，不過他教的時候林松不過十一歲，還只是啟蒙，所以他沒有多關注。現在看來，只怕是發生了什麼事，才對下面的孩子造成了不好的影響。

林清回到耳房，林杉、林柱和林椿三個人正在喝茶，看到林清回來，連忙起身。

林清擺擺手讓三人坐下，然後開門見山地問道：「我二叔家的松侄子現在在幹什麼？」

三人聽到林清這麼問，頓時僵住。

林清問道：「怎麼了？」

三人對視一眼，最後還是和林松關係最好的林椿說：「松堂弟這些年過得不太好。」

「不太好？」林清覺得有些不可思議。林家現在所有的人都還沒出五服，林松上面又有親爹和親爺爺罩著，怎麼可能過得不太好？

林椿只好接著說：「松弟一直很喜歡讀書，功課也很勤勉，開始書讀得也不錯，沒到十五就過了縣試和府試，當初大家都以為他能很快中秀才，他也這麼覺得，誰知他考了多次，一直考到前幾年還沒過院試，後來，松堂弟就有些不太正常，家裡人也不敢讓他繼續考了，就把他弄到鹽號去。可他自從被斷了念頭，就天天魂不守舍的，後來海爺爺也不敢讓他出去幹活，只讓他在家歇著了。」

林清嘆了一口氣，難怪這些孩子會有這樣的想法。想到當初他們學校曾有一個複讀八年最後也精神不正常的，他突然發現：限定學堂學生的重考次數和在考前對他們的精神評估，非常的重要！

林氏學堂這十多年來，問題真的頗多，可想到林氏學堂才剛建起，任何事務草創時期都是麻煩最多的時候，他也就釋然了。

再說，林氏學堂發生的事，哪家私塾家學都不少，只不過這個時代，大多認為學生學不好就是自身愚笨，不是讀書的料，很少有像後世那樣苛責老師的，所以幾乎很少有人去想著要整頓私塾和家學。

看看那些凡是延續幾百年、上千年的世家，還是可以發現，這些家族對於族中子弟讀書的重視和教育方法，遠遠不是小門小戶能比的。

想到這裡，林清覺得自己有必要重整一次林氏學堂。

林清又在學堂蹲了幾天，把每個班的課都偷偷聽了兩遍，同時趁著孩子們還不認識他，找了不少孩子談心，把學堂的問題都理了一遍，這才開始著手整治學堂。

林清先去找到那位「讀書讀到不正常」的堂侄林松。

雖然林家眾人都覺得林松這些年過得不太好，但其實也不過是對比林家其他人，有林二叔這個爺爺和林浪這個親爹罩著，雖然林松有些自暴自棄，生活卻沒有太大的影響。

所以，當林清親自到林松休養的別院時，林松和林松的媳婦張氏忙帶著僕從自裡面出來，迎接林清。林清打量了一下林松，雖然人有些精神不足，倒是面色紅潤，看來只是精神不好，身子卻沒什麼問題。

林松和張氏看到林清，連忙見禮說：「侄兒（侄媳）見過堂叔。」

林清把林松扶起來，同時對張氏點點頭，「都是自家人，不必多禮。」

林松親自引著林清往正房走，對於林清的登門，兩人簡直是受寵若驚。

林清在主位上坐下，對站著的林松和張氏說：「都坐吧，我也沒有什麼要緊事，只是聽說你身子不爽利，就過來看看你。」

林清說著，讓跟著來的小廝把帶來的禮物拿過來。

林松忙說：「多謝堂叔，侄兒身子已經大好，讓堂叔破費了。」

林清笑著說：「哪裡破費了？看到你身子大好，我這個當叔的就放心了。」

小廝把禮物捧到張氏面前，張氏對林清行了一禮，親自接過，遞給身後的丫鬟，讓丫鬟端了下去，又讓另一個丫鬟上茶，林松和張氏這才在林清下首坐下。

林清喝了一口茶，就關切地詢問林松的身體，又問平日吃什麼藥，有沒有什麼不舒服。

林松逐一認真回答，林清聽了，發現林松除了有些頹廢，身體沒有什麼問題，不由鬆了一口氣，這才開始問他科考的事。

說起科舉的事，還沒等林松說話，張氏就插嘴道：「二堂叔，侄媳正勸著夫君去您那拜訪，想讓我家這個榆木疙瘩聽聽您的教誨，開開竅，可他臉皮薄，又擔心您忙，怎麼都不肯去。堂叔如今來了，還望說他兩句，侄媳在這給您行大禮了。」

張氏說著，起身對林清行禮。

林松漲紅了臉，對張氏斥道：「胡說什麼呢？」

張氏沒有退縮，反而對張松說：「你看看人家杉大哥，也是久試不中，可堂叔教導幾個月，人家就順利過了鄉試。妾身也不求夫君你飛黃騰達，只求你能過了院試，把心中的這個結解開，以後別再渾渾噩噩的，妾身也好和你安安穩穩地過日子。」

張氏說完，又轉頭對林清懇求道：「拜託堂叔了，侄媳也不敢求別的，堂叔就幫忙看看夫君到底哪裡不足，侄媳也好心裡有數。哪怕他真不適合科舉，也請堂叔直接說出來，好斷了我家夫君的念頭，別讓他再這樣下去。」

林清聽了張氏的話，暗暗嘆氣。林松久試不中，沮喪頹廢，張氏身為妻子，肯定最是煎熬，也難怪張氏見到他，就像抓著一根救命的稻草似的，做出如此失禮的請求。

林清說道：「快起來吧，我知道妳擔心松兒，其實我這次來，就是想看看松兒是什麼情況，看看能不能拉他一把。」

張氏聽了，歡喜地起身，連忙讓屋裡的丫鬟婆子都下去，並對林清說：「堂叔在這裡和夫君說話，妾身去後院準備些酒菜。」說完，退了出去，把空間留給林清和林松。

林松有些羞愧地說：「張氏素來性子跳脫，讓堂叔見笑了。」

林清笑著搖頭，「我看侄媳一顆心都在你身上，所謂關心則亂，你這小子好福氣。」

林松臉微紅，囁嚅地說：「我和她自幼相識。」

林清恍然大悟，原來兩人是青梅竹馬啊！

想到林浪的妻子也姓張，林清頓時明白，看來這應該又是一對親上加親的。

林清開始詢問林松科考的事情，他也很好奇林松到底哪裡不足。

問了一會兒，越問越覺得奇怪，對於他的問題，林松即便已經兩年沒考，仍對答如流，甚至頗有自己的見解，林清不由納罕，以林松的學識，考第一可能不行，可只是過院試，肯定沒問題，怎麼就次次落榜呢？

林清問道：「你的學識考個秀才絕對手到擒來，你平時考院試也是這麼答的？」

林松聽了前一句，正鬆一口氣，聽到後一句，突然臉色煞白。

林清皺眉，「怎麼了？」

林松支支吾吾地說：「侄兒院試可能答得不太好。」

「不太好？」林清感到疑惑。

林松心一橫，說道：「侄兒每次一進號房，就緊張得腦子一片空白！」

林清：……

啥？

林清怎麼也沒想到，林松屢試不中的原因居然是這個，不禁問道：「你既然科考如此緊張，縣試和府試是怎麼過的？」

林松說道：「侄兒考縣試的時候還小，當初堂叔您帶著的那次，侄兒沒答完，所以沒考上，後來第二年考縣試，侄兒當時也沒覺得自己能考上，並不在意，結果卻過了。過了兩個月是府試，侄兒自覺學得不夠，沒打算去考，可椿堂兄想去，我就陪著去，誰知我倆竟都過了，其實那兩次侄兒還沒反應過來就通過了。」

林清嘴角抽了抽，「那後來的院試呢？」

「後來的院試，我和椿堂兄認真地準備了兩年，然後我去考，本來我覺得我準備得很充分，應該沒問題，不料進了號房，發下考卷，我的腦子忽然一片空白，越急越想不起來，最後只能胡亂答題，往後的幾次院試也是如此。現在侄兒一想起號房，就莫名的心慌。」

林清忍不住扶額，這就是所謂的越不在意越容易考上，越在意反而越考不上。

究其原因，還是林松的心理素質不行。

林清問道：「那你這個情況，沒跟你父母和你爺爺他們說嗎？」

林松低下頭，「第一、二次說了，爹和爺爺還安慰我，後來就不好意思說了。」

林清也能想到，考一次兩次，還能以緊張當作理由，考的次數多了，說出來別人只會以為是藉口。依林松的性子，自然不好意思說出來。

林清問到這，也知道林松屢試不中的原因了，想了想，又問：「你以後打算怎麼辦？」

林松說：「侄兒也不知道，侄兒只是有些不甘心。」

林清點點頭，誰因為一件事努力十多年，突然放棄都會不甘心，「那你是打算再考？」

「侄兒想考，可爹和爺爺都不願意，怕侄兒考出問題。」林松落寞地說：「侄兒知道爺爺和爹是疼我，只是，唉……」

「實在不甘心，就再考一次吧！」林清淡淡地說。

林松猛然抬頭看著林清，聲音顫抖地問：「堂叔的意思是？」

林清端起茶喝了一口，「反正你現在也沒心思做別的事，明年春天正好有院試，不如再去試一次。」

林松眼睛一亮，不過想到他爹和爺爺，就說道：「可是爺爺和爹那……」

「他們那裡我去說，我會告訴他們你會跟著我讀一段時間的書。」

林松大喜，忙起身要對林清道謝。

林清按住他說：「聽我說完，我不是只給你藉口，是真讓你跟著我讀一陣子書。明天開始，你去學堂找我，不過，如果明年你還考不上，就老老實實跟著你爹去鹽號幫忙，不許再渾渾噩噩的，省得你媳婦、你家裡的人天天為你提心吊膽。」

「多謝堂叔！」林松起身對林清行了大禮。

林清在林松家用完午膳，就去林二叔那裡說了林松的事，不過林清也把醜話說在前頭，就是他也不能保證林松能中，畢竟緊張這事，雖然有克服的方法，卻不是對每個人都適用。要是林松怎麼都克服不了，他再做什麼都白搭。

林二叔和二嬸也知道這個道理，對林清願意拉孫子一把，自然是千恩萬謝，並且一再強調，讓林清放心管，反正孫子已經這樣了，怎麼也不會比現在差。

林清得到林二叔的支持，第二天就把林松丟到他當初為了模擬鄉試建的號房裡。不就是在號房裡考試緊張嗎？那就十天考一次，考到麻木為止，反正林松的學識也夠了，就是欠缺實戰經驗罷了。

林清處理完林松的事，便將最近在學堂看到的問題梳理了一下，仔細思索了些解決的方法，這才把林澤和一眾堂兄弟都叫來，共同商量林氏學堂的事。

人到齊後，林清將他這些日子觀察到的情況說了一遍，然後才說道：「科舉到底有多大的好處，眾位兄弟都是過來人，不用我說大家也都知道。林杉、林柱和林椿三個孩子身為舉人，為各房帶來多少便利，不說別的，光免勞役這一條，就是天大的好處。多少富貴人家，因為家中沒有有功名的子弟，到了每年服勞役的時候，不得不拿錢梳理關係，然後找人服勞役，可這畢竟是小道，沒進士、舉人免勞役來得理直氣壯。」

林澤點點頭說：「不錯，上次城南秦家就因為家中子孫不肖，得罪了知府大人，今年夏天的勞役，知府大人就壓著不許秦家找人替勞役，秦家家主和一眾少爺不得不親自服勞役。秦家家主和一眾少爺平日養尊處優慣了，哪裡受得了這樣的苦楚，回來之後簡直是脫了一層皮，秦家家主身子就不太好了。」

秦家的事本來就是知府敲山震虎，不是什麼祕密，林海幾個人也知道，聽林澤這麼說，想起秦家家主的慘狀，也是唏噓不已。

林清接著說：「尤其是咱們這樣的鹽商之家，本來賣鹽就是暴利，是這些官員口中的肥肉，要是本身沒有後臺，哪怕咱們平日賺的再多，也不過是替別人做嫁衣。」

林澤、林湖幾人點點頭，他們平時做生意，這種感覺更加強烈。

「所以，林家子弟中需要有人去參加科舉，做為林家的後臺。雖然現在有我鎮著，等我百年以後，還有桓兒他們，可科舉這事，成功的機率太小了，誰能保證桓兒他們以後的孩子就一定能中舉人中進士。兄弟們平時做生意也明白一個道理，那就是雞蛋不能放在一個籃子裡，所以，老家這邊同樣也不能懈怠。」

林海問道：「堂弟的意思是？」

「我打算重新整頓學堂。」林清淡淡地說。

林澤身為族長，自然得關心家族的未來，忙問道：「二弟打算怎麼辦？」

林清就把孩子因為讀書枯燥不想讀，而打算設立獎學金的事說了。

林澤和林湖等人都是商賈，對於用錢獎勵的事並沒有林杉想的那麼多，反而覺得林清的主意不錯。在他們眼裡，能用錢解決的事，那就不是事。

林湖沒等林澤表態，直接大手一揮，說道：「我還當是什麼事，不就是捐些田給學堂的孩子當作獎勵嗎？反正都是咱們的孩子，就當給孩子們買糖吃，我出五百畝田！」

有了林湖這個堂兄弟中年紀最大的做榜樣，幾位堂兄也紛紛慷慨解囊，每家出五百畝田地，林澤和林清也都出了五百畝。

林清說道：「我打算把每年的租子拿出一部分當成獎學金。獎學金設兩塊，一塊是獎勵班級的前幾名，另一塊是獎勵進步最大的幾個人，鼓勵孩子們追求上進。」

林澤想了想，贊同道：「善！這樣正好讓後面的孩子有個盼頭，免得自暴自棄。」

林湖、林海等人也點頭。

林清見獎學金的事辦妥了，就又提出中午讓孩子們住宿的事情，「我打算在學堂備兩個廚子，伙食錢也從租子裡出。這樣孩子們中午吃完飯，可以在學堂的廂房休息，省得在家裡玩得狠了，下午上課沒精神。當然，只是甲班、乙班和丙班的孩子中午住宿，丁班就不用了。他們太小，再說他們下午也只是玩耍，不用上課。」

林澤等人對林清的提議，簡直是雙手加雙腳地贊成。他們天天忙著賣鹽，正愁沒空管家裡的皮小子，聽到林清要接手，忙不迭地應下，打算回去就送一份鋪蓋到學堂。

林清看得大汗，心道：果然從古到今，熊孩子的威力都是巨大的。

林清將這兩件事說完，剩下的事只要他在學堂自己處理就行，也不用這些堂兄弟幫忙，就留大家吃了飯，然後把他們送走。

眾人離開後，林清去了學堂，開始大刀闊斧地整頓學堂。

林清先給學堂編了一份校規校紀，規範了學堂的紀律，又把後世學生量化那套拿來，將學生平日的表現、作業、考試成績都算在每年的期末總結中，並且公布了獎學金制度，規定獎學金一等獎為一百兩，二等獎為五十兩，三等獎為二十兩。

林家子弟平時的月銀不過十兩，他們年紀小，又沒有私財，聽到林清設立的所謂的獎學金，不由激動了，學堂裡原來懶散的氣氛頓時改變。

林清看到開始發奮圖強的林家子弟，終於鬆了一口氣。

……

五年後。

林清最近正忙著選一塊地，打算用來建書院。

自從五年前整頓了林氏學堂，林家子弟在科舉中逐漸嶄露頭角，再加上原來他做郯王太傅時教出的那批孩子，林清的名聲算是徹底打響了。

由於林清教的孩子資質都算不上極好，但經過他的教導，最後卻能比大多數孩子都強，所以沂州府甚至山省，許多家族都想盡辦法要將孩子往林氏學堂塞，畢竟哪個家族掌權者沒有一兩個不成器的後代，要是擱在以前，不成器也沒辦法，可看到林家那些歪瓜裂棗在林清手中走一遭，就成了良才美玉，誰還能坐得住？

就是那些資質不錯的孩子，許多家族也想往林家塞。林清身為兩榜進士，又是帝師，像他這樣有學識有身分，又肯親自教學生的實在不多。

一時間，不少家族的族長陸續登門拜訪。

林清一開始沒有打算收這些人，他是人不是神，自己有幾斤幾兩自己知道，如果真有那種化腐朽為神奇的本事，沒穿越前就是著名的教育家，而不是一個高中的班導師了。

不過，全拒了也不妥，來拜訪的不乏有山省的世家大族，在這個講關係講人脈的時代，直接拒了，很得罪人。林清思考良久，定下一個規則，每年林家對外只招收二十人。

之所以定為二十人，那是因為山省能排得上號的，有影響力的家族也就二十家，二十家正好一家一個，這樣既不得罪人，也不會太影響林氏學堂的正常教學。

即便如此，五年下來，林氏學堂的林家子弟加上外姓子弟，也達到了好幾百人，如此一來，林氏學堂難免顯得擁擠，林清不得不開始考慮建新校的問題。

他把自己在城外的幾個莊子的地契拿出來，挑了挑，最後選了城南的一個莊子。這個莊子足夠大，並且方方正正的，很適合建新校和校舍。

林清拿著地契到了學堂，剛進學堂，就看到林松正往外走，不由問道：「林柱呢？」

「柱堂哥正在給乙班的學生上課。」林松說道。

林松當年被林清在號房折騰了一個冬天後，終於在第二年的院試中一舉中第，並且由於厚積薄發，居然在隨後鄉試中也吊車尾過了。歡喜的林二叔在沂州府擺了九天的流水席，這也導致了林清的名聲更盛。

林松在考完鄉試後，沒有立刻進京趕考，而是到學堂教書，打算跟著林清學幾年，再進京考試。依他現在的學識，去京城趕考也是墊底的料。

林松看著林清手中拿的地契，問道：「堂叔這是選好了，打算讓杜堂兄開始建了？」

林清點點頭，「現在是春天，冰也化了，正適合蓋房子。多請一些人，應該可以在夏日前蓋完，然後晾上些日子，正好在秋天招生的時候搬過去。」

林松高興地說：「那敢情好，現在學堂的孩子越來越多了，校舍卻不夠用，不得不把耳房、後院都騰出來，確實不大像樣。」

「可不是？所以我才想著快點建個新的。你們幾個堂兄弟之中，就林杜這小子平時最活泛，我打算讓他去幫忙監工。」林清說道。

林松覺得也是，他做事向來粗心，杉堂哥只會讀書，椿堂哥性子靦腆不愛和生人說話，堂叔還得管著學堂，學堂中適合監工的，還真只有機靈好動的杜堂哥。

林杜教完課，拿著書悠悠地從裡面走出來，看到林清，忙過來見禮。

林清將地契交給他，又說了大致的要求，才讓他去找工匠。

林杜聽到林清的要求，拍胸脯讓他放心，就出學堂找工匠去商量圖紙和準備材料了。

幾個月後，林清看著面前剛剛建成的新校，看著嶄新的教室和校舍，突然有一種發自內心的歡喜，他決定要為新校取一個大氣的名字。

林清思索良久，終於定下了一個名字：瑯琊書院。

多年後，校史記載：瑯琊大學原為瑯琊書院，建於元高宗十七年，是華夏第一所私立大學，其成立象徵著華夏高等教育的開端。瑯琊書院催生了華夏最早的現代學制，開創了華夏最早的理科、文科、醫科等大學學科，為後來華夏的高等教育奠定了基礎。

史載：瑯琊書院位於沂州府城南，建於元高宗十七年，前身為林氏學堂。林氏學堂原為林氏族學，高宗太傅林清，隨高宗於郯城，因族學風氣不正，怒而治學，更改族學為林氏學堂。後太傅致仕，任教於學堂中，沂州府世家聞而心動，求教於門下，太傅許之。五年後，林氏學堂不堪重負，太傅遷校舍於城南，更名瑯琊書院。

之二：李氏的回憶

李氏躺在床上，緩緩睜開重若千斤的眼皮，看到床前兒子那張擔憂的臉，不由喃喃地念叨：「清兒……」

林清趴在李氏面前，看著李氏是真的清醒了，驚喜地說：「娘，您醒了，您別動！」然後轉頭對外面的管家喊道：「快去叫大夫！」

李氏突然生出一股力氣，拉住林清，喘了一口氣，說道：「不用了，不中用了。」說著竟猶如好了一般，緩緩坐了起來。

林清扶著李氏，在她身後墊了一個枕頭，這才小心翼翼地讓她倚在枕頭上。

李氏看著床前圍著的兒子林清、林澤，以及兒媳王嫣、小李氏，還有一圈的孫子、孫女和曾孫、玄孫，忍不住感到很滿足，「我也是時候去見你們父親了。」

林清看著突然紅光滿面的李氏，再聽到李氏不祥的話，心裡咯噔一下，眼眶紅了，有些哽咽地說：「娘說的是什麼話，兒子們陪著您不好嗎？」

林澤也看出了李氏是迴光返照，忙說：「娘，您別胡思亂想，您好好養著，等明年春天又能多抱幾個曾孫玄孫。」

李氏搖搖頭說：「我自己的身子自己知道，如今怕是過不了今日這個坎了。」

林清鼻子一酸，眼淚掉了下來。

林澤和小李氏、王嫣也忍不住偷偷用袖子擦淚水。

李氏看到林清哭了，吃力地抬起手幫林清擦了擦，笑著說道：「傻孩子，哭什麼？都多大的人了，讓孩子們看了豈不是要笑話？娘今年都九十二了，再不走就成老妖精了，等到地下，你爹就不認識娘了。」

「娘……」林清握住李氏的手，哽咽地說：「兒子捨不得您，您別丟下兒子！」

李氏用另一隻手輕輕拍拍林清的手，嘆息道：「生老病死，這都是天數啊！」

她轉頭看了看圍在自己身邊的一眾子孫，對床頭站著的貼身大丫鬟說：「去把我的體己單子拿過來。」

大丫鬟在旁邊的櫃子裡取出一個匣子，放到李氏的床邊上。

李氏掙扎著想打開匣子，林清看了，忙幫忙打開。

李氏拿出裡面的單子說：「這裡面是我當年的嫁妝和這些年攢的私房，如今我要去了，留著也沒什麼用，不如留給你們做個念想。」

李氏咳了一下，接著說：「我平時用的這些東西，我用慣了，等我去了，就給我帶到下面，剩下的田產、鋪子和細軟，澤兒，你折算一下，平分給每個孩子吧！」

林澤忙說：「娘，兒子這邊就不用了，都留給二弟那邊吧！」

當初大李氏去世的時候，林父直接把前妻的嫁妝封起來，等林澤成親的時候直接交給他了。無論按照律法還是習俗，女方的嫁妝都是私產，只能由親生子女繼承。前些年林清在外面，每年都送許多東西回來孝敬李氏，再加上李氏掌家這麼多年，體己絕對是不小的數目，林澤不願意占弟弟這個便宜。

李氏搖搖頭說：「這點東西，你們誰家多了也發不了，不過是給孩子留個念想。孩子們都叫我一聲奶奶、太奶奶、祖奶奶，我總要一碗水端平。」

林清也說：「大哥，就當娘給晚輩的一點心意，您就別推了。」

林澤這才說：「那兒子就代孩子們謝過娘了。」
李氏分完了體己，精神頭就不太好了。
林清扶住李氏，問道：「娘，您還有未了的心願嗎？」
林澤也幫忙扶著李氏，「娘，您可還想說什麼？」
李氏眼神已經有些渙散，心裡卻還明白。她這一輩子，子孫滿堂，兒孫孝順，甚至連誥命都到頂了，還有什麼不滿足的？
李氏的視線開始模糊，原來被壓在腦子裡的記憶，也一件件在眼前閃過。
她是庶出，十歲的時候，她的姨娘就因為風寒歿了，然後她被抱到嫡母那裡養。
嫡母有兒有女，雖然不重視她，卻也不曾苛責她，所以平日也算安穩。
嫡姊是家裡的嫡長女，聽說已和李家有關係的林家聯姻了，等到過年開春後就嫁過去。她不知道林家是誰，只是隱約知道是新起的鹽商。
由於嫡姊快要出閣了，所以嫡母一直忙著給嫡姊準備嫁妝和教嫡姊管家，她平時跟在嫡母身邊也學了不少。嫡母和嫡姊見她想學，空閒時也會指點她兩句。
第二年開春，嫡姊出閣了。
她那時還不太懂事，只知道嫡姊要走，以後很難見面，也難過了幾天，可過了些日子，也就漸漸忘了，只是時不時聽嫡母念叨兩句嫡姊怎麼還沒有孩子。
又過了兩三年，有一天，她嫡母接到嫡姊的一封信，很開心，後來她才知道，嫡姊終於有身孕，並說找了大夫把脈，很可能是男孩。
於是，那段時間，嫡母去寺廟求神拜佛，保佑嫡姊能生出林家的嫡長子，好站穩腳跟。
後來，她嫡姊確實生出了林家的嫡長子，自己卻難產去了，她嫡母接到信就病倒了。

她和其他的兄弟姊妹一起去給嫡母侍疾，某天她端著藥，還沒進去，就聽到嫡母和父親的爭吵聲，原來父親不願意李家和林家的關係因為嫡姊去世斷了，就讓嫡母挑個庶女，打算給女婿做繼室。

嫡母雖然心裡難受，可也知道這樣最好，畢竟要是別家姑娘做了繼室，怎麼可能容得下嫡姊生的嫡長子，於是打算讓三姨娘的女兒去給林家做填房，好護著嫡姊生下的長子，畢竟三姨娘是嫡母當初的陪嫁，賣身契還在嫡母手中，庶姊不敢明目張膽對嫡姊的孩子不利。

誰知三姨娘覺得把自己的女兒給一個商賈做填房太委屈，居然大著膽子向父親吹了枕頭風。父親正好想巴結上官，就把庶姊送給上官的兒子做了貴妾。

等嫡母知道的時候，庶姊已經被送去了，嫡母氣得不行，這才和父親鬧了起來。

她端著藥默默地退出去，現在進去只會惹父親和嫡母不喜，所以她回到廚房又重熬了一次，過了一個時辰才送去。

第二次去的時候，父親已經離開了，三姨娘正跪在母親門前，哭喊道：「夫人打死奴家吧，奴家實在捨不得二姑娘嫁給一個年過三十的鰥夫，這才出此下策！夫人不要怪老爺，是奴家心疼姑娘！」

然後，她就看到嫡母氣得從屋裡走出來，罵道：「妳心疼姑娘？說的比唱的還好聽！心疼姑娘會讓她去做妾？妳不過是看人家趙家是四品大員，可他兒子那是什麼貨色，妳別說妳心裡沒數！」

三姨娘抹著眼淚說：「趙公子不過是花心了些，哪個公子哥兒不是如此？二姑娘長得又好，進了府也是貴妾，只要是生下一男半女，以後就有依靠了。嫁給林家雖然是正室，可也是繼室，林家家主已經三十多了，等過兩年，誰知道還能不能有孩子。就算有孩子，以後也是商賈之後，咱們家怎麼著也是官宦人家，怎麼能把女兒往商賈家送呢？」

嫡母被氣得差點站不住，她趕忙上前扶著嫡母，就聽到嫡母冷笑著說：「原來妳是看上嫁給趙家生出的孩子是官家子弟，可妳也得讓妳女兒生得出來。」

她看嫡母揮了揮手，嫡母的陪房就上前，拿著布把三姨娘堵著嘴，關到柴房去。父親自覺這事做得理虧，三姨娘又是嫡母的陪嫁，便也沒說什麼。

再後來的事她就記不清了，只是有一日，嫡母突然把她叫到屋裡，問她願不願意嫁到林家。她心裡當然不願意，她那個姊夫年紀比她兩個都大，聽說還長年在外賣鹽不回家，她嫡姊當年一直沒有身孕，就是因為這個緣故。

嫡母卻說：「知道妳心裡肯定不情願，妳在我跟前也有四年了，我也不勉強妳。妳是庶出，雖然養在我身邊，可等相看人家的時候，別人一打聽也知道，妳要是嫁個比李家低的，也能做個正頭娘子，可妳也知道妳爹的性子，他現在一心想往上爬，恨不得女兒都嫁給高門大戶，妳想低嫁，想都不要想，哪怕那些門當戶對的庶子，妳爹肯定也看不上。這次二姑娘的事，看著是三姨娘在背後搞事，可要不是妳爹就這麼想，怎麼可能成？看著吧，有一就會有二，妳下面那幾個庶妹，也都是同樣的命。」

她聽了，被嚇到了。她是庶出，怎麼會不知道當妾和庶出意味著什麼？妾通買賣，哪怕是貴妾，那也是妾。她知道自己是庶出，所以拚命討好嫡母，只不過想等及笄後，嫡母能給她指個不錯的庶子，或者家境殷實的人家，誰知道她父親居然打這個主意。

她沒有懷疑嫡母誆她，畢竟她的親事本就攥在嫡母手中，她嫡母之所以告訴她，不過是讓她心甘情願領她的情，對她嫡姊的孩子好些。

她思考了一天，告訴嫡母，她願意嫁到林家。

她寧願嫁給一個比自己大十六歲的鰥夫做繼室，也不要去做妾。她不願意她的孩子是庶出，不願意自己的孩子從小就在嫡子面前永遠抬不起頭，不願自己的孩子只能在嫡母手中養廢卻什麼都做不了。

後來，她的那些庶妹果然如嫡母所說，被父親送給那些上官或者上官的兒子做妾。他的那些庶姊庶妹，開始因為姿色不錯，過得還不錯，有的甚至有個一兒半女，可等到過了些年，年老色衰，就失寵了。至於她們的孩子，有的不明不白地沒了，就算養大了，也大多被嫡妻養廢了。

想到這裡，李氏突然用盡全身力氣，拉住林清的手，斷斷續續地說：「以、以後……林家姑娘……林家姑娘，永遠……不許為妾，林家、林家永遠不許送姑娘為妾！」

李氏說完，緩緩地合上眼。

林氏族譜記載：一品誥命夫人李氏，太傅林清之母，逝世於元高宗四十二年，享年九十二，臨終遺言：「林氏女不得為妾。」

次年，太傅林清和其兄林澤修族譜：「林氏女不得為妾，凡送女為妾者，逐出宗族。」

之三：兒孫滿堂

王嫣睜開眼睛，看到外面天色大亮。今天是她的八十八歲壽辰，可她一點也不想過壽，所以一大早她就躺在床上不想下來。

林清看著還在床上躺著的妻子，有些奇怪地道：「妳不是每天都起得很早嗎？我平日讓妳多睡一會兒妳都不肯，今日怎麼改性子了？」

王嫣翻了個白眼，轉身背對林清。

林清摸摸頭，一大早的，他怎麼得罪媳婦了？他側身來拍拍她，「大清早的，這是怎麼啦？今天是妳的壽辰，可不能生氣，等會兒孩子們都會過來呢！」

王嫣鬱悶地撇撇嘴，「幹麼年年給我過壽，我又不老！」

林清笑了，敢情他夫人在計較這個，「孩子們平日忙，不過是想找個由頭聚一聚，反正也沒有大辦，只是自家人一起吃頓午膳。」

他們兩人在沂州府，孩子們都在京城，平時很難得聚在一起，只有過年時幾個孩子才能以回鄉祭祖的理由請假回來，所以每年也就過年時能聚齊，而王嫣的生辰正好在正月，孩子們每年就喜歡給他們母親過壽，當然也有聚在一起樂呵樂呵的意思。

「可是，他們每年給我過壽，我都覺得自己過老了。」王嫣轉過身來，看著丈夫。雖然這些年她已經努力保養了，可每次看到丈夫那張臉，她就有些氣餒。為什麼她要比丈夫大，她要是比丈夫小十歲，現在也不用糾結這個了。

林清見王嫣瞅著他看，忍不住用手摸摸眼角，疑惑地問說：「怎麼了？難道我剛睡醒，眼角有眼屎不成？」

王嫣噗哧一聲笑了，剛才的那一點鬱悶也不翼而飛，伸手摸了摸丈夫的臉，說道：「你說我不過比你大兩三歲，你有時連臉都懶得洗，我天天用心保養，怎麼就是比你老？」

林清看了王嫣一眼，他看王嫣已經看了幾十年，早就熟得對容貌免疫了。王嫣的容貌變化對他而言早已熟視無睹，他很難理解王嫣會因為臉上皺紋多而悶悶不樂。

林清安慰道：「沒事，這麼多年都看習慣了，就算妳老成核桃，在我眼裡也沒差別。」

「核桃？」王嫣惱羞成怒，用手捶林清，「我怎麼可能臉皺成那樣？」

林清知道自己說錯話了，忙按住王嫣的手，討饒說：「夫人，我說錯了，我的意思是，妳和我都老成核桃，那不正說明我們能長命百歲嗎？」

王嫣無語，有這麼找理由的嗎？

不過，對於和丈夫一起長命百歲，白頭偕老，她還是很期待的，就暫時放過林清，坐起身，拍了拍丈夫說：「快起來，等會兒孩子們要來了。」

林清無奈地搖搖頭。

不想起的是妳，急著起的也是妳，還真是女人心海底針！

林清和王嫣剛收拾妥當，幾個孩子就陸續來了，連林榕也到了。

沈辰今年帶著林榕回山省看望他爹沈楓，正好正月十六帶著林榕回娘家。知道岳母是正月十八的壽辰，索性住著沒走，給他岳母拜壽。

林清和王嫣過壽的時候向來不請外人，只和自己的孩子們熱鬧一番。原本還有一些官員來送禮，被林清委婉拒絕後，大家也不來自討沒趣了。

林清和王嫣的壽宴很簡單，沒什麼花樣，只是準備一大桌吃食，孩子們來了就直接上桌邊吃邊聊。雖然簡單卻熱鬧，大家也很自在。

幾個孩子先向王嫣拜壽，這才入座。林清、林桓和沈辰幾個男人還喝了點酒，行個酒令什麼的，當然王嫣這邊女的也沒閒著，嗑瓜子的嗑瓜子，嘮嗑的嘮嗑。

王嫣雖然不想過壽，可對於一家人熱熱鬧鬧地團圓還是很開心，左手攬著玄孫，右手抱著玄孫女，一邊和自己的女兒和兒媳說話，一邊不忘給外孫和孫子嘴裡塞點心。

林榕看著她娘像老燕子餵小燕一樣，給這個孫子塞南瓜餅，給那個外孫塞龍蝦，給這個外孫女夾山藥丸，給那個孫女夾炸湯圓，不由笑道：「幸虧現在孩子們還數得過來，要不然娘就忙不過來了。」

王嫣樂呵呵地說：「要是能數不過來，娘會更高興。」

王嫣看著自己的四個兒子、一個女兒和眼前的一票孩子，又看了看旁邊的丈夫，突然從心底湧出了一股滿足。

這些年，許多後宅夫人都明裡羨慕，暗裡妒忌，旁敲側擊地想知道她到底有什麼御夫之術，能把丈夫管得服服貼貼的。王嫣暗笑，當年剛出嫁的時候，她也是這麼認為的，以為攏住丈夫需要手段，可等到和丈夫在一起久了才明白，嫁對了人，比什麼都強。

看著眼前活潑的孩子們，王嫣覺得每年過壽辰也不錯，不但能讓忙碌的孩子抽空聚聚，還能讓孩子們培養感情，反正她都老了，就算不過，也擋不住時間流逝。

王嫣在桌子底下輕輕握著林清的手，湊到他耳朵邊小聲說：「明年也還過吧！」

林清本以為王嫣不願意，沒想到她又想過了，便好奇道：「妳怎麼突然改主意了？」

「反正不過年紀也不會變小，不如藉著過壽，讓孩子們聚在一起熱鬧熱鬧，你看大家玩得多開心啊！」王嫣一臉慈愛地看著孩子們。

旁邊的林桓聽了，故作委屈地說：「我們平日想給娘過壽，娘都不樂意，現在卻為這些小傢伙想過了，果然孫子們一出生，我們這些兒子女兒就變成路邊撿來的了。」

林桓剛說完，他的兒子就抱屈：「爹說的哪裡話？如今曾孫出來，孫子也得靠邊站！」

曾孫看著王嫣懷裡的兒子，嘆了口氣，指著兒子說：「最受寵的在那裡呢！」

兩歲的小玄孫看著大家都瞅著他，抱著正啃得歡的布老虎，瞪著墨葡萄般的眼睛看著眾人，然後懵懂地傻笑。

之四：忽悠皇帝

這日，身為戶部尚書的林桓稟報完戶部各項事宜，剛要告退，就被周琰叫住，讓左右退下後，問道：「聽說太傅在沂州府最近辦書院辦得很紅火？」

林桓苦笑一下，「可不是？爹來信，很開心地說他建了書院。因為在沂州府城南，沂州又名瑯琊，所以命名為瑯琊書院。」

周琰咕噥道：「先生果然壓根兒就不想回來！」

大殿上的宮女太監都出去了，沒有外人在，林桓也少了幾分規矩，就抱怨道：「不是我說陛下，您當初就不該同意爹爹請辭，他那性子，一跑掉，就像泥鰍入泥一樣，哪裡還肯回來？您不知道，現在林家上上下下都壓在我身上，明明我一個當哥的，現在卻像當爹的，天天帶著三個弟弟耍。」

周琰本來想找林桓抱怨，控訴自家先生樂不思蜀的不負責任表現，誰知他還沒說，林桓倒先怨怪上了，不過，聽到林桓的抱怨，想到如今林家所有的事都壓在林桓身上，比他慘多了，頓時心理平衡了，反而安慰道：「長兄如父嘛，這也是沒辦法的事！」

林桓便開始倒苦水，「您說別人的爹，都是像老母雞似的守著孩子，生怕孩子出一點岔子，不小心把家敗了，可我爹呢？我們兄弟剛成年，他就拍拍翅膀飛跑了，啥也不管，您說他怎麼就這麼放心，就不怕我一哆嗦，直接把林家敗沒了。」

「是啊是啊，確實太不負責任了！」周琰也跟著同仇敵愾。

林桓又繼續說：「還有啊，看看別人家，像我這年紀，有個當尚書的爹，那是啥事都不用愁，天天悠閒地做尚書大人的公子，可我呢？我也有個尚書的爹，可還沒等我享福，我爹直接跑了，讓我跟著一群比我大好幾旬的老頭鬥心眼。別人是大樹底下好乘涼，而我不但得自己長成大樹，還要幫弟弟們遮風擋雨，您說，天底下有這麼不負責任的爹嗎？」

「確實沒有。」周琰肯定地說，又安慰道：「不過，你現在也是戶部尚書了，不用看那些老臣的眼色了。」

「這是陛下抬愛，可跟我那跑到沂州府偷懶的爹沒關係。」林桓委屈地道。

周琰見林桓委屈，又安撫了他一下午，最後還被林桓訛了一幅張旭的草書，等到宮門快落鎖時，林桓才離開。

周琰坐在龍椅上，突然笑了，喃喃地說：「這臭小子，學會跟朕玩心眼了……」

林桓之所以在他面前一個勁兒地抱怨親爹，不過是擔心他對太傅不肯回朝有所不滿，所以林桓把他要說的都先說了，這樣他氣就會順了，自然不會怨太傅了。

想到這裡，周琰搖頭輕笑。他家太傅是什麼性子，他早八百年就知道了，當初他准林清辭官的時候，就知道依他的性子，只要出去多半就不回來。不過，當時林清意已決，他也沒辦法，只能允了，所以他平日不過是抱怨兩句。

對於林桓和他玩心眼，周琰也沒有生氣，這傢伙自小就是個芝麻湯圓，滿肚子心眼，而且最喜歡坑他，一天不坑他就難受，只不過每次他都棋高一籌罷了。

想到剛才被他訛去的那幅字，周琰撇撇嘴，對旁邊的楊雲說：「大伴，等會兒傳旨給內閣，就說朕想看看今年戶部的收支情況。」

楊雲嘴角抽了抽，林尚書訛您一幅字，您就讓他在戶部多忙半個月，卻還是走出去，讓守在殿外的太監去內閣傳口諭。

內閣接到陛下的口諭，聽到陛下要查戶部的收支，還以為戶部又出現虧空或者出現什麼岔子，頓時如臨大敵，連夜把林桓叫來，耳提面命地讓林桓快點把戶部的帳整好，省得一不小心牽連到他們。

林桓聽完幾個閣老說的話，一口血差點嘔出來，心裡恨恨地罵道：丫的，算你狠！

之五：重返現代

張錦面沉如水地將大夫送到門外，不死心地問：「家母真的一點辦法都沒有了嗎？」

蘇大夫搖搖頭，委婉地說：「尊太夫人要是有什麼未了的心願，就了了吧！」

張錦臉色一白，雖然他知道母親年紀大了，康復的希望不大，卻仍抱有一絲希望，如今卻半點希望都沒了。

張錦甚至沒有跟蘇大夫道別，就踉踉蹌蹌地往府裡走去。

蘇大夫看著張錦的背影，嘆了一口氣，這張家家主也是個孝子啊！

張錦回到後宅，直奔母親李平的床邊，看著躺在床上的母親，彷彿洩了所有的力氣。

張錦的妻子王氏正在給婆婆餵藥，看到丈夫的樣子，輕聲問道：「大夫可有說什麼？」

張錦搖搖頭，「我來吧，妳也累了，快去歇歇吧！」

「妾身不累。」王氏柔聲說。

「去歇歇，等會兒孩子還要妳照顧。」張錦堅持地道。

王氏這才不再堅持，把藥碗遞給丈夫，「那妾身去看看孩子。」

張錦等王氏走後，又給母親餵了半碗藥，就將屋裡的下人攆出去，親自守著母親。

李平渾渾噩噩地睡了很久，睜開眼，看到守在床邊的兒子，不由叫道：「錦兒。」

張錦看到母親醒了，忙說道：「娘，您終於醒了，可嚇死兒子了！您感覺怎麼樣？兒子這就讓人去給您熬藥。」

李平嘆了一口氣，她在這世上，終究還有一個真心關心她的人。想到她馬上就要離開，忍不住說道：「錦兒，不用了，娘要走了。」

張錦臉色煞白，「娘，您胡說什麼？您只不過是生了病，很快就會養好的。」

李平搖搖頭，她自己心裡明白，從開春起，她的身體就一天天虛弱起來，再加上系統提醒能量不足，她就知道在這個世上待不久了，不願意唯一的兒子為她操勞，「錦兒，不用忙乎了，娘知道娘的身子不行了。你不用難過，娘不是死了，娘只是要去另一個世界。」

張錦聽了，不但沒有被安慰到，反而更傷心了，「兒子十歲的時候，爹就去了，如今娘又要走嗎？」

李平看著脆弱的兒子，心痛了起來，她伸手拉著兒子的手，安慰道：「娘真的只是到另一個世界去。你如今大了，也聰明能幹，還娶妻生子了，娘放心了。」

張錦心裡難受，卻不想表現出來讓母親擔心，想起大夫說的，就問道：「娘，您有什麼未了的心願嗎？只要兒子能做到，兒子一定會為您達成。」

「未了的心願？」李平喃喃地念叨。

她唯一的心願就是回到現代，她在古代待怕了。

當初林清幫她嚇唬了一下她丈夫，她丈夫便收斂了許多，和她安穩過了幾年，這才有了錦兒，可沒幾年她丈夫對她的新鮮勁兒過去了，就開始拈花惹草。雖然沒有寵妾滅妻，可通房姨娘一樣也沒少。

如果放在別的女子身上，可能覺得反正都有長子了，那些通房妾室又翻不起浪花，睜一隻眼閉一隻眼就過去了，甚至還有賢慧的，主動給丈夫再送兩個通房，既然都有了，也不在意多一兩個，還能撈個好名聲，可對於李平來說，只覺得噁心。

幸好她丈夫去得早，李平只和他虛與委蛇幾年就解放了。外人覺得她丈夫早早因病去世可憐，只有她知道，她寧願守著兒子一個人過。

如今兒子長大成人，也從公公手中接過張家和張家的生意，又娶親生子，她沒什麼好擔心的了，唯一放不下的，就是她這一世去世後，會不會又被這個該死的系統丟到古代。

那個系統可是說，只要她存不夠積分，就得一直做任務，如今她可不是當初那個天真的少女，覺得穿越是多幸福的事。她只想回家，老老實實地上她的大學。

可是，問題又轉回來了，要想回家就得有積分，要想獲得積分就得攻略書中的人物，可那本書總共就那幾個人物，活到現在的就三個，一個是當今太后，一個是當今聖上，最後一個是太傅林清。

太后和皇上想都不要想，她在這裡待了四十年，已經完全明白什麼叫皇權。別說攻略，刷好感覺，這兩人她連靠近都別想。

唯一能靠近的就是太傅林清，如今太傅林清已經辭官回鄉，憑她是親戚的身分，倒也不是見不著，可想到當初在林清那裡受的挫，李平不由打起退堂鼓，可想到能回家，她還是決定最後試一試。

李平對兒子說：「你去取些筆墨紙硯來，娘要寫一封信。」

李平雖然不知道母親要做什麼，可也猜到肯定與心願有關，連忙讓丫鬟去把書房他常用的筆墨紙硯拿來。

李平硬撐著想起來，張錦忙扶起母親，把她扶到桌邊，說道：「其實兒子可以代寫的，娘何必起來？」

李平搖搖頭說：「還是娘親自來的好，再說，有些事你知道了不好。」

張錦奇怪地說：「兒子都不能知道？」

李平點點頭說：「娘要寫一件大事告訴一個重要的人，越少人知道越好，不讓你知道，也是為了你好。」

張錦知道母親不會騙他，聞言說道：「那娘您寫，兒子在旁邊照顧您，不會偷看。」

李平點點頭，硬撐著身子寫了幾句，然後放到信封用紅蠟封好，就累得氣喘吁吁。

張錦見了，扶她娘上床。

李平把信遞給兒子，「你把這封信送到林家，交給娘的表哥，你的表舅林清。」

張錦剛要接信的手頓住了，不敢置信地說：「娘，您說您要把這封信交給誰？」

「太傅林清。」李平重複道。

張錦覺得自己的下巴快驚掉了，雖然林太傅確實和他娘有關係，關係還不遠，因為他娘和林府族長夫人是親姊妹，是他親姨，他還經常去林家見他大姨，可對於太傅，他還是很陌生的，不僅是因為他這個表舅長年在京城，更是因為他表舅是太傅，是皇帝的老師，而且在他表舅沒辭官之前，可是尚書啊！

李平瞥了兒子一眼，「他官再大，也是你表舅，難道還會攆你不成？再說，娘在信裡也沒寫什麼不妥當的。」

李平如今完全沒有想勾搭林清的意思，當年她風華正茂的時候林清都不多看她一眼，何況她現在已經病入膏肓？她只是想說一件事，一件對兩人都有利的事，看看能不能最後搏一搏而已。

張錦聽了，覺得也是，大家都是親戚，哪怕他身分低，以他娘和他那位表舅的母親李氏同出李家，想必他那位表舅不會攆他出來。實在不行，還有他大姨在呢！

張錦收起信，讓丫鬟叫來夫人，在他娘這裡守著，就拿著信往林府去。

張錦到了林府，沒有直接進去，而是去老宅找了他大姨小李氏。

小李氏本來還覺得她妹妹突然寫信給小叔是胡鬧，可聽到她外甥說這是她妹妹臨終的心願，頓時留下眼淚，拿著信就帶著張錦往隔壁林清的宅子走去。

哪怕她妹妹是胡鬧，身為大姊，也得豁出臉面替妹妹完成最後的心願。

林清剛從書院回來，還沒進家門，就被大嫂堵了個正著，正奇怪他大嫂有什麼事，就看他大嫂遞給他一封信。他大嫂倒也沒多說什麼，就說這是她妹妹交給他的，並且說這是她妹妹的臨終心願。

林清滿頭霧水地接過信，他怎麼也想不到，一個和他八竿子勉強打得著的親戚，病危時居然會想著給他送信。看到他嫂子期待的眼神，林清決定還是看看，畢竟人家都快去了，只要不是很為難的事，能幫一把就幫一把，畢竟也是親戚。

林清與那位表妹沒什麼曖昧，不用避嫌，便直接當著他大嫂的面把信拆了。

這一看，林清愣住了，然後猛地轉頭問送信來的表外甥：「你母親現今何在？」

「家母正在家裡，病得下不了床，所以才讓外甥送信來。」張錦低聲說道。

林清轉頭看大嫂，「大嫂可要去看妹妹，不如我送大嫂去？」

小李氏看到林清嚴肅的表情，就知道肯定是她妹妹在信裡寫了什麼，她小叔想親自去問問，不過他小叔一個男人登寡婦的門肯定不行，所以才拉她作陪，她忙說：「我正好要去探望妹妹，有勞小叔了。」

林清讓門房去裡面拿了兩件貴重的東西當禮物，就帶著李氏和張錦乘馬車去了張家。

到了張家，想到李平身子只怕撐不了太久，林清和小李氏年紀也大了，不用避諱，就直接去了後院。

到了後院，小李氏先進去，和妹妹說了一會兒話，然後抹著眼淚出來，說她妹妹想單獨見林清一面，有一件事想要託付他。

雖然不合規矩，不過李平已經油盡燈枯，身為兒子，張錦顧不了那麼多，當下請林清進去，然後把屋裡的丫鬟攆出去，親自在外面守著。

林清看到躺在床上，面色灰敗的李平，問道：「妳真的知道未來的事？」

李平就要去了，索性也不隱瞞，「其實我來自後世。」

林清面上不動聲色，心裡卻嘆了一口氣。他倒是沒想到，他的親戚之中，居然還有一個穿越的？在看到信時，他就在想，這位到底是重生還是穿越。

李平說：「表哥不相信表妹說的？」

「我相信，」林清淡淡地說：「我看得出妳沒有說謊。」

李平鬆了一口氣，繼續說：「我知道許多關於表哥的傳說。」

「我的？」林清有些疑惑，他在後世從來不曾聽說過自己。

李平點點頭，「在後世，也就是我們那個時代，表哥是個很出名的人……嗯，當然也不能這麼說，反正是個名人就是，就像蕭何、諸葛亮那樣出名。」

身為理科生，李平努力地扒拉些自己那點皮毛都算不上的歷史知識，好不容易找到兩個差不多的名人當例子。

林清說道：「我怎麼能和蕭丞相和諸葛丞相比？」

李平脫口而出：「我也說不準，反正就是男神了！」

林清嘴一抽，心道：其實妳這解釋比上一個更能讓我聽得懂。

李平又說了許多，林清默默聽著，聽了一會兒，終於確定這個世界應該是架空的，其後世和他原來所在的地方經濟差不多，也都是華夏，只不過像是平行世界，李平才聽說過他。

聽到這裡，林清問道：「那後世對我是如何評價的？」

「不慕名利，優雅從容，喜歡教書育人，桃李滿天下，是元代有名的教育家。」李平下意識答道，又補充說：「反正很有名就是了。」

林清放下心來，是好名聲就好。

剩下的，林清也懶得問了，直接說：「那妳想讓我怎麼幫妳？」

李平連忙把系統需要好感度的事說了一遍，反正她都要死了，再差也不會比現在差了，倒不如告訴這個史書上大讚特讚的人，最後賭一把。

說完，李平小心地問：「你聽得懂嗎？」

林清點點頭，「聽得懂。」

李平鬆了一口氣，心道：不愧是古代的男神，聽了這麼玄幻的事，竟還接受得這麼好，也沒有當她是妖精！

「你是說，只要我對妳有好感，妳湊到足夠的好感度，就可以兌換那個什麼幣，然後返回現代？」林清問道。

李平點點頭，「就是這樣。」

「那那個所謂的好感度，是不是任何好感都可以？不單單指夫妻那種？」林清又問。

李平一愣，好感度還有別的？但還是點點頭，「系統只要好感度就可以。」

林清思考了一下，突然問道：「我剛才聽妳說，妳以前是學生？」

「嗯，我穿越的時候剛考上大學，」李平生怕林清不明白，忙解釋道：「我們那裡，無論男女都可以上學的。」

林清點點頭，繼續問：「妳剛才說妳高中的時候功課很好？」

說到自己唯一得意的地方，李平說道：「我高中時學習很好，每次都在全年級前十名，尤其是理科，物理我還考過滿分，要不是這樣，我也考不上瑯琊大學。對了，瑯琊大學就是你現在辦的那個瑯琊書院，以後可是全國前幾名的大學。」

李平剛說完，就聽到體內的系統滴滴滴響個不停，然後就聽到一個電子音：「好感度百分之十……好感度百分之二十……好感度百分之五十……好感度百分之七十……好感度百分之百……滴答，恭喜宿主，好感度滿格，現在開始兌換晉江幣。兌換晉江幣一億，晉江幣可購買回城車票一張，是否購買，請選擇。」

李平瞪大眼睛，不敢置信地看著林清。

林清笑著問：「怎麼樣？」

「你是怎麼做到的？」李平喃喃地說。

「看來是足夠了。」林清笑了笑，轉身出去，「我去叫妳兒子進來。」

林清走出去，對張錦說了兩句話，張錦連忙進去看他娘。

林清知道，今日李平就要離開了，就讓小李氏留下，自己乘馬車回去。

他獨自一人在在馬車裡，撩起車簾，看著兩邊不斷後退的農田，突然笑了：這男的對女的的感情能有假，可這高三班導師希望學生考上大學的心卻沒有半點假，希望她能好好地回去上大學吧！

……

李平猛然睜開眼，被陽光照得眼疼，不由用手想去捂眼，手背卻是一痛。

旁邊有人驚叫道：「李平，別動，妳手上還打著點滴呢！」

那人跑到她床邊，拉起她的手一看，大叫道：「哎呀，我就叫妳別動，這下針歪了！好在快掛完了，我這就去叫護士來。妳也真是的，居然在去上課的路上邊走邊玩手機，還掉到人工湖裡，幸好當時湖邊有不少人，幾個水性好的男同學跳進湖裡把妳撈出來，要不然妳就要在人工湖裡餵魚了！」

這個女生說完，就跑出去喊人了。

李平看著她出去的背影，突然想起這個女生就是她的室友劉雪，平時毛毛躁躁的，卻是很熱心的一個人。

劉雪拉了一個護士進來，護士熟練地重新起針。

李平看著眼前的一切，忽然鬆了一口氣。

她終於回來了！

漾小說 192

天生不是做官的命（下）

國家圖書館出版品預行編目資料

天生不是做官的命/ 文理風著. -- 初版. -- 臺北市：
晴空, 城邦文化出版：家庭傳媒城邦分公司發行,
2018.06
　冊；　公分. --（漾小說；192）
ISBN 978-986-96370-2-2（下冊：平裝）

857.7　　　　　107003664

原著書名：《天生不是做官的命》，由北京晉江原創網絡科技有限公司授權出版。

作　　　者　文理風
封 面 繪 圖　畫 措
責 任 編 輯　施雅棠
國 際 版 權　吳玲瑋　蔡傳宜
行　　　銷　艾青荷　蘇莞婷　黃家瑜
業　　　務　李再星　陳玫潾　陳美燕
編 輯 總 監　劉麗真
總　經　理　陳逸瑛
發　行　人　涂玉雲
出　　　版　晴空
城邦文化事業股份有限公司
104台北市中山區民生東路二段141號5樓
電話：（886）2-2500-7696　傳真：（886）2-2500-1967
發　　　行　英屬蓋曼群島商家庭傳媒股份有限公司城邦分公司
104台北市中山區民生東路二段141號2樓
客服服務專線：（886）2-25007718；25007719
24小時傳真專線：（886）2-25001990；25001991
服務時間：週一至週五上午09:00~12:00；下午13:00~17:00
劃撥帳號：19863813；戶名：書虫股份有限公司
讀者服務信箱：service@readingclub.com.tw
晴空部落格　http://blog.yam.com/readsky
香港發行所　城邦（香港）出版集團有限公司
香港灣仔駱克道193號東超商業中心1樓
電話：852-25086231　傳真：852-25789337
E-mail：hkcite@biznetvigator.com
馬新發行所　城邦（馬新）出版集團【Cite (M) Sdn Bhd】
41, Jalan Radin Anum, Bandar Baru Sri Petaling,
57000 Kuala Lumpur, Malaysia.
電話：(603) 9057-8822　傳真：(603) 9057-6622
Email：cite@cite.com.my
美 術 設 計　洸譜創意設計股份有限公司
印　　　刷　沐春行銷創意有限公司
初 版 一 刷　2018年05月31日
定　　　價　260元
I　S　B　N　978-986-96370-2-2